家の前に敷物が敷かれて、
その上に見知らぬ存在が横たえられている。
これこそが、モルガの赤き野人であるのだろう。
だが――その者は、身体に衣服を纏っていた。さらには立派なマントまで纏い、
腰には帯を巻き、そこに差し込まれているのは木製の鞘だ。
それはどこからどう見ても、
俺たちと変わらない人間の姿であったのだった。
異世界料理道
VOLUME 32
Cooking with wild game.

「やかましい。森辺で暮らすからには、
森辺の習わしに従ってもらおう」

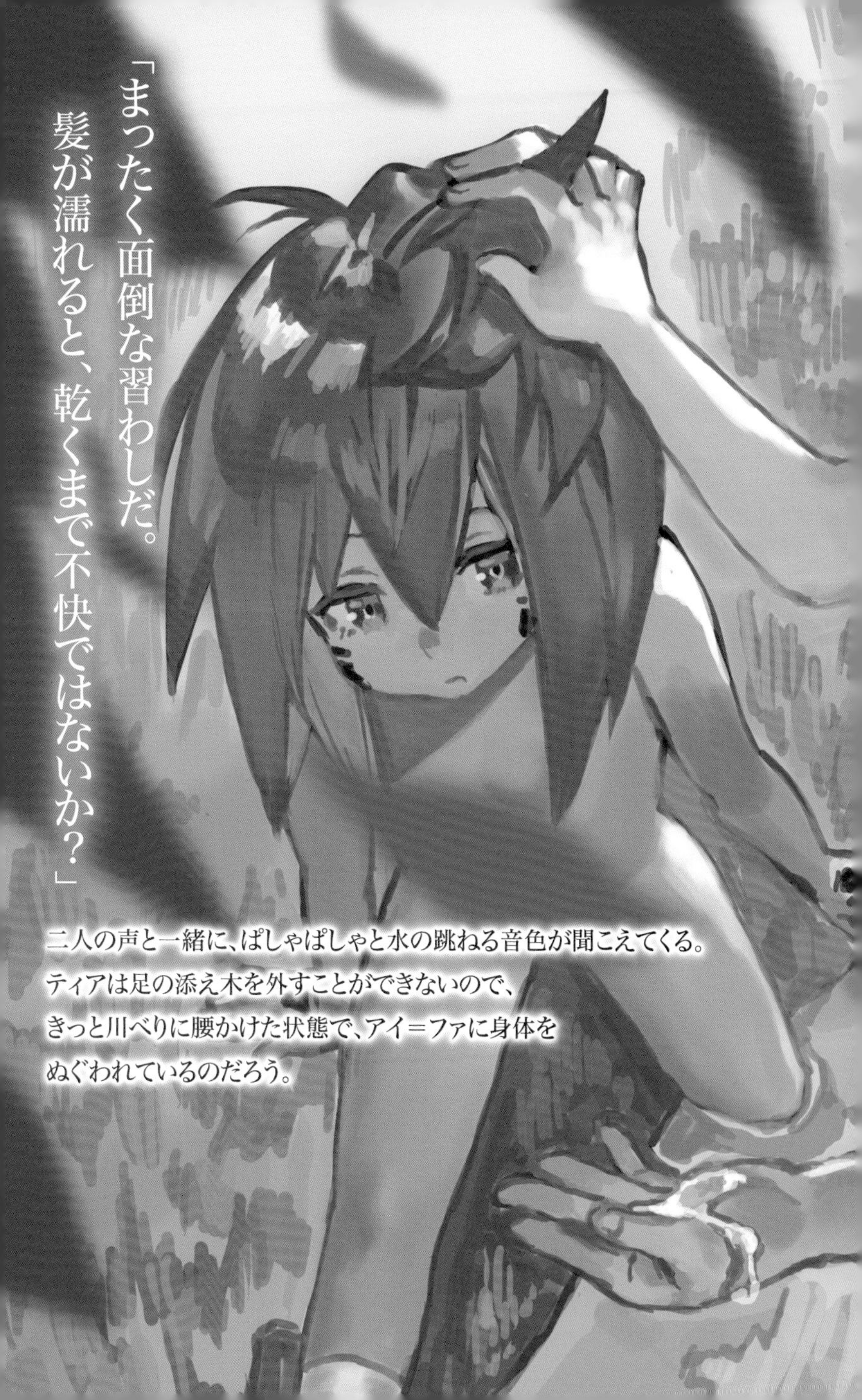
「まったく面倒な習わしだ。
髪が濡れると、乾くまで不快ではないか？」
二人の声と一緒に、ぱしゃぱしゃと水の跳ねる音色が聞こえてくる。
ティアは足の添え木を外すことができないので、
きっと川べりに腰かけた状態で、アイ＝ファに身体を
ぬぐわれているのだろう。

ついにお米に似た
食材を発見!?
白い蒸気が、もわっとあふれだす。
その甘くてまろやかな香気は、
嫌でも俺の期待をかきたてた。

異世界料理道 VOLUME 32

Cooking with wild game.

Presented by

EDA

口絵・本文イラスト　こちも

MENU

登場人物紹介

〜森辺の民〜

津留見明日太／アスタ

日本生まれの見習い料理人。火災の事故で生命を落としたと記憶しているが、不可思議な力で異世界に導かれる。

アイ＝ファ

森辺の集落でただ一人の女狩人。一見は沈着だが、その内に熱い気性を隠している。アスタをファの家の家人として受け入れる。

ドンダ＝ルウ

ルウ本家の家長にして、森辺の三族長の一人。卓越した力を持つ狩人。森の主との戦いで右肩を負傷するが、無事に復調する。

ジザ＝ルウ

ルウ本家の長兄。厳格な性格で、森辺の掟を何よりも重んじている。ファの家の行いを厳しい目で見定めようとしている。

ダルム＝ルウ

ルウ本家の次兄。ぶっきらぼうで粗暴な面もあるが、情には厚い。シーラ＝ルウと婚儀を挙げて、分家の家長となる。

ルド＝ルウ

ルウ本家の末弟。やんちゃな性格。体格は小柄だが、狩人としては人並み以上の力を有している。ルウの血族の勇者の一人。

ヴィナ＝ルウ

ルウ本家の長姉。類い稀なる美貌と色香の持ち主。東の民シュミラルに婿入りを願われる。

レイナ＝ルウ

ルウ本家の次姉。卓越した料理の腕を持ち、シーラ＝ルウとともにルウ家の屋台の責任者をつとめている。

リミ＝ルウ

ルウ本家の末妹。無邪気な性格。アイ＝ファとターラのことが大好き。菓子作りを得意にする。

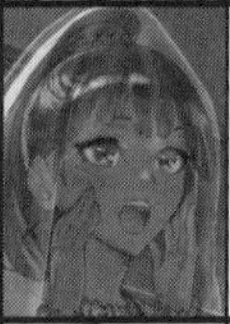

ララ＝ルウ

ルウ本家の三姉。直情的な性格。シン＝ルウの存在を気にかけている。

シン＝ルウ

ルウの分家の長兄にして、若き家長。アスタの誘拐騒ぎで自責の念にとらわれ、修練を重ねた結果、ルウの血族の勇者となる。

シーラ＝ルウ

ルウの分家の長姉。シン＝ルウの姉。ひかえめな性格で、卓越した料理の腕を持つ。ダルム＝ルウの伴侶となる。

ジバ＝ルウ

ルウ家の最長老。ドンダ＝ルウの祖母にあたる。アスタの料理のおかげで生きる気力を取り戻す。

ユン＝スドラ

森辺の小さき氏族、スドラ家の家人。誠実で善良な性格。アスタに強い憧憬の念を覚えている。

ライエルファム＝スドラ

スドラ家の家長。短身痩躯で、子猿のような風貌。非常に理知的で信義に厚く、早い時期からファの家の行いに賛同を示す。

チム＝スドラ

スドラ家の家人。若年で、小柄な体格。誠実な気性。護衛役の仕事を通じて、アスタと縁を深める。フォウの家から伴侶を迎える。

トゥール＝ディン

出自はスンの分家。内向的な性格だが、アスタの仕事を懸命に手伝っている。菓子作りにおいて才能を開花させる。

ジョウ＝ラン

ラン分家の長兄。十六歳の若年だが、合同収穫祭で棒引きの勇者となる。アイ＝ファに懸想して嫁取りを願うが、断られる。

ラッド＝リッド

リッド家の家長。大柄な体格で、豪放な気性。合同収穫祭で荷運びの勇者となる。

ダン＝ルティム

ルティム家の先代家長。ガズラン＝ルティムの父親。豪放な気性で、狩人としては類い稀な力量を有する。

シュミラル

シムの商団《銀の壺》の元団長。ヴィナ＝ルウへの婿入りを願い、リリン家の氏なき家人となる。

ゲオル＝ザザ

ザザ本家の末弟。陽気で荒っぽい気性。兄たちが死去したため、次代の族長と見なされている。

ジルベ

アイ＝ファが王都の監査官から引き取った獅子犬。貴族を守る護衛犬として育成され、頑強な肉体を持つ。勇敢だが、甘えん坊の一面も持つ。

～町の民～

テリア＝マス

ミラノ＝マスの娘。内向的な性格だったが、森辺の民との交流を経て心を開き始める。宿屋の娘としてユーミとも交流を深める。

ユーミ

宿場町の宿屋《西風亭》の娘。気さくで陽気な、十七歳の少女。森辺の民を忌避していた父親とアスタの架け橋となる。

マイム

ミケルの娘。明朗な性格。父の意志を継いで、調理の鍛錬に励んでいる。アスタの料理に感銘を受け、ギバ料理の研究に着手する。

ターラ

ダレイム領の野菜売りであるドーラの娘。九歳の少女。無邪気な性格で、同世代のリミ＝ルウと絆を深める。

ヴァルカス

城下町の料理店《銀星堂》の店主。いつも茫洋としているが、鋭い味覚を持ち、美味なる料理の追及に多大な情熱を傾けている。

シリィ＝ロウ

ヴァルカスの弟子の一人。気位が高く、アスタやトゥール＝ディンに強い対抗意識を抱いている。

ロイ

城下町の若き料理人。レイナ＝ルウやマイムたちの料理に衝撃を受け、ヴァルカスに弟子入りを願う。

ボズル

ヴァルカスの弟子の一人。南の民。大柄な体格。大らかな性格で、森辺の民に好意的な姿勢。肉料理を得意にしている。

タートゥマイ

ヴァルカスの弟子の一人。西と東の混血。痩身の老人。寡黙な性格。野菜料理と香草の扱いを得意にしている。

ポルアース

ダレイム伯爵家の第二子息。森辺の民の良き協力者。大らかで能動的な性格。ジェノスを美食の町にするべく画策している。

ティマロ

城下町の料理店《セルヴァの矛槍亭》の料理長。高慢な性格。城下町の料理人としては卓越した技量を持つ。ヴァルカスに強い対抗意識を抱く。

リフレイア

トゥラン伯爵家の新たな当主。王都の監査官の騒乱を経て、森辺の民と正式に和解して、貴族の社交界にも復帰する。

サンジュラ

リフレイアの従者。腹違いの兄。西と東の混血。卓越した技量を持つ剣士。かつてリフレイアの命令でアスタを誘拐した実行犯。

第一章★★★思わぬ来訪者

1

森辺の民が西方神の洗礼を受けてから、三日の時が過ぎ去った。

王都の監査官《かんさかん》と二百名の兵士たちはすでにジェノスを出立したために、宿場町には完全にもとの平穏《へいおん》な空気が取り戻《もど》されている。もちろん俺《おれ》たちも屋台の商売を継続《けいぞく》しており、表面的には何ら変わることのない日常を過ごすことができていた。

森辺の民にしてみれば、すべての民が西方神の洗礼を受けなおすというのは非常に大きな変革である。また、五百名から六百名に及《およ》ぼうかというすべての民が町まで下りてきたという行いは、ジェノスに住まう人々にも大きな驚《おどろ》きを与《あた》えたことだろう。しかしそれは、あくまで森辺の民の内面に関わる話であったので、いざ洗礼の儀式《ぎしき》が終了《しゅうりょう》してしまうと、宿場町にたちこめていた騒擾《そうじょう》なる空気はすみやかに一掃《いっそう》されることになった。そもそもジェノスの大部分の人々は、森辺の民がそこまで西方神を軽《かろ》んじていたという事実も正しくは認識《にんしき》していなかったので、この行いにどれほどの意義が秘《ひ》められていたのかも、なかなか正確に察することは難しかったのだった。

「何にせよ、森辺の民がこれまで以上に俺たちと仲良くしてくれようってんなら、大歓迎《だいかんげい》さ。これからもよろしく頼《たの》むよ、森辺のみんな」

ひと通りの事情を聞いたのち、ドーラの親父《おやじ》さんはそのように言ってくれた。森辺の民がどれほどの決意をもってこのたびの行いに及んだかを理解した上で、親父さんはこれまで通りの笑顔《えがお》を返してくれたのだった。

「森辺の民がそこまで四大神をないがしろにしてたってのは、そりゃあ驚きだけどさ。でも、これから正しく生きようって思いなおしてくれたってんなら、何も文句はありゃしないよ。俺たちのほうは、最初っからみんなのことを同じ西の民だと思ってたんだしさ！」

「ありがとうございます。異国人の俺もようやくみなさんと同じ立場になれて、本当に嬉《うれ》しく思っています」

「ああ、アスタが異国人だなんてことは、なおさら頭にはなかったよ。でもまあ、こいつはめでたいことだよな」

にこやかに笑う親父さんの隣《となり》で、その愛娘《まなむすめ》であるターラもとびっきりの笑顔を見せていた。

「ね、これで森辺に遊びに行けるんだよね？　ターラ、ずっと楽しみにしてたの！」

「うん。青の月の初め頃に、また祝宴《しゅくえん》を開く予定になってるからさ。日取りが決まるまで、もうちょっとだけ待っててね」

本日はすでに緑の月の二十五日であり、ファの近在の氏族はこれから三日後に収穫祭《しゅうかくさい》を行う予定になっている。町の人々を招いて開催《かいさい》する親睦《しんぼく》の祝宴は、それから数日を置いて開こうという話に落ち着いていた。

監査官にまつわる騒乱《そうらん》の影響《えいきょう》で、のびにのびていた親睦の祝宴である。招待される予定である町の人々も、それを待ち受ける森辺の人々も、その日取りが決定されるときを心待ちにしていたのだ。森辺の民は西方神の子として正しく生きていこうと決意したばかりであったので、その祝宴もこれまで以上に大きな意味を持つはずであった。

そしてもう一件、監査官たちの登場によって先のばしにされていた案件がある。それは、シムの商団《黒の風切り羽》が森辺に切り開かれた道を通って東の王国に帰還《きかん》するという案件であった。

「緑の月に入ってすぐに、我々はシムに戻る予定でした。しかし、王都の監査官たちはジェノスとシムの交流に疑いの目を向けていたということで、延期を余儀《よぎ》なくされていたのです」

そのように伝えてくれたのは、《黒の風切り羽》の団長ククルエルであった。わざわざ城下町から足をのばして、俺たちの屋台まで出向いてくれたのだ。

「我々は、明日の早朝にジェノスを出立いたします。アスタを始めとする森辺の方々には、大変お世話になりました」

「いえ、とんでもない。またお会いできる日を楽しみにしています」

「はい。その際にはまた大量の食材をお届けしますので、存分に美味なる料理をお作りください」

ひとたび故郷に帰還すれば、ククルエルたちとも数ヶ月は会えなくなるだろう。しかし、シユミラル率いる《銀の壺《つぼ》》の面々とも、バランのおやっさんを筆頭とする建築屋の人々とも、俺は無事に再会することができたのだ。そうして俺はさまざまな相手と再び巡《めぐ》りあえる日を楽しみにしながら、懸命《けんめい》に日々の仕事を果たしていく所存であった。

それともう一点、特筆するべきは、メルフリードがマルスタインの使者として王都に向かった件であろうか。彼《かれ》はマルスタインがしたためたセルヴァ国王への書状を手に、監査官たちとともにジェノスを出立したのだ。侯爵《こうしゃく》家の第一子息が自ら出向くことによって、自分たちがどれだけこのたびの一件を重く見ているかを表明しようという心づもりであるのだろう。

ジェノスと王都を往復するには、トトスを使ってもふた月はかかる。また、王都にどれぐらい留《とど》まることになるかも、現時点では不明である。その間、森辺の民の調停役には、補佐官のポルアースが代役として就任することになった。

「まあ、僕《ぼく》としてはこれまで通りに仕事を進めるだけのことさ。期日未定で近衛《このえ》兵《へい》団の指揮を任される副団長殿のほうが、よほど大変なのだろうと思うよ」

ポルアースがそのように述べていたのは、俺やアイ＝ファが洗礼を受けるために大聖堂まで出向いた日であった。洗礼を終えた俺たちが荷車で帰ろうとしていた際に、そんな風に耳打ちしてくれたのである。

「でも、親愛なる父君がそんな長旅に出るとあっては、オディフィア姫《ひめ》もさぞかし寂《さび》しい思いをすることになるだろう。それをお慰《なぐさ》めするために、またトゥール＝ディン殿を招いて茶会を開こうという話になったりもするだろうから、そのときはよろしくね」

「はい。トゥール＝ディンも、きっと喜ぶはずです」

宿場町に戻ってその旨《むね》を告げると、トゥール＝ディンはオディフィアの心情を慮《おもんぱか》ってとても切なげな面持《おもも》ちをしたのちに、にこりと嬉しそうに微笑《ほほえ》んだものであった。

「ふた月以上も父親と離《はな》れるなんて、幼いオディフィアにとっては大きな悲しみになることでしょう。それを少しでも慰めることができたら、わたしは嬉しいです」

日を追うごとに、トゥール＝ディンとオディフィアの絆《きずな》は深まっているようだった。まだ顔をあわせたことは数えるほどしかないというのに、そこには強い友愛の絆が感じられる。西の民として正しく生きようと決断した森辺の民にとって、それは大きな希望であるはずだった。

そんな感じで、ジェノスにおける俺たちの生活は、粛々《しゆくしゆく》と過ぎていくことになった。

そこに新たな騒動《そうどう》がもたらされたのが、洗礼を受けてから三日後の、緑の月の二十五日だったわけである。


その日も俺たちは、宿場町での商売を終えた後、ファの家のかまど小屋にて料理の勉強会に励《はげ》んでいた。

収穫祭が目前に迫《せま》っていたので、それに向けた予行演習である。ガズやラッツやベイムの人々には事情を説明して、通常の勉強会はしばらくお休みをいただき、ひたすら宴料理のための修練を重ねているのだ。よって、その場に集まっているのは、いずれも収穫祭に参加するフォウ、ラン、スドラ、ディン、リッドの人々であった。

監査官たちからもたらされた脅威《きょうい》を退け、待ちに待った収穫祭を迎《むか》えるにあたって、人々の表情は明るかった。しかもこの収穫祭は、見込《みこ》みより半月以上も遅《おく》れて開かれることになったのだ。監査官たちが帰還した後の開催となったのは幸いであったものの、人々の期待感はいやが上にも高まりきっていた。

「ここまで収穫祭が先にのびたのは、ファやフォウの狩《か》り場《ば》のギバがなかなか縄張りを移さないためなのですよね。この先、もっと数多くの猟犬《りょうけん》を扱《あつか》えるようになったら、ますます収穫祭を開く日取りは間遠になってしまうのでしょうか」

そんな風に述べていたのは、かまど番の指導役をつとめてくれていたユン＝スドラであった。別の班の女衆に指導をしていた俺は、背中ごしに「そうだねえ」と答えてみせる。

「前回の休息の期間は金の月の半ばで終わったから、まるまる五ヶ月以上は空いたことになるんだよね。確かにこの調子でいくと、年に三回の収穫祭が二回に減っちゃうのかな」

「そうですよね。でも、猟犬のおかげで今までよりも安全に仕事をできるようになったのですから、わたしはとても嬉しく思っています」

休息の期間というのは、ギバが狩り場の恵《めぐ》みを食い尽《つ》くして縄張りを移動させることによって生じるのだ。しかし、ファやフォウやランの狩り場ではこれまで以上にギバの収獲量が上がっているので、森の恵みが長く守られることになり、それで休息の期間がずれこんでいく事態に至ったのだった。

スドラとディンとリッドの狩り場では、すでに森の恵みが食い尽くされて、ギバが近寄らなくなってしまったために、現在はスンの狩り場まで出向いて仕事を果たしている。その移動には荷車が必要であったので、ファの家ではこれを契機《けいき》にまた三台の荷車を購入《こうにゅう》していた。

もちろん近在の氏族の人々は恐縮《きょうしゅく》していたが、これも一緒《いっしょ》に収穫祭を迎えるための必要経費である。また、トトスと荷車はこれだけ増えても、まだ邪魔《じゃま》になるほどの数ではない。宿場町への買い出しや、おたがいの家への行き来など、フットワークが軽くなればなるほど、より実りの多い生活を送れるはずだった。

「フォウの家長も自分たちで猟犬を買いたいと申し出ているのですよね。その猟犬は、いつ届くのでしょう？」

「まだ確かな日取りけ聞いていないけど、青の月の間には届くんじゃないのかな。そのときには、ファの家でももう一頭、猟犬を買わせてもらうつもりだよ」

「え？　アイ＝ファは一人で二頭もの猟犬を使うのですか？」

「うん。リリンの家のシュミラルも、一人で二頭の猟犬を上手《うま》く使っているようなんだ。アイ＝ファもそれに、触発《しょくはつ》されたらしいよ」

「そうですか。ついこの間にも番犬のジルベが増えたところですし、ファの家はますます賑《にぎ》やかになりますね」

その番犬たるジルベは、今もかまど小屋の入り口で丸くなっていた。猟犬よりもさらに大きいむくむくの巨体《きょたい》で、獅子《しし》さながらのたてがみを持つ、獅子犬の名に相応《ふさわ》しい魁偉《かいい》なる姿である。しかし彼がファの家の家人になってから三日が過ぎているので、すっかりみんなも顔なじみであった。

貴人の護衛犬としての訓練を受けていたジルベは、家を守る番犬としてしつけ直されることになったのだ。その際に、グリギの実の香りのする人間は敵ではないと教え込《こ》まれたので、ジルベが森辺の民に牙《きば》を剥《む》くことはない。森辺の集落においては誰《だれ》もが毒虫除《よ》けのグリギの実を腕飾《うでかざ》りや首飾りにして所持していたので、それが一番の安全策であるのだった。

ただし、ファの家に近づく人間が現れると「ばうっ」とひと声だけ吠《ほ》えて、客人の到来《とうらい》を伝えてくれる。この日、ジルベがその仕事を果たしたのは、日時計が下りの四の刻の半を指し示して、勉強会の終わりが近づいた頃合《ころあ》いであった。

「失礼する。料理の手ほどきは終わった頃合いだな？　フォウとランとスドラの女衆は、片付けが終わったらフォウの家に集まってくれ」

そのように告げてきたのは、フォウ家の若い狩人《かりうど》であった。

「ランとスドラの女衆も？　いったい何があったのです？」

「俺はこれからルウの家に向かわなくてはならないので、くわしく説明をしている時間はないのだが……ちょっと、とんでもないことが起きてしまったのだ」

「とんでもないことですか？　まさか、誰かが深手を負ってしまったとか……？」

男衆は、いくぶん焦《あせ》りのにじんだ声で「違《ちが》う」と言い捨てた。

「狩りの帰り道、ラントの川で赤き野人を拾ってしまったのだ」

「え？」

「モルガの三獣《じゅう》、赤き野人を拾ってしまった。そいつは深手を負っていたが、どのように扱うべきかもわからないので、族長筋たるルウ家に判断を仰《あお》ぎに行くのだ」

その場に集まっていたかまど番は、全員ぽかんとすることになった。もちろん、俺も例外ではない。というか、おそらく一番驚いていたのは、俺なのだろう。そんな俺たちを尻目《しりめ》に、フォウの男衆はきびすを返した。

「特に人手が必要なわけではないが、みんなフォウの家に集まって、家長の話を聞いてくれ。それでは、頼んだぞ」

そうして男衆が姿を消すと、かまど小屋の内部は蜂《はち》の巣をつついたような騒《さわ》ぎになった。

「赤き野人が、山から下りてくるなんて！　これはいったい、どういうことなのでしょう？」

「この前、兵士たちがモルガの山を踏《ふ》み荒《あ》らそうとしたから、怒《おこ》って麓《ふもと》に下りてきたのかねえ？」

「でも、山を下りた獣はどのように扱っても許されるのでしょう？　たしかアスタも、ラントの川でマダラマの大蛇《だいじゃ》を退治したのですよね？」

「う、うん。退治とまではいかないけれど、こちらも生命が危なかったからね。岩で殴《なぐ》って川に落としたら、そのままどこかに流れていってしまったよ」

確かにその一件をマルスタインたちに告げたとき、俺は罪に問われたりしなかった。モルガの山に踏み込んで三獣を傷つけるのは大きな禁忌《きんき》であるようなのだが、自ら山を下りてきた三獣はどのように扱っても許されるようなのである。

「どうしてまた、そいつを家まで連れて帰っちまったのかねえ。深手を負ってラントの川を流れてきたんなら、そのまま放っておけばよかったのに」

年かさのフォウの女衆が、難しい顔でそう述べたてた。

「まあ、あたしらが騒いでもしかたないか。家に戻って、家長の話を聞くとしよう。さ、とっとと後片付けを済ましちまわないとね！」

それからすぐに後片付けの作業は完了《かんりょう》して、フォウの血族たるかまど番たちは挨拶《あいさつ》もそこそこにかまど小屋を出ていくことになった。彼女《かのじょ》たちにはファファの荷車が準備されていたので、ものの数分でフォウの集落に帰りつくことができるだろう。

取り残されたのは、俺とトゥール＝ディン、それにディンとリッドの女衆が二名ずつである。ギルルの荷車は常にファの家で保管する取り決めであったため、この後は俺が彼女たちをそれぞれの家に送り届ける手はずになっていた。

「うーん、やっぱり気になるなあ。俺もフォウの集落に行ってみようと思うんだけど、みんなはどうする？」

「はい。できればこの目で、赤き野人というものを見ておきたいです。このまま森に戻されてしまったら、おそらくは一生目にする機会もないでしょうからね」

リッドの女衆の言葉に、他の女衆も賛同していた。ただ、トゥール＝ディンはいささかならず不安げな面持ちである。

「でも、モルガの三獣はいずれもギバより強い力を持つとされているのですよね。危険はないのでしょうか？」

「深手を負っているなら、大丈夫《だいじょうぶ》なんじゃないかな。危険なら、フォウの男衆も家に連れ帰ったりはしないだろうしさ」

　ということで、俺たちもフォウの家を目指すことにした。ジルベもなるべく一人きりにしないようにとアイ＝ファに厳命されているので、荷車に同乗させる。アイ＝ファは家を守る番犬としてよりも、一人の大事な家人としてジルベを扱っているのだった。

　そうしてフォウの集落に到着《とうちゃく》すると、広場に人だかりができている。五日後には収穫祭が行われる、フォウの集落の広場である。俺たち六名と一頭も、その輪に加わらせてもらうことにした。

「おや、アスタたちも来ちまったのかい」

　さきほど別れを告げたばかりの女衆が、人垣《ひとがき》の中心を指し示してきた。家の前に敷物《しきもの》が広げられて、そこに一頭の獣が横たえられている。その姿を見て、俺は少なからず驚かされることになった。

（これが……赤き野人？）

　体長はおよそ一メートル。ずんぐりとした寸詰《すんづ》まりの体型で、ただやたらと腕《うで》だけが長い。全身に淡《あわ》い褐色《かっしょく》の毛が生えていて、手足の先には鋭《するど》い真っ黒な爪《つめ》が三本ずつのびており、俺が知る動物の中ではナマケモノに似ている。ぐったりと仰向《あおむ》けに横たわり、力なくまぶたを閉ざしていて、俺には絶命しているようにしか思えなかった。

（まあ、これが山の中を歩いていたりしたら、人影《ひとかげ》と見間違《みまちが》うことはあるかもしれないけど……だけどやっぱり、野人って言うほど人間には似ていないなあ）

俺は、そのように思案した。

（王都の兵士たちが山と森の境に足を踏み入れたとき、誰かが声をあげて恫喝《どうかつ》したっていうから、それは赤き野人のしわざなんじゃないかと考えてたけど……こいつが人間の言葉を喋《しゃべ》れるとは思えないな）

それに俺には、もうひとつの違和感《いわかん》があった。この獣は、どこも赤くないのである。その姿で『赤き野人』と称《しょう》される理由が、俺にはちっともわからなかった。

「アスタ、赤き野人の見物に来たのか？」

と、聞き覚えのある声が背後から投げかけられる。それは、スドラの家長たるライエルファム＝スドラであった。

「ああ、ライエルファム＝スドラ。今日はスン家じゃなくて、フォウ家の狩り場で仕事をしていたのですか」

護衛役の仕事から解放されたスドラ家の狩人たちは、一日置きにスンとフォウの狩り場で働いていたのだ。ライエルファム＝スドラは皺《しわ》深い顔にいっそう深い皺を刻みながら、「うむ」とうなずいた。

「王都の監査官どもを退けたと思ったら、今度はこの騒ぎだ。まったく、厄介《やっかい》なことになったものだな」

「そうですね。でも、山を下りた三獣は、どのように扱っても許されるのでしょう？」

「それはそうかもしれんが、まさか赤き野人があのような姿をしているとは思わなかったからな。あれでは、俺だって捨て置くことはできなかっただろう」

言葉の意味がわからなくて、俺は首を傾《かし》げることになった。

その姿を見て、ライエルファム＝スドラは眉《まゆ》をひそめる。

「何だ、アスタはまだ野人の姿を見ていなかったのか？」

「え？　いえ、野人だったら、ここからでも見えますが……」

「何を言っている。あれは、野人が腕に抱えていた山の獣だ」

そう言って、ライエルファム＝スドラは人垣の向こう側を指し示した。

「野人は、あちらで眠《ねむ》っているぞ。その姿を見れば、アスタも俺の心情を理解できるはずだ」

俺は大いに驚きながら、人垣の向こう側に視線を向ける。そちらには、こちら以上に大きな人垣ができていた。

「あまり迂闊《うかつ》に近づくのではないぞ。野人が目を覚ましたら、どのような行動に出るかもわからんからな」

俺が「はい」とうなずきながらそちらに近づいていくと、それに気づいた人々が場所を空けてくれた。年をくった女衆や幼子など、集落中の家人がそこに集まっているようだ。

「おお、アスタか。どうにも厄介なことになってしまった」

そのように述べたのは、フォウの家長たるバードゥ＝フォウである。そちらに返事をしようとした俺は、視界に飛び込んできた存在のせいで息を呑《の》むことになった。

こちらでも、家の前に敷物が敷《し》かれて、その上に見知らぬ存在が横たえられている。これこそが、モルガの赤き野人であるのだろう。

だが――その者は、身体に衣服を纏《まと》っていた。さらには立派なマントまで纏い、腰《こし》には帯を巻き、そこに差し込まれているのは木製の鞘《さや》だ。

それはどこからどう見ても、俺たちと変わらない人間の姿であったのだった。

2

俺はしばらく呆気《あっけ》に取られたまま、そこに横たわる赤き野人の姿を観察することになった。

体格は、小柄《こがら》である。身長はせいぜい百三十センチぐらいで、身体つきはずいぶんとほっそりしている。それは、ごく幼げな少女の姿をしていた。ざんばら髪《がみ》が顔にまでかかっているので、目鼻立ちはよくわからない。ただ、まぶたを閉ざして安らかに眠っているようだ。身体を横にして、胎児《たいじ》のように身を丸めているため、彼女はいっそう小さく見えた。

その身に纏っているのはまだらの染色《せんしょく》が施《ほどこ》された粗末《そまつ》な胴衣《どうい》で、腰の帯に木製の大きな鞘が差し込まれている。裸足《はだし》で、右の足首から膝《ひざ》の上まで添《そ》え木《ぎ》が当てられており、それが灰色の布でぐるぐる巻きにされている。おそらくは、足を骨折しているのだろうと思われた。

普通《ふつう》に考えれば、ただの人間である。森辺に侵入《しんにゅう》した外部の人間が、川に落ちて流されてきたと考えるのが妥当《だとう》なところだ。だけど俺は他の人々と同じように、それが赤き野人であるという確信に近い思いを抱くことになった。

理由のひとつは、彼女が肩《かた》に羽織っているマントだ。それは、黒みがかった青色にてらてらと照り輝《かがや》く、鱗《うろこ》の皮で作られていた。これだけ立派なマントを作るには、かなり巨大《きょだい》な爬虫類《はちゅうるい》が必要となることだろう。そして、その青黒い色合いは、俺がかつて遭遇《そうぐう》したマダラマの大蛇と同一のものであった。

そしてもうひとつの理由は、彼女自身の色彩《しきさい》だ。彼女はどこにもおかしなところのない人間の姿をしていたが、その髪も肌《はだ》も赤い色彩に彩《いろど》られていたのである。俺が知る赤レンガよりも少しだけ赤味《あかみ》が強いぐらいの赤褐色《せきかっしょく》で、髪も肌もまったく同じ色合いをしていることから、それは生来のものではなく染料《せんりょう》か何かで染めた結果であるように思えた。

「このように赤い姿をしていて、おまけにマダラマの鱗を狩人の衣としているのだから、これは赤き野人で間違《まちが》いないだろう。そもそもモルガの山の住人でなければ、マダラマを狩ることもできないのだからな」

低い声で、バードゥ＝フォウがそう言った。

「人と呼ばれるからには、我らと似た姿をしているのだろうと思っていたが……しかしこれでは、人間そのものだ。だから俺たちも、捨て置くことができずに家まで連れ帰ることになってしまった」

「そ、そうですね……彼女はずっと気を失っているのですか？」

「うむ。右のすねが折れている他に、頭を強く打ったらしい。今は髪で隠《かく》れているが、額にも大きな傷を負っていたのだ。いちおう、そちらにも薬だけは塗《ぬ》っておいたが……この後はどう扱うべきか、族長や貴族たちの言葉を待とうと思う」

俺たちは三メートルばかりの距離《きょり》を置いてその少女を取り囲んでいたので、額の傷というのは確認《かくにん》することができない。ただその代わりに、俺は新たな発見をした。彼女の両方の頬《ほお》と、手の甲《こう》および足の甲に、何か黒い紋様《もんよう》が描《えが》かれていたのだ。それはいかにも意味ありげな、呪《じゅ》術的《じゅつてき》な紋様であった。

「いちおう武器も取り上げておいた。あちらの獣と一緒に、この刀を固く握りしめていたのだ」

バードゥ＝フォウが目配せをすると、他の男衆が一本の刀を差し出してきた。刀身が黒い、厚口の短刀である。刀身は黒光りする石を削《けず》ったもので、柄には蔓草《つるくさ》が巻かれていた。

「その身の装束《しょうぞく》も、山でとれる草木から作ったもののなのだろう。俺たちの祖も、黒き森ではそうして石や草木から武器や装束をこしらえていたようだからな」

「だけどこれは、驚くべき話ですね。赤き野人というのが、こんな人間そのものの姿をしているとは思っていませんでした」

「うむ。やはり王都の兵士たちを脅《おびや》かしたのも、赤き野人であったのだろうな」

バードゥ＝フォウがそのように述べたとき、赤き野人たる少女がいきなり「かはっ！」と鋭く息を吐《は》いた。バードゥ＝フォウはすぐさま長い腕を振《ふ》り上げて、血族たちに呼びかける。

「目を覚ましたようだぞ！　女衆や幼子は下がっていろ！」

半径三メートルほどの包囲の輪が、五メートルほどまで広げられることになった。そんな中、少女は敷物に片手をついて、大儀《たいぎ》そうに上体を起こす。

「そのまま動かず、俺の言葉を聞くがいい。お前は、モルガの赤き野人だな？」

バードゥ＝フォウが張りのある声で、そう問い質《ただ》した。

少女は、うろんげに面を上げる。顔にかかった長い前髪《まえがみ》の隙間《すきま》から、大きな瞳《ひとみ》が輝いていた。その瞳もまた、赤みがかった色合いをしているようだ。肌や髪とは異なり、これは生まれつきのものであるのだろう。宝石のガーネットを思わせる、深くて暗い赤である。

（すごく綺麗《きれい》な瞳だな。これでこっちの言葉も理解できるなら、何も心配する必要は――）

と、俺がそのように考えたとき、少女の赤い瞳に炎《ほのお》のような眼光が灯《とも》された。

それを知覚した瞬間《しゅんかん》、俺の視界が暗転する。ものすごい衝撃《しょうげき》に身体を突《つ》き飛ばされて、身動きが取れなくなり、わけもわからぬまま目を開くと、数メートル先にバードゥ＝フォウの姿が見えた。

「何をするのだ！　アスタを離せ！」

バードゥ＝フォウの双眸《そうぼう》が、怒《いか》りに燃えあがっていた。左右に並んだ男衆は、すでに刀を抜《ぬ》いている。そして俺は呼吸も困難なぐらいに咽喉《のど》を圧迫《あっぱく》されていることに、ようやく気づくことができた。何者かが、背後から俺の咽喉もとをわしづかみにしているのだ。どう考えても、そのような真似《まね》をするのは赤き野人の少女しかいなかった。

しかし俺は、彼女から五メートルほども離れていたはずだ。なおかつ、すぐそばにはバードゥ＝フォウたち森辺の狩人が立ち並んでいたのである。警戒態勢《けいかい》にあった森辺の狩人を出し抜いて、片足の折れた人間がこのように不埒《ふらち》な真似をするなど、普通では考えられない話であった。

「お前たちは、モルガの禁忌を破るつもりか！　今すぐに立ち去らねば、お前たちの世界を滅《ほろ》ぼすぞ！」

凄《すさ》まじい怒号《どごう》が、俺の耳もとで爆発《ばくはつ》する。俺を拘束《こうそく》している赤き野人の少女が、怒りの声をあげているのだ。このシチュエーションは、いやでも俺にかつての窮地《きゅうち》を思い出させた。言うまでもなく、テイ＝スンに身柄《みがら》を拘束されたときの恐《おそ》ろしい記憶《きおく》である。

「何を言っている！　禁忌を破ったのは、お前のほうだ！　外の人間は山に触《ふ》れず、山の三獣は外に触れずというのが、モルガの掟《おきて》であろうが！」

少女に負けない咆哮《ほうこう》をあげながら、バードゥ＝フォウもまた刀を抜き放った。バードゥ＝フォウが俺の前でこれほどまでに狩人の気迫《きはく》をあらわにするのは、初めてのことである。長身だが痩《や》せているその身体に、怒りの炎がたちのぼっているかのようであった。

「それでも俺たちは、手傷を負っていたお前に治療《ちりょう》をほどこした！　その恩義も踏みにじって、お前は俺たちの同胞《どうほう》を傷つけるつもりか！」

「いいから、とっとと山を下りろ！　手始めに、こいつの首をひっこ抜いてやろうか!?」

俺の頸骨《けいこつ》が、ぎりぎりと嫌な音色を奏《かな》で始めた。かつてのテイ＝スンよりも、容赦《ようしゃ》のない責め苦である。俺は声をあげることもできないまま必死に相手の腕をつかんでいたが、それは鋼鉄でできているかのようにビクともしなかった。

「だから、ここは山ではなく山麓《さんろく》の森だ！　俺たちは、禁忌を破ったりはしていない！」

「馬鹿を抜かすな！　モルガの山は、我らの聖域だ！　こいつの魂《たましい》は、大神に捧《ささ》げさせてもらう！」

「やめろ！　……アスタの身を害したら、俺がお前を八《や》つ裂《ざ》きにしてくれるぞ」

バードゥ＝フォウが刀を握りなおすと、小柄な人影が音もなく進み出た。

「赤き野人よ、あれを見ろ。そうすれば、俺たちの言葉が真実であるとわかるはずだ」

それはスドラの若き狩人たるチム＝スドラであり、その指先が俺から見て右手側を指していた。その方向には、当のモルガの山が屹立《きつりつ》しているはずであった。

数秒の後、俺の首にかけられた指の力が、ふっとゆるめられる。その瞬間、また暴虐《ぼうぎゃく》なまでの力がふるわれて、俺の身体が少女のもとからもぎ離されることになった。

俺は地面に倒《たお》れ込み、せきとめられていた呼吸を再開する。すると、俺を救ってくれた何者かが、その背にそっと手をあててくれた。

「大丈夫か、アスタ？　落ち着いて、ゆっくり息を吸え」

俺はぜいぜいとあえぎながら、なんとかそちらを振り返る。俺のかたわらで膝をついていたのは、誰あろうライエルファム＝スドラであった。

「ありがとうございます……またライエルファム＝スドラに救われてしまいましたね……」

「どうしてアスタばかりが、このような目にあうのだろうな。俺は生きた心地《ここち》がしなかったぞ」

ライエルファム＝スドラは、仏頂面《ぶっちょうづら》で息をついた。ただその小さな瞳には、安堵《あんど》の光が灯されている。焼けたように痛む咽喉もとをおさえながら、俺はそちらに微笑みかけてみせた。

するとライエルファム＝スドラの身体を回り込んで近づいてきたジルベが、とても申し訳なさそうな目つきで俺の頬をなめてきた。もしかしたら、ジルベは赤き野人の迫力《はくりょく》にあてられて、今まで動けずにいたのかもしれなかった。

「大丈夫だよ。ジルベが無茶《むちゃ》な真似をしなくてよかった」

俺がたてがみの内側を撫《な》でてやると、ジルベは甘《あま》えるように顔をすり寄せてきた。ジルベはアイ＝ファと同様に、俺のことも主人と認めてくれたのである。そんな俺の背中を優《やさ》しくさすりながら、ライエルファム＝スドラは横合いに視線を飛ばしていた。

「それにしても、恐ろしい力を持ったやつだ。さすが、ギバよりも強き獣と呼ばれるだけはあるな」

俺もそちらを振り返ってみると、刀を手にしたフォウやランの狩人たちが赤き野人の少女を取り囲んでいる。少女は地面にへたり込み、がっくりとうなだれてしまっていた。

「なんということだ……ここは本当に、山の外だったのか……」

さきほどの怒号が嘘《うそ》のような、悄然《しょうぜん》とした声である。その小さな身体に似つかわしい、とても幼げな女の子の声だ。そしてその言葉は、ややイントネーションにゆらぎがあるものの、たいていの東や北の民よりもよほどはっきりとした西の言葉であった。

「だから、何度もそう言っている。俺たちは、禁忌など破っていない。お前がラントの川を流れてきたので、それを救い、傷の手当てをしてやったのだ」

厳しい声で言いながら、バードゥ＝フォウが少女の胸《むな》もとに刀の切っ先を突きつける。少女はゆっくりと頭をもたげて、バードゥ＝フォウの長身を見上げた。

「理解した。禁忌を破ったのは、こちらのほうだった。その刀で、罪人の魂を召《め》すがいい。ティアは、逃《に》げも隠れもしない」

「ティア？　それが、お前の名か？」

「……モルガの赤き民、ティア＝ハムラ＝ナムカルだ。罪を犯《おか》したこの身の魂は、大神に返す。その行いをもって、どうか許してもらいたい」

そう言って、少女は赤く光る瞳をまぶたの裏に隠した。

その奇怪《きかい》な紋様の描かれた頬に、すうっと透明《とうめい》な涙《なみだ》が流れ落ちる。その横顔は、あまりに幼げであり――そして、純然たる悲哀《ひあい》に満ちみちているようだった。


「……なるほどな。そういう顛末《てんまつ》であったのか」

しばらくして、日没《にちぼつ》の間際である。

ファの家の広間にて、すべての事情を聞き終えたアイ＝ファは深甚《しんじん》なる怒りをひそめた声でそのようにつぶやいた。

「片足の折れていた野人めがそこまでの力でアスタに飛びかかるとは、誰にも考えられなかったのだろう。私とて、話を聞いてもまだ信じられぬほどであるのだから、バードゥ＝フォウらの見込みが甘かったのだと責めたてることはできまい」

「そのように言ってもらえるのならば、幸いだ。俺は最初から狩人以外の人間を近づけるべきではなかったと、今でも強く悔《く》いている」

下座に座したバードゥ＝フォウは、無念の面持ちでそのように答えていた。アイ＝ファに事情を説明するために、わざわざバードゥ＝フォウ自らがファの家を訪《おとず》れてくれたのだ。

「それで、赤き野人めの処遇《しょぐう》については、ジェノスの貴族たちからも意見を聞いた上で定めるというのだな？」

「ああ。今ごろドンダ＝ルウは、城下町でジェノスの領主らと語り合っているだろう。その返答は、明日の朝にでも届けられるはずだ」

「うむ。獣と称されていた赤き野人が人間の姿をしていたのだから、それもおかしな話ではない。ことに、モルガの禁忌に関しては、我々よりもジェノスの民のほうが重く考えているのだろうからな」

そのように述べながら、アイ＝ファはぎらりと目を光らせた。

「それで……いったい何故《なぜ》、その野人めはファの家に腰を落ち着けているのであろうか？」

「うむ。アイ＝ファが怒るのは承知していたが、こやつがどうしてもと言い張っていたのでな」

バードゥ＝フォウは、申し訳なさそうに視線を転じた。その視線の先で、赤き野人たる少女は悄然と座《すわ》り込んでいる。特に捕縛《ほばく》されたりはせずに、添え木の当てられた右足は敷物の上に投げ出されていた。

「こやつは罪もないアスタを傷つけてしまったために、それを贖《あがな》うまではアスタのそばから離れられないのだそうだ。よくわからぬが、それがこやつらの習わしであるらしい」

「…………」

「むろん俺たちも説《と》き伏《ふ》せようと苦心したが、それすら許されぬならどうか魂を召してほしいと泣かれてしまってな。あやつは山の外に出るという禁忌と罪もない人間を傷つけたという禁忌をいっぺんに犯してしまい、どうにも気持ちが弱ってしまっているようなのだ」

「……だからといって、アスタを傷つけた者をアスタのそばに置こうというのか？」

アイ＝ファがここまで腹を立てているのは、俺の咽喉もとに青黒い痣《あざ》がくっきりと残されてしまっているためだった。俺がこのような傷を負ったのは、いまや懐《なつ》かしき家長会議の夜、ドッドに腹を蹴《け》られて以来のことだ。アイ＝ファの優美なる肢体《したい》には、さきほどから青白い怒りのオーラがめらめらとたちのぼっているように感じられた。

「こやつがアスタに害をなすことは、もはやないだろう。それだけは、信ずることができる。しかし、アイ＝ファが信じられぬというのなら、俺たちは明日の朝までこやつを見張っていようと思う」

バードゥ＝フォウのかたわらには、二人の若き狩人たちが控《ひか》えている。バードゥ＝フォウたちはあれから三人がかりで、ずっとこの少女を監視《かんし》してくれていたのだ。

だが、頭と右足に深手を負っているとはいえ、森辺の狩人を出し抜くほどの膂力《りょりょく》を見せつけた少女である。そんな彼女に対してわずか三名の見張り役しか立てなかったというのは、バードゥ＝フォウが少女の言葉を心から信用したためであった。

「よければ、アイ＝ファもその者と言葉を交《か》わしてほしい。そうすれば、俺の言葉も理解できるはずだ」

バードゥ＝フォウがそう告げると、アイ＝ファは刀を手に立ち上がった。

そうして少女のもとで片方の膝をつき、その小さな顔を覗《のぞ》き込む。

「顔を上げよ。私はお前が傷つけたアスタの家族たる、ファの家のアイ＝ファだ」

少女はゆっくりと顔を上げ、その深い色合いをしたガーネットのような瞳で真《ま》っ直《す》ぐアイ＝ファを見つめ返した。

「ファの家のアイ＝ファ。お前の家族であるファの家のアスタを傷つけたことを、ティア＝ハムラ＝ナムカルは心から謝罪する」

「その謝罪は受け入れよう。だから、ファの家を出ていってもらいたい」

「それはできない。ティアは大きな禁忌をふたつも犯してしまったために、このままでは大神に許されないのだ」

少女ティアは、切実なる思いをたたえた表情でそのように述べたてた。鱗のマントを脱《ぬ》がせたために、その身体はいっそう小さく見えてしまう。こんなに小さな身体のどこにあれほどの力が秘められているのか、ちょっと常識では考えられないところであった。

また、びしょびしょに濡《ぬ》れていた髪や衣服も、この数時間ですっかり乾《かわ》いている。肩のあたりでざっくりと切りそろえられた彼女の髪は、何かの果実や花のような香りを発散させているように感じられた。

　長い前髪の隙間から見える顔は、やっぱり幼げである。目と口が大きくて、鼻だけがちょこんと小さな造作をしており、どこか小動物めいている。年齢《ねんれい》は十二歳《さい》であるという話であったが、小さな身体と相まって、彼女はそれよりもうんと幼げに見えた。

「アイ＝ファが怒っているならば、ティアの首を刎《は》ねてほしい。ティアはそれだけの罪を犯した。そして、その罰《ばつ》をもって、ティアの罪は贖われるだろう」

「……家人を傷つけた者を家に置きたくはないという、私の心情を汲《く》んではくれぬのか？」

「だから、ティアの首を刎ねるべきだ。何故そうしないのか、ティアにはわからない」

　しばらくティアと見つめ合ったのち、アイ＝ファは深々と溜息《ためいき》をつきながら身を起こすと、癇癪《かんしゃく》を起こしたように自分の頭をひっかき回した。

「なんと厄介なやつだ。こやつは……まさしく、山の子であるようだな」

「ああ。こやつに虚言《きょげん》を吐くことはできまい。だから俺も、こやつを信ずることにしたのだ」

　バードゥ＝フォウの感慨深《かんがいぶか》げなつぶやきに、俺も思わずうなずいてしまう。俺もフォウの集落にて、少しばかりこの少女と言葉を交わすことになったのだ。そのときに感じたのは、なんて澄《す》んだ瞳をしているのだろう――――という強烈《きょうれつ》な思いであった。

　髪や肌が不思議な色合いをしている他は、普通の人間と変わらぬ姿である。しかし、この少女の赤みがかった大きな瞳は生まれたての赤子みたいに澄みわたり、無垢《むく》そのものであったのだ。

あるいはそれは、トトスや猟犬に似た眼差《まなざ》しであったかもしれない。俺たちと同じ言葉を喋る、まぎれもない人間であるはずなのに、彼女はまるで野の動物みたいな眼差しを有していたのだった。

そしてそれは、俺が最初に森辺の民に抱いたのと似た感覚であった。今でこそ当たり前に接しているが、森辺の民というのはみんな町の住人とは異なる清廉《せいれん》さと野性味をあわせ持った存在であったのだ。それをさらに練磨《れんま》して、いっそう稀有《けう》なる存在に仕立てあげたのが、この少女であるように思えてならなかった。これが本当に人間であるのかと、そんな驚《おどろ》きにとらわれるほどである。実は魔法《まほう》の力で野の獣が人間の姿に変えられたのだと言われても、俺は思わず納得《なっとく》してしまいそうなところであった。

「やはり野人というからには、通常の人間と異なるものであるのだろう。しかし俺は、むやみにそやつの心情をねじふせたりはしたくないのだ」

「……だから、そやつを明日の朝までファの家に置いてほしいと言うのだな？」

「アイ＝ファが心配であるならば、俺たちが寝《ね》ずに朝まで見張っていよう。だから、なんとか許してもらいたい」

アイ＝ファはもう一度溜息をついてから、ちょっと恨《うら》めしげにバードゥ＝フォウを見返した。

「私とて、こやつの言葉や心情を疑っているわけではない。……バードゥ＝フォウらは、自分の家に戻《もど》るがいい」

「それでいいのか？　こやつを集落に連れ帰ったのは俺たちなのだから、何も気をつかう必要はないのだぞ」

「暴れる心配のない者を見張っても意味はなかろう。自分の家で、家人とともに晩餐《ばんさん》を取るべきだ」

どうやらアイ＝ファも、無条件でティアの言葉を信用したようである。ひとたびは俺に害をなそうとした相手を信用しようというのだから、やはりアイ＝ファたちは俺以上にこの少女の本質を見抜《みぬ》いているのだろうと思われた。

「では、ルウの家から言葉が届けられたら、それはすぐに伝えさせてもらう。余計な気苦労をかけてしまって、本当にすまない」

バードゥ＝フォウたちはファの家を出ていき、アイ＝ファは戸板に閂《かんぬき》を掛《か》けるために土間へと下りた。するとその足もとに、猟犬のブレイブと番犬のジルベがすり寄っていく。きっと普《ふ》段《だん》とは異なる気配を発散しているアイ＝ファのことを心配しているのだろう。そんなブレイブたちの頭を入念に撫でてから、アイ＝ファは広間に戻ってきた。

「……ファの家のアイ＝ファ。お前もやっぱり、ティアの魂を召さないのか？」

壁際《かべぎわ》に座り込んだティアがそのように呼びかけると、アイ＝ファは不機嫌《ふきげん》そうにそちらをねめつけた。

「話は聞いていたろう。お前の処遇を決めるのは、森辺の族長とジェノスの貴族だ」

「……やっぱりお前たちは、奇妙《きみょう》な存在だ。外界の人間なのに、どこか赤き民と似ているように思えてしまう」

敷物にどかりと座り込んでから、アイ＝ファはあらためてティアと相対した。

「やっぱりというのは、どういう意味だ？　お前は以前から森辺の民を知っていたのか？」

「もちろん、知っていた。お前たちは、山麓でギバを狩っている一族だ。お前たちは、族長ハムラが生まれる前から山麓でギバを狩っていたのだと聞いている」

晩餐の仕上げに取りかかっていた俺は、その言葉に「え？」と振り返ることになった。

「ちょっと待った。君の名前にも、たしかハムラという言葉が入っていたよね。もしかしたら、君は族長筋の血筋なのかい？」

「ティア＝ハムラ＝ナムカル。ナムカルの一族のハムラの子、ティアだ。ハムラはナムカルを統《す》べる族長だ」

「よりにもよって、族長の子か。しかし、赤き民とやらのすべてを統べているわけではないのだな？」

アイ＝ファが口をはさむと、ティアは「うむ」とうなずいた。

「モルガにはたくさんの一族が暮らしている。ナムカルはヴァルブを友として、マダラマと戦う一族だ。マダラマを友としてヴァルブと戦う一族とは仲が悪い。……だけど、ティアたちがマダラマを食べれば、それもまたモルガの力となる。マダラマもヴァルブも赤き民も同じモルガの子であることに変わりはない」

「それは、我々とて同じことだ。ギバやギーズやムントは危険だが、同じ森の子であることに変わりはないからな」

ティアはきゅうっと眉を寄せながら、ますます不思議そうにアイ＝ファァを見た。

「やっぱりお前たちは、奇妙だ。外界の人間のくせに、赤き民の真似をしているのか？」

「見知らぬものの真似をすることはできまい。森辺の民はこの八十年で、お前たちの姿などほとんど目にしたこともないはずだ」

そう言って、アイ＝ファァは不機嫌そうに目を細める。

「ましてやこのようにお前たちと言葉を交わしたりしたのは、これが初めてのこととなろう。これまでモルガの奥深《おくふか》くに潜《ひそ》んでいたお前たちが、どうして姿を現すことになったのだ？」

「それは……外界の人間が、モルガに近づいたからだ」

ティアの目に、穏《おだ》やかならぬ光が瞬《また》いた。

「少し前に、大勢の人間がモルガに近づいた。だからナムカルの狩人は、交代で見張りを立てることにした。今日はティアの順番だったから、山麓に近い谷で狩りをしながら見張りの仕事を果たしていたのだが……ペイフェイを追っているときにマダラマに襲《おそ》われて、川に落ちてしまったのだ」

「……ペイフェイとは、何だ？」

「ペイフェイは、モルガの実りだ。赤き民もマダラマもヴァルブも、みんなペイフェイを食べている。あのマダラマもティアと同じペイフェイを狙《ねら》っていたのだろう」

アイ＝ファァが首を傾げているので、俺が補足することにした。

「たぶんそれは、モルガの山に住む別の獣のことだよ。彼女と一緒にラントの川を流れてきたらしい」

「うむ。ペイフェイの肉はとても力がつくし、爪も毛皮も色々なものに使える。あのような場所にペイフェイがいるのは珍《めずら》しかったのだが……そのせいで、ティアは川に落ちることになってしまったのだ」

「……しかしそれ以前に、王都の兵士たちが山との境に足を踏み込んだりしなければ、お前たちが見張りを立てることにもならなかったということか」

そう言って、アイ＝ファはまた深々と溜息をついた。

「それでようやく合点《がてん》がいった。これもけっきょくは王都の監査官《かんさかん》どもが引き起こした騒乱《そうらん》とつながっていたのだな」

「……お前たちギバ狩りの一族は、決してモルガを荒らしたりはしないのだと聞いている。しかしその人間たちは、たくさんの数でモルガを踏み荒らそうとしていたらしい。モルガの禁忌を破ろうとする者を、赤き民は決して許さない」

ティアの目が、ぎらぎらと輝き始めている。床《ゆか》に置いた刀の柄に指先を添えながら、アイ＝ファは「おい」と怖い声を出した。

「その者たちは、すでにジェノスを出た。今後はモルガの山に近づくこともあるまい。だから、そのように物騒《ぶっそう》な気配を撒《ま》き散らすな」

「……そうか」と、ティアはまぶたを閉ざした。

「とにかく、ティアは禁忌を犯してしまった。この足ではモルガに戻ることもできないし、アスタに贖いもしなければならない。いつでもこの魂を召してもらいたいと願っている」

「だから、それを決めるのは私たちではないと言っているだろうが。……しかしお前は、このたびの罪を許されても、モルガに戻ることはできぬのか？」

「もちろんだ。この身体でモルガに戻っても、百歩といかぬ内にマダラマに食われてしまうだろう」

「しかし、森と山の境では、お前の同胞が見張りを立てているのではないのか？　その者に救いを求めれば、無事に戻ることもできよう」

「いや。禁忌を犯した上に力を失った狩人を救うことなど許されない。ティアがこの身でモルガに近づけば、マダラマよりも先に同胞の刀がティアの魂を召すだろう」

「……何やら、ますます面倒《めんどう》なことになってきたようだな」

アイ＝ファは額に手をあてながら、何度めかの溜息をこぼした。

「まあいい。まずは族長や貴族たちの言葉を待つ他ない。……アスタよ、私は空腹だぞ」

「ちょうど今、完成したところだよ。かまど小屋から鍋《なべ》を運んでくるから、ちょっと待っててくれ」

「ならば、私もともに行こう」

ティアをその場に置き去りにして、アイ＝ファはかまど小屋にまでついてきた。

目当ての鉄鍋に手をかけながら、俺はアイ＝ファに問うてみる。

「アイ＝ファもバードゥ＝フォウも、心から彼女のことを信用してるんだな。もちろん俺も、彼女が嘘をついたり悪さをしたりはしないと思ってるけどさ」

「うむ。あやつは生まれたての赤子か、あるいは犬やトトスのようなものだ。その言葉や心情を疑う必要は、まったくない」

そのように言いながら、アイ＝ファはふわりと俺の咽喉もとに触れた。

「お前を傷つけたりしていなければ、私ももっと穏やかな気持ちであの者と言葉を交わせたのだろうがな……かえすがえすも、口惜《くちお》しいことだ」

「う、うん、そうだな。……ごめんアイ＝ファ、ちょっとくすぐったい」

アイ＝ファは指先を引っ込めながら、不服そうに唇《くちびる》をとがらせた。上目づかいに俺をにらみつけてくるその目つきが、びっくりするほど可愛《かわい》らしい。

「ともあれ、あの者が我々に害をなすことはあるまい。それは信用してかまわぬが、同胞ならぬ者にあまり心を寄せるのではないぞ？」

「うん、彼女は西の民ですらないんだもんな。でも、食事を分けるぐらいは許されるだろう？」

「それはまあ……明日の朝まで、何も食べさせないわけにはいくまいな」

そうして二人で家に戻ると、ティアはさきほどとまったく同じ体勢で座していた。ブレイブもジルベもギルルも、普段通りの様子で土間に控えている。

「さあ、食事だよ。いちおう君の分まで準備したんだけど、どうだろう？」

俺が呼びかけると、ティアはうろんげに振り返った。

「ティアを殺さず、食事まで与《あた》えるのか？　どうせティアは魂を返すのだから、食料が無駄《むだ》に

なるだけだ」

「まだ先のことはわからないじゃないか。口に合うかはわからないけど、よかったら食べておくれよ」

俺は鉄鍋からタウ汁仕立てのギバ・スープをよそい、それをティアのもとまで届けてあげた。するとティアは木皿に鼻を寄せながら、動物のように顔をしかめてしまう。

「……何だか、おかしな香りがする」

「身体に悪いものは使っていないはずだよ。いちおう、薄味《うすあじ》に仕上げたしね」

山の中で暮らしていたのなら、調味料というものにも縁《えん》がなかったことだろう。だから俺は、なるべく刺激《しげき》の少ないシンプルなギバ・スープを準備することにしたのだ。

木皿を受け取ったティアは、なおもいぶかしげに鼻をひくひくと動かした。それから、細長い舌をのばして、スープの表面をちょんと突っつく。その末に、ティアは木皿から直接スープをすすり――そうして困り果てたように、眉尻《まゆじり》を下げた。

「何だかペイフェイの小便をすすっているかのようだ。お前は食事を作るのが下手なのだな、アスタ」

俺は「あはは」と笑うことしかできなかった。

アイ＝ファはアイ＝ファで、座ったまま地団駄《じだんだ》を踏《ふ》んでいる。

「やっぱりそやつは気に食わん！　どうしてこのような恩知らずをファの家で預からなくてはならないのだ！」

何にせよ、そのようにして緑の月の二十五日は終わりを迎《むか》えることになった。

しかし、赤き民の族長の娘《むすめ》、ティア＝ハムラ＝ナムカルを巡《めぐ》る騒動《そうどう》は、ここからが本番であったのだった。

3

翌日の、緑の月の二十六日――朝の早い時間、俺たちが屋台の商売の下準備に取り組んでいると、ルド＝ルウがドンダ＝ルウの使者としてファの家を訪れてくれた。

「へー、そいつが赤き野人かよ。確かに見た目は、人間そのまんまだな」

ティアは、かまど小屋の片隅《かたすみ》で小さくなっていた。腕を組んだルド＝ルウにじろじろと検分されても動じることはなく、ただ赤みがかった瞳を静かに光らせている。

「でも、どうして顔や手足まで、そんな赤い色をしてるんだ？　もとからそんな色をしてるわけじゃねーんだろ？」

「……これは、赤き民の証だ。年に一度、大神の瞳がモルガの真上に瞬く日、赤き民は聖水で身を清める」

俺とアイ＝ファも昨晩同じ質問をしていたが、その聖水というのはさまざまな花や果実や樹皮や岩などをすり潰《つぶ》して、樹液で練りあげたものであるらしい。それを身体に塗りたくると、その色彩は一年ばかりも髪や肌に留《とど》まり、あらゆる災厄《さいやく》から一族を守ってくれるのだそうだ。

ちなみに頬や手足に描かれている紋様は刺青《いれずみ》のようなものであり、これらは自分たちがどの血族であるのかを示すのだという話であった。

「よくわかんねーけど、まあいいや。親父《おやじ》からフォウの家長に伝言を頼《たの》まれたんだけど、赤き野人はファの家で預かってるっていうから、こっちに来たんだ。アイ＝ファは、どこに行ったんだ？」

「私は、ここにいる。族長とジェノス侯爵《こうしゃく》の決定を聞かせてもらおう」

と、ルド＝ルウに続いてアイ＝ファもかまど小屋の入り口に立った。アイ＝ファは薪《まき》拾いの仕事の後、ずっと裏のほうで何かの作業に取り組んでいたのだ。

「あー、それがちっとばっかり、ややこしい話になっちまってな。そいつをどうするかは、族長たちが集まって話し合うことになったんだよ」

「何？　ジェノス侯爵は、なんと述べていたのだ？」

「ジェノスの領主は、森辺の民の判断にまかせるってよ。もともとモルガを出た三獣《じゅう》は、好きに扱《あつか》っていいっていう掟だからなー」

それではいったい、何がややこしいというのだろうか。俺とアイ＝ファが言葉の続きを待っていると、ルド＝ルウは頭の後ろで手を組みながら言いつのった。

「ただ、赤き野人が人間の姿をしてるってのは、ジェノスの領主も知らなかったみたいでな。ふたつだけ条件ってのをつけてきたんだ」

「うむ。その条件とは？」

「まずひとつ目。そいつを絶対に、ジェノスの町に下ろさないこと。町の連中はモルガの三獣をギバよりも恐れているから、それだけは守ってほしいって話だ」

「それは当然の話だな。では、ふたつ目は？」

「ふたつ目は、そいつを森辺の同胞として迎え入れることは絶対にやめてくれってよ。血の縁を結ぶなんてのはもっての外で、できれば面倒が起きる前に首を刎ねてほしいって言ってたらしーぜ」

俺は息を呑み、アイ＝ファは眉をひそめることになった。

「同胞として迎えるな、という言葉に異議があるわけではない。しかし、言葉を交わしもせずに首を刎ねろというのは、どういうことなのだ？」

「よくわかんねーけど、そいつは四大神に許されない存在なんだってよ。たとえ人間の姿をしていても、ヴァルブの狼《おおかみ》やマダラマの大蛇《だいじゃ》と同じように、野の獣として扱ってくれってことだ」

「私たちは敵として牙《きば》を剥《む》かれない限り、ヴァルブの狼やマダラマの大蛇が相手でもむやみに殺《あや》めることはなかろう。こやつもひとたびはアスタを害そうとしたが、己《おのれ》の間違いに気づいてからは、こうしてずっと大人しくしているのだ」

「ていうかさ、ジェノスの領主はそいつがアスタの首を絞《し》めたなんてことは知らねーんじゃねーの？　俺だって、さっきフォウの家で初めて聞いたんだぜ？」

それは確かに、その通りのはずだった。フォウ家の使者は、ティアが目を覚ます前にルウの集落へと向かっていたのである。ということは、マルスタインはティアが西の言葉を解するということさえ、いまだ知らないはずであった。

「それならきっと、マルスタインは何か誤解してるんじゃないのかな？　ティアがこれだけ人間らしい人間だってことを知れば、そんな簡単に首を刎ねろなんてことは――」

「いや。そいつがどんなに人間らしい存在でも、人間として扱うなって言ってたらしーよ。モルガの三獣は、モルガの山でしか生きることを許されねーんだってさ」

俺が言葉を失っていると、当のティアが壁を支えにして立ち上がった。

「それが正しい判断だ。外界の人間がモルガに踏み入ることは許されないし、モルガの民が外界に出ることも許されない。我々は、そのような約定を交わした上で、それぞれの神の子として生きているのだ」

「ふーん。俺たちは东と西方神の子だけど、お前の神ってのは何なんだ？」

「神とは、世界そのものだ。大神が眠りから覚めるまで、我々はモルガと自分たちの血筋を守らなくてはならない。お前たち外界の人間は、眠っている大神の上でかりそめの生を送っているのだ」

その言葉は、俺の記憶を強く刺激した。

「ティア。もしかしたら、その大神っていうのはアムスホルンのことなのかな？　俺たちの神である西方神セルヴァは、その大神アムスホルンの子であるらしいんだけど……」

「大神とは唯一《ゆいいつ》の存在であり、子などは持たない。あえて言うなら、モルガを守る我々が大神の子だ」

俺の想像は、あっけなく打ち消されることになった。それとも、ティアたちの崇《あが》める神を、外界の人間が後からアムスホルンと名付けることになった、ということなのだろうか。しかし何にせよ、大神アムスホルンと四大神の神話は数百年もの昔から伝承されているはずなので、真相などは探《さぐ》りようもなかった。

「ま、そーゆーわけでさ。そいつの扱いは、森辺の民が決めることになっちまったんだよ。今日の夜に族長たちが集まるから、そいつの身柄をルウの家に預けてくれってよ」

ルド＝ルウの言葉に、ティアがきゅっと眉《まゆ》をひそめた。

「ティアはアスタに贖いをしなければならないので、身を遠ざけることはできない。それとも、その族長たちがティアの魂を召してくれるのか？」

「んー？　だから、そいつを決めるために話し合うんだよ。お前がどんなやつか、実際に顔をあわさねーと判断がつかねーからな」

「だけどティアは、アスタに贖いを――」

なおも抗弁《こうべん》しようとするティアに、アイ＝ファが「おい」と声をかけた。

「お前は昨晩から同じ言葉を繰《く》り返しているが、アスタのそばにくっついているだけで、何も為《な》そうとはしておらんではないか。それでいったい、どのように罪が贖われるというのだ？」

「アスタの身に危険があれば、ティアの生命を使って救う。それ以外でも、あらゆる手段でアスタに尽《つ》くすのだ」

「……だから、深手を負ったその身体では、何の役にも立たぬであろうが？」

「それは、アスタが何の仕事も命じてくれないからだ。さっきも荷物を運ぼうとしたのに、横から取り上げられてしまった」

ティアは、ぶすっとした顔でそう言った。とはいえ、骨折した足をひきずっているティアに、荷運びなどを頼む気持ちになれるはずがない。薪拾いの仕事に関しても、ティアがどうしても俺のそばから離《はな》れようとしなかったので、本日はアイ＝ファ一人に頼むことになってしまったのだ。

ティアは右すねの骨をぽっきりと折っており、膝《ひざ》や足首まで固定されている状態である。額の傷はそれほどの深手ではなかったものの、このように動き回っていては治るものも治らないだろう。昨晩に飲ませた痛み止めのロムの葉の効能も、今では切れているはずだった。

そんなティアの姿を見下ろしながら、ルド＝ルウは「ふーん」と鼻の頭をかいた。

「だけどさ、アスタはこれから屋台の商売だろ。お前を町に下ろすことはできねーから、どっちみち留守番するしかねーよな」

「いや。ティアはアスタとともにある」

「ともにある、じゃねーよ。お前を町まで連れていったら、アスタが罪人扱いされちまうんだぜ？　そんなの、許せるわけねーだろ」

ティアは泣きそうな顔になりながら、俺のほうを見た。

「ティアをそばに置いていたら、アスタが罪人になってしまうのか？　だったらその前に、ティアの魂を――」

「族長たちの決定を待つ前に、俺たちの判断で勝手な真似をするわけにはいかないんだよ。昼下がりには戻ってくるから、それまでルウの集落で待っていてもらえないかなあ？」

「……ひるさがりというのは、いつのことだ？」

「えーと、太陽が中天と日没の真ん中らへんになる前には戻ってこられると思うよ。その後は族長たちが集まるまで俺もルウの集落に残らせてもらうから、その間は一緒《いっしょ》にいられるはずさ」

昨晩からずっとティアの相手をしているので、俺も少しは扱い方がわかってきたところであった。ティアはとても頼《たよ》りなげな表情を浮《う》かべつつ、俺の顔をじっと見つめてくる。

「……わかった。アスタを罪人にしたくないので、ティアは我慢《がまん》する」

「ありがとう。俺も助かるよ」

ほっと息をついたところで視線を感じたので顔を向けると、アイ＝ファが面白《おもしろ》くなさそうな面持《おもも》ちで俺たちのやりとりを見守っていた。

「それじゃあ、ルウの集落に寄るときに、そいつを連れてきてくれよ。暴れたりする心配はなさそうだから、俺も安心したぜ」

そうして伝言役としての仕事を終えたルド＝ルウは、早々に帰っていった。

その間も、ティアはじっと俺のことを見つめている。何というか、それこそ動物にでもなつかれたような心地であった。

「……ティアは、とても心が苦しい。ティアは大きな罪を犯したのだから、報《むく》いを受けたいと願う」

「うーん。でも、そうして苦しいのも報いの内なんじゃないのかな。生命を投げうつことだけが、贖いじゃないと思うよ」

「……アスタの言うことは難しい。でも、ティアのためを思ってくれていることはわかる」

赤みがかった不思議な瞳が、真っ直ぐに俺を見つめ返してくる。見ていると、心が吸い込《こ》まれそうになる眼差しだ。人間がここまで無垢なまま大きくなることができるのかと、俺はまたひそかに感じ入ることになった。

そんな俺とティアの間に、黒い棒切れがにゅうっと差し出されてくる。

「いつまで見つめ合っているのだ、お前たちは。アスタよ、お前は仕事のさなかであろうが？」

「ああ、ごめん……って、そのグリギの棒はどうしたんだ？」

「薪拾いのついでに拾ってきたのだ。いつまでも足をひきずっていたら、傷が痛むばかりであろうが」

そのグリギの棒は、片方の先端《せんたん》がYの字になっており、松葉杖《まつばづえ》として使えるように切りそろえられていた。長さも、ちょうどティアの身長にフィットするようである。

「……ティアはもうじき魂を返すのに、わざわざこのようなものを作ってくれたのか？」

「魂を返すことになるかどうかは、族長たちの決めることであろう。お前の言い様は早く死にたがっているように聞こえて、不愉快《ふゆかい》だ」

怒《おこ》った声で言いながら、アイ＝ファはグリギの棒をティアに押《お》しつけた。

それを両手で抱えながら、ティアは深々と頭を垂れる。

「アイ＝ファの温情に感謝する。……お前は怒ってばかりいるが、とても優しい人間であるのだな」

「私を不愉快にさせているのは、お前だろうが！　いいから、アスタの仕事の邪魔《じゃま》をするのではないぞ！」

アイ＝ファはぷりぷりと怒《おこ》りながら、かまど小屋を出ていってしまった。

俺も仕事を再開させると、ユン＝スドラが心配そうに顔を寄せてくる。

「何だかおかしな話になってきましたね。族長たちは、あの者をどうするおつもりなのでしょう？」

「どうだろうね。むやみに生命を奪《うば》ったりはしないと思うけど……かといって、家人に迎えることもできないみたいだし、心配だね」

「はい。たとえモルガを出るのが大きな禁忌《きんき》であったとしても、自らの意思でそれを破ったわけではありませんし……なんとか温情を与えてほしいものです」

基本的に、ティアと接した森辺の民は、みんな少なからず心をひかれているようだった。アイ＝ファは一人で苛立《いらだ》ちをつのらせてしまっているが、それはティアが俺のことを傷つけてしまったためだ。その不幸な行き違《ちが》いさえなければ、アイ＝ファの態度もまったく異なっていたことだろう。

（それでもティアの身を案じて、杖《つえ》を準備してくれたんだもんな。やっぱりアイ＝ファは優しいや）

俺がそんな風に考えていると、ユン＝スドラがにこりと笑いかけてきた。

「アスタは今、アイ＝ファのことを考えていましたね？」

「え？　な、何の話だい？」

「アスタがそのような眼差しをするのは、アイ＝ファのことを考えているときだけですから、すぐにわかるのですよ」

そう言って、ユン＝スドラは『ギバまん』が詰め込まれた木箱を手に、かまど小屋を出ていった。頬《ほお》のあたりにかすかな熱を感じつつ、俺は次なる作業に取りかかる。その間、ティアはグリギの杖を手に、ずっと壁際でひっそりとたたずんでいた。


しばらくの後、俺たちの荷車がルウの集落に到着《とうちゃく》すると、そこには実に大勢の人々が待ち受けていた。どうやら近在に住まう眷族《けんぞく》の人々まで集まってしまったらしい。そこにティアが姿を現すと、人垣《ひとがき》からはわっとどよめきがあがった。

「へえ、本当に全身が赤い色をしてるんだねえ！」

「でも、それ以外は普通《ふつう》の人間のようですね」

「いや、あれは普通とは言えないな。あのような幼い娘であるのに、凄《すさ》まじい手練であるようだぞ」

老若男女《ろうにゃくなんよ》で、感想はさまざまなようだった。そんな人々をかきわけて、ルウの家長たるドンダ＝ルウとその長兄《ちょうけい》たるジザ＝ルウ近づいてくる。

「ご苦労だったな。そいつがモルガの赤き野人か」

腕《うで》を組んだドンダ＝ルウが、ティアの前に立ちはだかる。グリギの杖で身体を支えながら、ティアは恐《おそ》れげもなくその巨体《きょたい》を見上げた。

「ふん。確かに野の獣のような気配をしていやがる。……しかし貴様は、人間の言葉を解するそうだな」

「……モルガの赤き民、ティア＝ハムラ＝ナムカルだ。禁忌を犯した裁きを受けるために、森辺の民の族長にこの身を預けられることになった」

ティアがそのように答えると、周囲の人々がまたどよめいた。ドンダ＝ルウは爛々《らんらん》と双眸《そうぼう》を燃やしながら、ジザ＝ルウは糸のように細い目で、その小さな姿をじっと見つめている。

「俺が森辺の三族長の一人、ルウの家のドンダ＝ルウだ。残りの二人の族長がやってくるまで、貴様の身柄《みがら》はルウの家で預からせてもらう」

「何？　お前が族長なのか？」

ティアが心から驚いたように目を丸くすると、ドンダ＝ルウはうろんげに眉をひそめた。

「ああ。俺が族長で、何かおかしなことがあるか？」

「ある。赤き民の集落では、男が族長になることはない」

新たなざわめきが、周囲に生まれる。俺としても、それは初耳の話であった。

「女は十三の年まで狩人として働き、それで生き残った者だけが子を生すことを許される。そうしてその後はたくさんの子を生みながら、女が長として一族を導くのだ。……ファの家ではアイ＝ファが長であるという話だったから、森辺でも一族を統べるのは女なのだろうと思っていた」

「なるほどな。……それじゃあ、貴様がナムカルという一族の長になることもありえたということか？」

「……ティアはあと一年で十三となり、母ハムラから長の座を引き継《つ》ぐはずだった。ティアが魂《たましい》を召された後は、下の娘が長に選ばれることになる」

すでに魂を返す覚悟《かくご》を固めているティアの声に、よどみはなかった。

ドンダ＝ルウは、「ふん……」と下顎《したあご》の髭《ひげ》をまさぐる。

「了承《りょうしょう》した。貴様の身柄をどう扱うかは、他の族長たちと決めさせてもらう。それまでは、ルウの家で休むがいい」

ティアが無言のままうなずくと、荷物を抱《かか》えたバードゥ＝フォウがそのかたわらに進み出る。バードゥ＝フォウもティアを拾った責任を果たすために、別の荷車でルウの集落を訪れていたのだ。

「ドンダ＝ルウ。面倒をかけてしまい、申し訳なく思っている。そして、この荷物も野人の娘とともに預かってほしい」

「何だそれは？　ずいぶんな荷物だな」

「これは、この娘がモルガの山で捕《と》らえたペイフェイという獣の亡骸《なきがら》だ。この娘が捨てるには惜《お》しいというので、持ってきた」

それは大きな布に包まれていたので、その珍妙《ちんみょう》な姿が人目にさらされることはなかった。しかし、ドンダ＝ルウはいぶかしそうな目つきになっている。

「そいつは、赤き野人とともに川を流れてきたそうだな。ひと晩放っておいたのなら、もう腐《ふ》肉《にく》に成り果てているんじゃねえのか？」

「ペイフェイは、ひと晩ぐらいでは腐《くさ》らない。森辺の民の食事を分けてもらうのは心が苦しいので、裁きの時までその肉を食べていようと思う」

ティアは、静かな声でそう言った。

「だから、ペイフェイの皮を剥《は》いで肉を切り分けるために、ティアの刀を返してもらいたい。森辺の族長ドンダ＝ルウに、許しをもらえるだろうか？」

ドンダ＝ルウはやおらその場に片膝《かたひざ》をつくと、至近距離《きょり》からティアの瞳《ひとみ》を覗き込んだ。ティアもまた、ドンダ＝ルウの青い瞳を正面から見つめ返す。そうしてたっぷり十秒ばかりもおたがいの瞳を見つめ合ってから、ドンダ＝ルウは「いいだろう」と身を起こした。

「赤き野人に、刀を返してやれ。ただし、用事が済んだ後は、またその刀を預からせてもらう。それは、森辺の集落の習わしだからな」

「わかった。ドンダ＝ルウの温情に心から感謝する」

バードゥ＝フォウが、別の包みからティアの刀を取り出した。黒光りする石で作られた、原始的な刀である。それを受け取ったティアは、手馴《てな》れた仕草で木製の鞘《さや》に収めた。

「では、これより赤き野人の身柄はルウ家が預かる。フォウの家長は、ご苦労だった。家に戻って、自分の仕事を果たすがいい」

バードゥ＝フォウは一礼してから、ファファの荷車に戻っていった。

俺のかたわらにたたずんでいたアイ＝ファは、「おい」と顔を寄せてくる。

「くどいようだが、あまりあの娘に情を移すなよ。何があろうとも、あやつが我らの同胞《どうほう》となることはないようなのだからな」

「うん、わかってる。晩餐の時間までには、家に戻るよ」

アイ＝ファはうなずき、最後にティアをねめつけてから、バードゥ＝フォウの後を追っていった。残された俺たちは、宿場町で屋台の商売である。俺も最後に、ティアに声をかけておくことにした。

「それじゃあ、また後でね。きちんと約束は守るから、ティアも大人しくしているんだよ？」

「わかった。この場で、アスタの帰りを待っている」

ティアはドンダ＝ルウや本家の人々に囲まれながら、かまど小屋のほうに連れていかれた。

それと入れ違いで、少し離れた場所にたたずんでいたシーラ＝ルウが近づいてくる。

「ルド＝ルウが言っていた通り、赤き野人というのは不思議な存在であるようですね。でも、悪《あ》しき心は持っていないようなので、ほっとしました」

「ええ。それだけは確かなようですね。何とか穏便《おんびん》に済むように願っています」

「族長たちなら、きっと大丈夫《だいじょうぶ》です。……では、宿場町に向かいましょうか」

シーラ＝ルウを筆頭とする何名かの女衆が、荷車に乗り込んでいく。その中にマイムの姿を見つけた俺は、自分の荷車に戻る前に声をかけておくことにした。

「マイムもティアの姿を見たんだね。マイムは、どう思った？」

「はい。赤き野人が人間そのままの姿であったので、とても驚きました。でも、ギバに比べたら、ちっとも怖くはなさそうですね」

マイムは、屈託《くったく》なく笑っている。彼女《かのじょ》の暮らしている家のほうに目をやると、ミケルとジーダとバルシャの三名も特に変わらぬ様子で言葉を交わしている姿が見えた。

（ジーダやバルシャは余所《よそ》の生まれだとしても、ミケルとマイムは生粋《きっすい》のジェノスの民だ。それでも、無条件でティアを怖がったりはしてないみたいだな）

とりあえず、それは俺にとって安心できる材料であった。個人の感情でティアの身柄を取り沙汰《ざた》すことは許されないが、できることならば、誰《だれ》もが納得できる道を族長たちに選んでもらいたい。俺としては、そのように願うことしかできなかった。

4

屋台の商売は、本日も盛況《せいきょう》であった。

ジェノスに滞在《たいざい》中である建築屋の一団を筆頭に、とてもたくさんのお客が押し寄せてくれている。また、今のところは赤き野人の情報も伏《ふ》せられていたので、それがおかしな騒《さわ》ぎを生み出すこともなかった。

そんな中、赤き野人の話を持ちかけてきた人間が、二名ほど存在した。カミュア＝ヨシュとザッシュマの《守護人》コンビである。

「いやあ、まさか赤き野人が森辺の集落に現れるとはねえ。まったく、驚かされるものだよ」

どうやら両名は、マルスタインやポルアースあたりから事情を聞いていたらしい。カミュア＝ヨシュはのほほんと笑っており、ザッシュマは感じ入った様子でうんうんとうなずいていた。

「しかしまあ、アスタはマダラマの大蛇とも出くわしてるんだもんな。あとはヴァルブの狼と顔をあわせれば、モルガの三獣のすべてと縁を結べるわけだ」

「あはは。マダラマの大蛇には、あやうく絞め殺されそうになりましたけどね」

そして昨日はティアにも絞め殺されそうになっていたのだが、その話も今のところは伏せさせていただくことにした。

「まあ、森辺の民なら赤き野人をもてあますこともないだろうさ。いざとなったら、そんなもんは森と山の境に放り捨てちまえばいいんだ。それでそいつがヴァルブやマダラマに食われちまったとしても、モルガの思《おぼ》し召《め》しってもんだろうしな」

ザッシュマは、陽気な顔でそう言っていた。ザッシュマもカミュア＝ヨシュもジェノスの生まれではないので、それほどこの事態を重く見ていないのだろう。ただ、カミュア＝ヨシュは去り際にこんな言葉を残していった。

「でも、赤き野人が四大神ならぬ神を崇めているっていうのは、興味深い話だね。できることなら、処分されてしまう前に言葉を交《か》わしてみたいものだよ」

「そうですか。赤き野人の娘は、いまルウ家で預かっていますよ」

「いや。余所者《よそもの》の俺があれこれひっかき回すのは、きっとよくないことだろうからね。とりあえずは、森辺の族長たちがどのような判断を下すのかを待とうと思うよ」

そうしてカミュア＝ヨシュは、ザッシュマとともに青空食堂に立ち去っていった。実は彼《かれ》らもルウ家で行われる親睦《しんぼく》の祝宴《しゅくえん》に招かれる身であったので、現在は骨休めと称《しょう》してジェノスに逗留《とうりゅう》しているのである。それもまた、ジェノスが平穏《へいおん》である証のようなものだった。

その後、中天のかきいれ時が過ぎたぐらいの頃合《ころあ》いに、また祝宴に参席する予定である人々がやってきた。城下町の若き料理人、ロイとシリィ＝ロウのコンビである。

「よう、ちょいとひさびさだな。祝宴の日取りってのは、まだ決まらないのか？」

「あ、すみません。もう少ししたら、はっきりすると思うのですが……とりあえず、青の月の十日を過ぎることはないはずです」

青の月の十日は、年に一度の家長会議なのである。親睦の祝宴は、それよりも前に開催《かいさい》されることが決定されていた。

「なるべく早く、日取りを決めていただきたいものですね。わたしたちとて、仕事を抱えている身なのですから」

外套《がいとう》のフードと襟巻《えりま》きで人相を隠《かく》したシリィ＝ロウが、不平そうに声をあげる。それを横目で眺《なが》めながら、ロイは気安く肩《かた》をすくめた。

「ていうかさ、《銀星堂》に予約が入ってる日は、俺《おれ》たちも抜《ぬ》けられねえんだよ。できたら、その日を外してもらうことはできねえもんかな？」

「ええ、もちろんです。青の月の一日から十日までの間で、都合の悪い日があったら教えてください」

「助かるよ。シリィ＝ロウも、都合の悪い日だったらどうしようって、ずっとやきもきしてたからよ」

「や、やきもきなんてしていません！」と、シリィ＝ロウは目のふちを赤くした。ロイの発言の真偽《しんぎ》はともかく、またこのお二人を森辺に招待できるというのは、大きな喜びである。

「えーと、そちらから参席するのは、お二人とボズルの三名でいいのですよね？」

「ああ。タートゥマイも迷ってたみたいだけど、今回は遠慮《えんりょ》するってよ。あのお人は、ヴァルカスと一緒に香草《こうそう》をひねくり回してりゃあ幸せなんだろうしな」

そのヴァルカスは、体質的な問題で森辺の集落を訪《おとず》れるのは難しいという話であったのだ。個人的には残念なところであるが、それでも三名もの城下町の民を招待できるというのは、嬉《うれ》しい話であった。

「それじゃあな。近い内に、ホボイの油やシャスカの扱いなんかの勉強会を開くって話だから、そっちのほうもよろしく頼むぜ」

「はい。こちらこそ、よろしくお願いします」

本日はロイたちも荷車を引いており、それで大量の料理を購入《こうにゅう》していってくれた。監査官たちが帰還《きかん》したことにより、またさまざまな歯車が正常に動き始めたのだ。この調子で、西の民と正しい絆《きずな》を深めていきたいところであった。

さらにその後は、サンジュラまでもが姿を現すことになった。彼が来店するのは、監査官たちとの会合を開いた日の前日以来だ。マントのフードをはねのけたサンジュラは、とても申し訳なさそうな表情で俺に笑いかけてきた。

「ご挨拶《あいさつ》、遅《おそ》くなり、申し訳ありません。リフレイア、扱いが変わったので、私、そばを離れること、難しかったのです」

「ああ、はい。ついにリフレイアの社交が許されるようになったんですもんね。きっとサンジュラも忙《いそが》しくしているのだろうと思っていましたよ」

「……森辺の民、温情、感謝しています。一刻も早く、御礼《おれい》、言いたいと思っていました」

そう言って、サンジュラは深く頭を垂れてきた。屋台に並んでいた他のお客がけげんそうにしているので、俺は慌《あわ》てて「頭を上げてください」と申し述べる。

「森辺の民は、自分たちが正しく生きていくために、トゥラン伯爵家《はくしゃくけ》ときちんと和解するべきだと考えたのです。そこまで一方的に感謝されるような話ではないはずですよ」

「しかし、リフレイア、ようやく罪を許されました。私、心から、嬉しく思っています」

「ええ、俺も嬉しく思っていますよ。これからも、リフレイアを支えてあげてくださいね」

顔を上げたサンジュラは、これまでで一番幸福そうに微笑《ほほえ》んでいた。一緒に働いていたマトゥアの女衆が、思わず目を丸くしたほどである。シムの民さながらの風貌《ふうぼう》をした人間がここまで表情を動かすというのは、なかなかありえない話であるのだった。

「リフレイア、これまで以上に、心正しく生きていくこと、できるでしょう。私、生命にかえても、守り抜こうと思っています」

「はい。そうしてサンジュラも正しい道を歩いてくれれば、俺たちは本当の友になれるはずです」

「心から、励《はげ》みます。……あの、ライエルファム＝スドラ、怒っていませんか？」

「え？　どうしてです？」

「私、毎日、アスタの屋台に通う、約束を破ってしまいました。森辺の民、約束を破る、許さないでしょう？」

　そういえば、ライエルファム＝スドラは警護役の任を解かれた後、サンジュラが屋台に姿を現しているかどうか、毎日のようにユン＝スドラに尋《たず》ねていたらしい。サンジュラの心配も、それほど的外れではないのかもしれなかった。

「そうですね。どういう事情で屋台に来られなくなったのか、きちんと説明したほうがいいかもしれません。あちらの食堂で働いている灰色の髪《かみ》をした女の子はユン＝スドラといって、ライエルファム＝スドラの家族であるので、そちらに伝えてもらってはどうでしょう？」

「ユン＝スドラ。了解《りょうかい》しました。……これからは、数日置き、屋台を訪れたい、考えています。リフレイア、そばを離れる、心配なのですが……リフレイア、ギバ料理、楽しみにしていますので」

「はい。それでリフレイアの様子を聞かせてもらえたら、俺も嬉しいです」

そうしてサンジュラもたくさんのギバ料理を抱えて、食堂のほうに向かっていった。彼は購入した料理をそのまま城下町に持ち帰るはずなので、さっそくユン＝スドラと言葉を交わすのだろう。

サンジュラやリフレイアとも心置きなく縁を結べるというのは、やっぱり俺にとって素晴《すば》らしくありがたい話である。一時はどうなることかと危《あや》ぶまれた監査官たちの登場も、結果的にはさまざまな恩恵《おんけい》を俺たちにもたらしてくれたのだ。

そんな中で、新たな憂慮《ゆうりょ》の種となってしまったのが、ティアの存在である。今後も健《すこ》やかな生活を送っていくために、何とか彼女の問題も穏便に片付けたい。そんな風に願いながら、俺はその日の仕事を果たしていくことになった。

そうして時間は流れすぎ、森辺に帰還する刻限である。

いつも通りにルウの集落に向かうと、そこにはいつも通りの平和な光景が広がっていた。女衆は薪を割ったりピコの葉を乾《かわ》かしたりと日々の仕事に取り組んでおり、幼子たちは楽しそうに駆《か》け回っている。ちょっと年齢《ねんれい》を重ねた子供などは木の棒で剣術《けんじゅつ》の修練に取り組んだり、木登りをしていたり、何にせよ、元気いっぱいの様子だ。そんな光景にほっと安堵《あんど》の息をつきながら本家のかまど小屋に向かうと、ティアはそこで待ち受けていた。

「アスタ、戻《もど》ったのか」

グリギの松葉杖をついて、ひょこひょことこちらに近づいてくる。その面には表情らしい表情も浮かべられてはいないが、赤い瞳には喜びの光がきらめいていた。

「アスタは、約束を守ってくれた。ティアは、とても嬉しく思っている」

「うん。森辺の集落で、虚言《きょげん》は罪とされているからね。嘘《うそ》をついたりはしないよ」

「うむ」と、ティアは子供みたいにうなずいた。その後ろから、ミーア・レイ母さんも笑顔《えがお》で近づいてくる。

「ルウの家にようこそ、アスタ。今日はうちで料理の手ほどきをしてくれるんだってね」

「あ、はい。突然《とつぜん》の話ですみません」

本当は、収穫祭《しゅうかくさい》の日まではずっとファの家で宴料理の修練に取り組む予定であったのだ。とりあえず、今日だけはトゥール＝ディンとユン＝スドラに取り仕切り役をお願いして、その作業を継続《けいぞく》してもらうことになっていた。

「謝《あやま》る必要なんて、ありゃしないよ。アスタが手ほどきしてくれるんなら、あたしらはみんな大喜びさ。アスタがしばらく顔を出せないって聞いてから、レイナなんかはすっかりふてくされちまってていたからねえ」

「ふ、ふてくされてなんかないよ！　大事な収穫祭のためなんだから、しかたないじゃん！」

家族が相手だと幼げな口調になるレイナ＝ルウが、真っ赤な顔をして大きな声をあげた。俺はそちらに笑いかけてから、ティアに向きなおる。

「それじゃあ、俺は仕事を始めるからね。ティアはここで、何をしていたのかな？」

「今は、何もしていない。さっきまで、ペイフェイの毛皮をなめしていた」

そのように述べてから、ティアはかまど小屋の外を指し示した。俺が首をひねっていると、バルシャが笑顔で近づいてくる。かまどの仕事を手伝っていた様子はないので、どうやらティアの見張り役として同席していたらしい。

「なめした毛皮は、外に干してあるんだよ。仕事を始める前に、アスタもちょいと一緒に来てもらえるかい？」

俺はティアとバルシャの三人で、いったんかまど小屋を出ることになった。そうして建物の横手に回り込むと、思わぬ光景が目に飛び込んでくる。そこには毛皮ばかりでなく、ざっくりと切り分けられた肉塊《にっかい》や綺麗《きれい》に洗われた臓物までもが、木の枝に渡《わた》した棒に吊《つ》り下げられていたのだ。

「あのペイフェイって獣の肉や臓物は、こうして日にさらしておくだけで干し肉に仕上げられるんだってよ。面倒《めんどう》がなくって、羨《うらや》ましい話だね」

それにしても、ペイフェイ一頭分の肉なので、なかなかの質量である。胴体《どうたい》は半身に断《た》ち割《わ》られて、腕や足はそのままの形状で吊るされている。色は鮮《あざ》やかな赤であり、筋の他にはほとんど脂身《あぶらみ》がないようだ。臓物はそれぞれの部位に取り分けられて、やはり木の棒に吊るされている。臓物の扱いに慣れてきた俺でも、それらがずらりと吊るされている姿というのはなかなかシュールに思えた。

「そんでもって、こいつは生でも食えるらしくってね。この娘っ子は、骨に残った肉なんかを綺麗にこそいで食ってたよ」

「ペイフェイは、ラモラモの草をたくさん食べるから腐りにくい。マダラマやリオンヌやナッチャの肉だったら、ラモラモの葉に包んでおかないと、一日で腐ってしまう」

ティアが木の幹に松葉杖をたてかけると、バルシャは「おや」と目を丸くした。

「何かを取ろうってのかい？　だったら、あたしが手伝ってやるよ」

「いや。人の手を借りてはいけない」

そのように言うなり、ティアは左足だけでぴょんっと跳躍《ちょうやく》した。わずかに勢いをつけただけであるのに、それだけで二メートルぐらいの高さに達し、棒にかけられていたペイフェイの毛皮を取ることに成功する。そうして左足だけで着地すると、ティアは松葉杖を手に取って、再び俺のもとに歩み寄ってきた。

「ペイフェイの毛皮は、とても丈夫《じょうぶ》で、とてもやわらかい。アスタのために、念入りに噛《か》んでおいた」

「か、噛んだ？　ティアたちは、そうやって毛皮をなめすのかい？」

「噛まないと、毛皮は腐ってしまう。森辺の民は、毛皮を噛まないのか？」

森辺の民は、樹液か何かを使ってギバの毛皮をなめしていたはずだ。俺が言葉を失っていると、バルシャが笑いながら説明してくれた。

「マサラの山でも、毛皮を噛んだりはしないけどね。でも、そうやって毛皮をなめす方法はあるらしいよ。人間の唾《つば》に、毛皮を腐らせない効能があるみたいだね」

「そうなんですか。それはちっとも知りませんでした」

左手でペイフェイの毛皮をつかんだティアは、俺の顔をじっと見つめている。

「赤き民は、ペイフェイの毛皮で寝床《ねどこ》を作る。たくさん重ねるとたくさんやわらかいから、とても気持ちいい。……ティアの狩《か》ったペイフェイの毛皮を、アスタに贖《あがな》いの品として贈《おく》りたいと思う」

「本当にいいのかい？　とても嬉しいとは思うけど……」

「嬉しいのなら、受け取ってほしい」

ティアの瞳は、真剣《しんけん》そのものである。その眼差《まなざ》しのひたむきさに胸を打たれて、俺は「うん」とうなずいてみせた。

「わかったよ。ティアの贖いの品を受け取る。ありがとうね、ティア」

そうすると、ティアの小さな顔に明るい笑《え》みが広がった。俺が初めて目《ま》の当たりにする、ティアの笑顔である。それは十二歳《さい》という年齢よりも幼く見える、とても無垢《むく》なる笑顔であった。

「ティアは、とても嬉しい。小指の爪《つめ》ぐらいだけ、アスタに贖うことができた」

「え？　これでもまだ、贖いは済まないのかい？」

「当たり前だ。ティアはアスタの生命を奪おうとしたのだから、これぐらいの贖いでは許されない。アスタの生命は、ペイフェイの毛皮ていどの重さしか持たないのか？」

そのように述べながら、ティアはまだ微笑んでいる。赤みがかった瞳がそれこそ宝石のようにきらめき、純然たる喜びの感情を惜しみなくほとばしらせていた。

「では、毛皮はもう少し干しておく。あと、ペイフェイの爪も受け取ってほしい」

と、ティアは腰《こし》の帯にはさんでいたものを抜き取った。見覚えのある、ペイフェイの手足の爪である。それはきらきらと黒く光っており、先端などは針のように鋭《するど》かった。

「ペイフェイの爪は、肉や毛皮に穴を開けたり、固い木の実を割ったりすることができる。あと、これで矢を作れば、マダラマの鱗《うろこ》をつらぬくこともできる。とても便利だ」

「ありがとう。すごく綺麗な色だね」

「爪と爪をこすりあわせて、磨《みが》いておいた。とても鋭いので、自分を傷つけないように気をつけてほしい」

俺の手の平に、じゃらりとペイフェイの爪がのせられた。数は十二本、太さは一センチ足らず、長さはいずれも十センチていどだ。黒くぬめるように照り輝《かがや》いているので、まるで装飾品《そうしょくひん》のようである。

「これでまた、小指の爪ぐらい贖うことができた。ティアは、とても嬉しい」

そうしてティアはまたにっこりと微笑んでから、さきほどと同じ動作で毛皮を棒に引っ掛《か》けた。それから俺のほうに向きなおったティアは、一転して残念そうな面持ちになる。

「でも、森辺の民はギバの肉しか喜ばないと聞いて、ティアはとても悲しかった。ペイフェイの肉はとても力がつくので、これもアスタに受け取ってほしかった」

「ああ、そうなんだね。……でも、その肉は血抜《ちぬ》きをしてないんだよね？」

「うむ。仕留めてから時間が経《た》っていたので、血をしぼることはできなかった。ペイフェイの血も、とても力がつく」

「え？　ティアたちは、ペイフェイの血を飲むのかい？」

「血をしぼれなければ、肉に残ったものをそのまま口にする。だから、この肉にもたくさんの恵《めぐ》みが残されている」

俺が首を傾《かし》げていると、またバルシャが解説してくれた。

「マサラの山では、蛇《へび》や蜥蜴《とかげ》の生き血が薬とされていたね。ガージェやギバの生き血は毒だけど、獣によって色々と違ってくるんだろうさ」

「ああ、なるほど。カロンなんかも、新鮮《しんせん》であれば生で食べられるそうですしね」

しかし、それにしてもカロンの肉だって加工の際には血抜きの作業があるはずだ。血抜きをされていないペイフェイの肉というのはどんな味であるのか、興味がわかないこともなかった。

（でも、見知らぬ獣の肉を口にするのは危険なのかな。ティアたちにとっては食用の肉でも、他の人間にはどうだかわからないし……）

そこまで考えてから、俺はふっとおかしな気持ちになってしまった。よく考えたら、俺にとってはギバもカロンもキミュスもギャマも、すべて未知なる獣であったのである。ことさらペイフェイだけを危険と思うのは的外れであるように思えてならなかった。

（きっと町の人たちも、初めてギバの肉を食べるときはこんな気持ちだったんだろうな）

そんな風に考えながら、俺はティアに向きなおった。

「それじゃあ肉に関しては、族長や家長と相談してみるよ。それで了承をもらえたら、その肉も贖いの品として受け取ろう」

「本当か？」と、ティアは瞳を輝かせた。

俺は、「うん」と笑い返してみせる。

「それに、ティアはギバ料理があんまりお気に召さないみたいだったしね。よかったら、今夜はその肉で食事を作ってあげようか？」

「ティアに夜の食事は無用だ。どうせ魂を返すことになるのだから、肉が無駄《むだ》になってしまう」

「いや、魂を返すと決まったわけでは――」

「だけど、それ以外に道はない。生きている間に少しでもアスタに贖うことができて、ティアはとても嬉しく思っている」

そう言って、ティアはまた無邪気《むじゃき》に微笑んだ。さきほどまでと同じ笑顔であったのに、それは俺の胸にひきつるような痛みをもたらしてやまなかった。きっとその思いが、表情に出てしまったのだろう。バルシャは頭をかきながら、俺の耳もとにそっと口を寄せてきた。

「そんなに心配そうな顔をしなさんな。ドンダ＝ルウがあたしの見込《みこ》んだ通りのお人だったら、この娘《むすめ》の首を刎《は》ねようだなんてことは絶対に言わないはずだよ」

「ええ……俺もそれは、同じ気持ちなんですが……」

「大丈夫だよ。ドンダ＝ルウじゃなくっても、森辺の民だったらこんなに純粋《じゅんすい》な娘っ子を見捨てたりはしないはずさ。だってこいつは……町の人間なんかよりも、よっぽど森辺の民に近しい存在じゃないか」

バルシャの言っていることは、痛いほどに理解できる。しかしそれでも、森辺の民は王国の民として生きていくと誓《ちか》ったばかりであったのだ。少なくとも、マルスタインから申しつけられた言葉を破ることだけは、絶対にないはずだった。

（いったいどうやったら、ティアを救うことができるんだろう……ガズラン＝ルティムだったら、何かいい考えも浮かぶんだろうか）

にこにこと微笑むティアの姿を見つめながら、俺は痛切なる思いを抱え込むことになった。

その思いが無事に晴らされることになったのは、その日の夜半に至ってからであった。

「……なるほど。そういうわけで、あのペイフェイという獣の肉をもらい受けたわけか」

ファの家の、夜である。アイ＝ファは本日も不機嫌《ふきげん》そうなお顔をしながら、上座であぐらをかいていた。

「うん、族長たちも、別にかまわんだろうって言ってくれたからさ。ただ、生で食すのは感心しないって言ってたな」

「当たり前だ。ギバの肉を焼かずに食せば、手ひどい病魔《びょうま》に見舞《みま》われることになるのだからな。どのような獣の肉でも、火を通さずに食するのはなるべく避《さ》けるべきであろう」

「それじゃあ、焼いたペイフェイの肉を試食してみてもかまわないかなあ？」

晩餐《ばんさん》の準備はすでにできているが、俺はかまどの横にペイフェイの肉をひと切れだけ準備していたのだ。アイ＝ファは不機嫌そうな面持ちのまま、がりがりと頭をかいた。

「森辺の民がギバならぬ獣の肉を食べることに、あまり意味はないように思えるがな。……しかしまあ、ペイフェイというのがモルガの獣であるならば、カロンやキミュスといった獣よりはギバに近いと言えるのかもしれん」

「ありがとう。それじゃあ、ひと切れだけ焼いてみるよ」

俺はいそいそとかまどに鉄板を設置して、その上にレテンの油を少しだけ垂らした。ペイフェイの肉というのはどこもかしこも赤身であったので、このまま焼いたら焦《こ》げついてしまいそうであったのだ。

じゅじゅうと景気のいい音色をあげて、薄《うす》っぺらい肉はあっという間に象牙《ぞうげ》色《いろ》に染まっていく。その上に少量の塩とピコの葉をふりかけてから、俺は手早くひっくり返した。

「いい匂《にお》いだな。でも、やっぱり独特の香りがあるみたいだ」

ギバともカロンともキミュスとも異なる香りがする。また、俺はかつてシカやヒツジの肉を食した経験があったが、それとも似ていない独特の香気《こうき》であった。

「……アスタ、私は腹が減ったぞ」

「うん、もう焼けたよ。お待たせして悪かったな」

焼きあがった肉を木皿に移し、かまどの火を消してから、俺は自分の席に戻った。すかさずアイ＝ファは、食前の文言を詠唱《えいしょう》する。それを復唱してから、俺は再びその木皿を手に取った。

「アイ＝ファはどうする？　よかったら半分に切り分けて――」

「いらん」

アイ＝ファは『ギバのケル焼き』の皿を取り、早々に食欲を満たし始めた。その姿をこっそり見守ってから、俺は手製の箸《はし》でペイフェイの肉をつまみあげる。

やっぱり、独特の香りである。なんというか、使ってもいない香草の香りが感じられるような気がしてしまう。ペイフェイはラモラモの葉をたくさん食べるから腐りにくいとティアは言っていたが、食べた葉の香りが肉に残ることもありえるのだろうか。

（まあ、何はともあれ、食べてみなくっちゃな）

楕円形《だえんけい》に切り分けた肉の端《はし》を、俺は小さく噛みちぎった。肉の硬《かた》さは、カロン以上、ギバ以下といったところだろうか。それを奥歯《おくば》で噛んでみると、ささやかながらに肉汁《にくじゅう》があふれてくる。その肉汁が、甘《あま》い。それも何だか普通の肉の甘みではなく、果実の糖分でも含《ふく》まれているのではないかという不可思議な甘みであった。

「何だろう。すごく不思議な味だぞ」

ギバにもカロンにもキミュスにも似ていない。というか、この世のどんな肉にも似ていない。フルーティな甘さがあって、なおかつツンとした酸味まであるような――実に奇妙《きみょう》な味わいであった。

肉質は弾力《だんりょく》があって、噛んでも噛んでもなかなかなくならない。しかし筋張ったりはしておらず、とても心地《ここち》よい食感である。そして、噛めば噛むほど甘みや旨《うま》みが広がっていく。とても豊かな味わいだ。

「血抜きをしてないのに臭《くさ》みはないし、これは上質の肉だなあ。ティアがほめちぎってたのも納得《なっとく》だ」

そのように述べながらアイ＝ファのほうを見ると、愛《いと》しき家長はじいっと俺の顔を見つめていた。無言なれども、その心情がひしひしと伝わってくる。俺は食べかけの肉を木皿に戻して、アイ＝ファに笑いかけてみせた。

「よかったら、アイ＝ファの分も準備しようか？」

「いらぬ世話だ」と述べながら、アイ＝ファは鉄串《てつぐし》を俺の皿にのばしてきた。そうして食べかけの肉をかっさらい、まるごと口に放り入れてしまう。

「家長、それはあまりにお行儀《ぎょうぎ》が悪いのではないでしょうか？」

「やかましい」と答えてから、アイ＝ファは肉を咀嚼《そしゃく》した。その目が、ゆっくりと驚《おどろ》きに見開かれていく。

「……この肉は、塩とピコの葉しか使っていないのであろう？」

「うん。それなのに、すごく味が豊かだよな」

「……これならば、モルガの三獣の間で取り合うことになっても不思議ではないのかもしれんな」

頑固《がんこ》なアイ＝ファをしてそう言わしめるほどの、不思議な肉であった。ただ、アイ＝ファは相変わらず不機嫌そうな表情のままである。

「しかし、あのような獣を森で見たことはない。三獣と同じように、あの獣も山から下りることはないのであろう。ならば、我らにとっては無用の長物だ」

「そうだな。でも、ティアからの贖いの品が美味《おい》しい肉でよかったよ」

「ふん」と鼻を鳴らしたアイ＝ファは、性急な仕草でスープをすすった。

空になった木皿を敷物《しきもの》に下ろしつつ、俺はふっと息をつく。

「アイ＝ファもティアが心配なんだな。俺も同じ気持ちだよ」

アイ＝ファは、何も答えようとしなかった。虚言は罪であるために、答えることができなかったのだろう。それでも、俺がアイ＝ファの真情を見誤ることはなかった。アイ＝ファもきっと、ティアの行く末が心配で心配でたまらないのだ。

（一番手っ取り早いのは、ティアを森と山の境に置いてくることだもんな。それならマルスタインの言いつけも守れるし、ティア自身も納得するだろうから）

しかしそれは、ティアの魂をモルガに返すということと同義なのである。ティアが言っていた通り、あのような身体でマダラマの大蛇《だいじゃ》に太刀《たち》打《う》ちできるなどとは、狩人ならぬ俺でもとうてい思えなかった。

族長たちは、いったいどのような運命をティアに与《あた》えるのか――そんな想念を抱え込《こ》みながら、俺たちが早々に晩餐を終えたとき、ついにジルベが「ばうっ」と吠《ほ》えた。

戸板が叩《たた》かれるのとほとんど同時に、アイ＝ファは弾かれたような勢いで玄関口《げんかんぐち》に向かう。

俺も慌ててその後を追うと、戸板が開かれるなり、ガハハという豪快《ごうかい》な笑い声が響《ひび》きわたった。

「遅くに邪魔《じゃま》をするぞ！　元気にやっていたようだな、アイ＝ファにアスタよ！」

「ダン＝ルティムか。どうしてお前が、ファの家に？」

「うむ！　俺も族長らの会議に加わっていたのでな！　せっかくだから、アスタたちの顔を拝んでおこうと思い、使者の役を受け持ったのだ！　ガズランはアマ・ミンの身を案じて先に帰ってしまったが、二人によろしくと述べておったぞ！」

「……どうせ俺が立ち寄るのだから、使者の役など不要であったのだがな」

そのように述べながら、バードゥ＝フォウも土間にあがり込んできた。さらにその後から、ティアの小さな姿までもが現れる。ティアは深くうつむいており、長い前髪《まえがみ》が表情を隠してしまっていた。

「それで、族長たちはどのような判断を下したのですか？」

俺が性急に問い質《ただ》すと、ダン＝ルティムはまたガハハと笑った。

「もちろんこの娘は、モルガの山に返す！　それ以外に、道はあるまい？　それがジェノスの掟《おきて》であり、こやつの望みでもあるのだからな！」

「そ、それじゃあ……森と山の境に置いてくる、ということですか？」

「うむ！　俺たちはそこまでしか踏《ふ》み込めぬのだから、後は自分の力で戻ってもらう他あるまいよ！」

俺は、膝《ひざ》から力が抜けてしまいそうになった。アイ＝ファは、きつく唇《くちびる》を噛んでいる。そんな俺たちを見返しながら、ダン＝ルティムはあくまで陽気に笑っていた。

「しかし、こやつをモルガに返すのは、その身に十分な力が戻ってからだ！」

「え？　それはどういう――」

「このままでは、こやつはマダラマか同胞の手にかかって、魂を返すことになってしまうのであろう？　だから、足の傷が癒《い》えて十全の力を取り戻すまでは、森辺の集落で身柄を預かることになったのだ！」

俺は、再び驚きにとらわれることになった。

アイ＝ファもまた、びっくりまなこでダン＝ルティムを見返している。

「しかし……ジェノス侯爵《こうしゃく》は、その娘を処分するべきだと述べていたのであろう？」

「ジェノスの領主は、野の獣として扱《あつか》うべしと述べていたのだ！　あと、町に下ろしたり、森辺の同胞として迎《むか》えることは禁ずるとも言っていたようだな。しかし、傷が癒えるまで身柄を預かり、そののちにモルガに返すという話であれば、何も不都合はあるまいよ？」

そう言って、ダン＝ルティムはティアの頭をくしゃくしゃにかき回した。

「たとえば、ヴァルブの狼《おおかみ》やマダラマの大蛇が深手を負って、ラントの川を流れてきたとしよう！　それでも俺たちは、そやつが森辺の民に牙《きば》を剥《む》かない限り、手荒《てあら》に扱ったりはしないはずだ！　それで、そやつが正しき心を持っていると判ずれば、このたびと同じ手段でモルガの山に返そうとしたはずであろう？」

「もしかして……ダン＝ルティムが、そうやって族長たちを説《と》き伏せてくれたのですか？」

「べつだん、説き伏せたわけではない！　俺ならそうするし、皆《みな》もそうするのではないかと述べてみせただけだ！　何せ俺は、ヴァルブの狼に二度も生命を救われているからな！　モルガの三獣は、決して凶悪《きょうあく》なだけの獣ではないのだ！」

「そうだな」と、バードゥ＝フォウもうなずいた。

「この娘が正しい心を持っていることは、誰の目にも明らかだ。族長たちも、さして悩《なや》まずに道を決していた。むろん、俺とベイムとルティムの家長も、同じ気持ちだ」

「うむ！　アスタたちは以前にマダラマの大蛇を討《う》ち倒《たお》したという話だったが、それは生命を脅《おびや》かされたためであろう？　こやつもひとたびはアスタに牙を剥いたそうだが、こうしてその行いを深く悔《く》いているのだから、粗雑《そざつ》に扱う必要はあるまい！　……アスタたちだって、そのように思うであろう？」

「ええ、もちろんです！」

俺は安堵の思いにつき動かされつつ、ティアのかたわらで膝をついた。

「よかったね、ティア。これなら君も、納得できるだろう？」

「……森辺の民の温情に、ティアは深く感謝している」

深くうつむいたティアは、声を殺して泣いていた。奇妙な紋様《もんよう》の刻まれた頬《ほお》にぽろぽろと涙《なみだ》をこぼしながら、彼女はずっと泣いていたのだ。

「再びモルガの子として生きていけるなら、それにまさる喜びはない……外界の人間がティアの罪を許し、そしてティアが狩人としての力を取り戻せば、同胞もまたティアをモルガに迎え入れてくれるだろう……」

「それなら、よかった。足が治るまでの辛抱《しんぼう》だね」

「うむ……だけどその前に、ティアはもうひとつの罪を贖わなくてはならない」

ティアが顔を上げて、涙に濡《ぬ》れた瞳で俺を見つめてきた。

「足の傷が癒えるまでに、アスタに犯《おか》した罪を贖う……それでようやく、ティアはモルガに戻る資格を得るのだ」

「ちょっと待て。まさか、それまでファの家に居座《いすわ》るつもりではあるまいな?」

アイ＝ファが厳しい声で問うと、ティアは不思議そうにそちらを振《ふ》り返った。

「アスタのそばにいなければ、罪を贖うことはできない。アスタが町に下りるときだけは我慢《がまん》するので、何も心配はいらない」

「馬鹿を抜かすな! お前の傷が癒えるまで、どれだけの時間がかかると思っているのだ? それまで、ファの家に居座ろうというのか!?」

「ティアの父の弟が足の骨を折ったときは、百日ほどで元の力を取り戻していた。だからきっと、ティアもそれぐらいの時間で力を取り戻せるはずだ」

そう言って、ティアは涙に濡れた顔でにっこりと微笑んだ。

「その百日の間で、ティアはアスタに罪を贖う。何か災厄《さいやく》が訪れて、アスタのために魂《たましい》を返すことになれば、それもまたモルガの意思だ」

「うむ! お前は立派な人間だな! だからこそ、俺たちもお前をモルガに返そうと決めたのだぞ!」

アイ＝ファの不平の声は、ダン＝ルティムの笑い声にかき消されることになった。

そうしてファの家は、家人ならぬ奇妙な同居人を迎え入れることが決定されてしまったようだった。

第二章★★★六氏族の収穫祭

1

そうしてファの家において、赤き野人の娘ティアとの共同生活が始められることとなった。

とはいえ、それはそれほど大きな問題の生じる話でもなかった。とにかくティアは従順で、森辺の掟をないがしろにすることもなかったので、ずいぶんとスムーズに新たな生活を構築することがかなったのである。唯一《ゆいいつ》の難点は、いくら傷に障《さわ》るからと言ってもティアが俺のそばから離《はな》れようとしないことぐらいであった。

「森辺の掟や外界の法がそれを許さないというのなら、ティアも従う。でも、そうでないのなら、どうかティアに罪を贖わせてほしい」

そういうわけで、宿場町に下りる時間帯を除いては、朝から晩までティアと行動をともにすることになってしまった。もちろんそれで何か迷惑《めいわく》をこうむるわけではないのだが、俺としてはアイ＝ファに対して得もいわれぬ申し訳なさを感じるばかりであった。

それに、薪《まき》やピコの葉の採取作業でもティアを同行させなければならないのが、いささか憂慮の種ではあった。初日はこちらが折れて、アイ＝ファだけでその仕事に取り組むことになったものの、いつまでもそうしてはいられない。商売のための採取作業は他の氏族に依頼《いらい》していたが、自分の家で使う薪やピコの葉は自分たちで採取するべきであるというのがファの家のモットーであったのだ。

「だったら、好きにするがいい。森で倒れて傷を痛めたとしても、手などは貸さぬからな！」

そんなアイ＝ファの号令のもと、俺たちは三人で森の端に向かうことになった。しかし、俺たちの心配は杞憂《きゆう》であったらしい。どれだけ足もとの悪い森の端でも、ティアは器用に松葉杖《まつばづえ》を扱い、難なく俺たちについてくることができたのである。

モルガの山もまた鬱蒼《うっそう》とした樹木に覆《おお》われているので、ティアにとってもこういった環境《かんきょう》はごく慣れ親しんだものであったのだろう。しかもティアは森の端に踏み込む際にさえ、裸足《はだし》であった。靴《くつ》を履《は》くという習慣を持たないティアの足の裏は、それこそなめした革《かわ》のように頑丈《がんじょう》で、トゲのある草木や小石を踏みつけても痛みを感じることがなかったのである。

ともあれ、採取作業に同行させる問題に関しては、それでクリアーすることができた。が、それに付随《ふずい》して、ちょっと論議を必要とする騒ぎも持ち上がっていた。俺とアイ＝ファが森の端に入った際に行う、水浴びの習わしについてのことだ。ともに森の端に入った初日、ティアは水浴びの際にも俺から身を遠ざけたくはないなどと言い張っていたのである。

「アスタの身を清めるのを手伝えば、それも贖いのひとつとなる。ティアは少しでもアスタに贖いたい」

もちろんその申し出は、アイ＝ファの穏《おだ》やかならざる感情をひそめた声で却下《きゃっか》されることになった。

「……森辺の集落において、男衆が未婚《みこん》の女衆の裸身《らしん》を目にすれば、目玉をえぐられることとなる。お前は同胞《どうほう》ならぬ存在だが、ファの家の家長としてアスタにそのような所業を許すわけにはいかん」

「だけどティアは、まだ十二歳だ。モルガにおいて十三歳になっていない人間は、男とも女とも見なされない」

「森辺においては、十歳から女衆と見なされるのだ！　血を分けた家人でもない限り、裸身を目にすることは許されない！」

　ということで、ティアは不満そうに唇をとがらせながら、アイ＝ファと一緒《いっしょ》に水浴びをすることになった。俺はいつもの大岩にもたれかかりながら、荷物番である。大岩の向こうからは、アイ＝ファとティアの織り成す賑《にぎ》やかな声が響きわたったものであった。

「森辺の民は、毎日身を清めているのか？　ティアたちは、せいぜい数日に一回ていどだ」

「やかましい。森辺で暮らすからには、森辺の習わしに従ってもらおう」

「まったく面倒な習わしだ。髪が濡れると、乾くまで不快ではないか？」

「汚《よご》れたままにしているほうが、よほど不快だ。いいから、大人しくしていろ」

　二人の声と一緒に、ぱしゃぱしゃと水の跳《は》ねる音色が聞こえてくる。ティアは足の添《そ》え木《ぎ》を外すことができないので、きっと川べりに腰かけた状態で、アイ＝ファに身体をぬぐわれているのだろう。

「……お前は全身が奇妙な色をしているので、どこが汚れているのかもよくわからんな」

「お前たちこそ、湿《しめ》った土のように茶色い肌《はだ》をしているではないか。……そういえば、アスタはどうして一人だけ色が違《ちが》うのだ？」

「アスタは森辺の外で生まれた人間だからだ。しかし、今では森辺の同胞なのだから、肌の色などは関係ない」

「そうか。ティアが最初にアスタを狙《ねら》ったのは、一人だけ色が違くて目立っていたからだ。あと、大人の男なのにずいぶん弱そうだったから、都合がよかった。……アイ＝ファ、そんなに頭をかきむしったら、痛い」

「やかましい！　お前がそうしてアスタを傷つけたりしなければ、こんな面倒を背負《せお》い込むことにはならなかったのだ！」

ティアが怒《おこ》ったりすることはないので、声を荒《あら》らげるのはいつもアイ＝ファの役割となってしまう。俺としては、何とも居たたまれないところであった。

「あ、それともうひとつ、ずっと聞きたいことがあったのだが……アイ＝ファとアスタの子らは、みんな別の家の子となってしまったのか？」

「……お前はいきなり何を抜かしているのだ。私とアスタの間に、子などはおらん」

「何？　だけど、アイ＝ファとアスタは親子でも兄弟でもないのだろう？　それで家族ということは、アイ＝ファとアスタで婚儀《こんぎ》を挙げたということなのではないのか？」

「……アスタは心正しき人間であったので、ファの家の家人として迎えることになった。それだけのことだ」

アイ＝ファは鋼の意思で、平静な声を返していた。

しかし、ティアのほうは無邪気そのものである。

「では、アイ＝ファの伴侶《はんりょ》は魂を返してしまったのか？　アイ＝ファはもうこのように大きいのだから、たくさんの子を生しているのだろう？」

「……私は子など生していない。私は狩人《かりうど》として生きているのだからな」

「ええ？　だけどアイ＝ファは、こんなに乳や尻《しり》が張っているではないか。子を生さぬ女がこのような身体になることはないだろう？」

「そのようなことはない。……お前は、どこをさわっているのだ！」

「ほら、こんなに乳が重たいではないか。うわあ、すごくやわらかいのに、すごく重たいぞ。ほらほら。……痛い。どうしてティアを叩くのだ？」

俺が大岩にもたれながら、一人で頭を抱《かか》え込むことになったのは言うまでもなかった。

まあ、おおむねそのような感じで、ファの家ではティアとの騒《さわ》がしい共同生活が形成されていくことになったわけである。

その他に特筆するべきは、やはり晩餐であっただろうか。ティアがファの家に滞在《たいざい》している間、俺はペイフェイの肉を積極的に使うことにした。というか、ティアのための晩餐は、ひとまずペイフェイの肉でこしらえることに決めたのである。

「これはアスタに贈った肉なのだから、アスタが口にするべきだ」

最初の夜、ティアはそのように述べたてていた。しかし俺は屁理屈《へりくつ》をこねまくって、それをティアに食べさせることを承諾《しょうだく》させてみせたのだった。

「俺がもらった肉なんだから、俺がどう扱ってもいいはずだろう？　どうせペイフェイ一頭分の肉なんて、数日もすればなくなっちゃうんだからさ。その後は傷が癒えるまでギバの肉を食べるしかないんだし、今のうちにペイフェイの肉を味わっておきなよ」

「いや、しかし……」

「ティアがペイフェイの肉を食べてくれたら、俺は嬉《うれ》しいよ。俺を嬉しい気分にさせたら、それもティアにとっては贖いのひとつになるんじゃないのかな？」

ティアは言葉が巧《たく》みであるし、年齢相応の賢《かしこ》さも有しているように思えたが、やっぱり根っこは実直そのものであった。ゆえに、俺の屁理屈を論破することもかなわないようだった。

「……わかった。アスタがそれを望むのなら、ティアはその言葉に従う」

「ありがとう。それで、ティアはどういう食事が好みなのかな？　タウ油のスープはお気に召《め》さなかったみたいだよね」

「モルガでは、肉を香草にはさんで食べていた。煮《に》るときは、香草や木の実などを一緒に煮込《にこ》んでいた」

では、いったいどのような香辛料《こうしんりょう》が好みであるのかと味見をさせてみたところ、ティアのお眼鏡にかなったのは、レモングラスに似た香草と、クミンに似た果実、それにイラの葉とチットの実であった。イラの葉はチットの実と似たところのある、トウガラシ系の香草である。思いの外、それは刺激的《しげきてき》なラインナップであった。

「驚いたな。モルガの山では、そんな刺激《しげき》の強い香草がとれるんだね。俺は薄味《うすあじ》の食事を準備していたのに、まったく裏目に出てたわけだ」

そうして俺は、レイナ＝ルウたちに伝授された香味《こうみ》焼きや《玄翁亭《げんおうてい》》に卸《おろ》しているアラビアータ風の料理などで、ティアのための晩餐をこしらえることになった。ペイフェイの肉すべてをティアに食べさせるのはさすがに気が引けたので、同じ料理を少量だけ自分とアイ＝ファのためにも準備する。それでわかったのは、ティアがアイ＝ファよりもはるかに刺激的な味付けを好んでいるということであった。

「この味なら、ティアも美味《うま》いと思うことができる。アスタもそれほど食事を作るのが下手なわけではなかったのだな」

ティアは満足そうに笑いながら、そのように言ってくれた。もちろんアイ＝ファは不満そうに口をへの字にしていたが、ここまで好みが違っていては文句を言ってもしかたないと悟《さと》ったのか、無言のままであった。

「このペイフェイの肉っていうのは、香草とも相性《あいしょう》がいいんだね。普通《ふつう》に焼くだけでも、十分に美味しいけどさ」

「ペイフェイの肉は、焼かなくても美味だ。干す前の肉をライアの葉にはさんで食べるのが、一番美味だと思う」

そのような会話をしていると、俺の心にひとつの疑念が浮《う》かびあがった。

「そういえば、赤き民も普通に火を使ってるんだね。その割には、モルガの山から煙《けむり》がのぼったり、夜に火が灯《とも》ったりするところを見たことがないんだけど」

「当たり前だ。火の明かりも煙も、山の外からは見えないように隠《かく》している。外界の人間に集落の場所を知られるのは、危険だからな」

俺の作ったペイフェイ料理を美味しそうに食しながら、ティアはそのように語ってくれた。

「この数百年で、外界の人間と大きな争いが起きたことはない。でも、大神が目覚める前に外界の人間が悪心を抱けば、きっとモルガの民を滅《ほろ》ぼそうとするだろう。だからティアたちは、自分たちの血を守るために力を尽《つ》くしているのだ」

「ふうん、そうだったんだね。……でも、赤き民と外界の人間っていうのは、どうしてそこまで徹底的《てっていてき》に縁《えん》を切ってしまったんだろうね。同じ言葉を使ってるんだから、もともとは同じ場所に住む血族だったんじゃないかと思うんだけど」

「わからない。わかるのは、おたがいに異なる神を崇《あが》めているということだけだ」

ティアはあくまで泰然《たいぜん》としていたが、それは俺にとってなかなか気にかかる案件であった。

「それに、言葉が同じというだけじゃなく、固有の名前まで共通してるんだよね。モルガの山とか、モルガに住む獣の名前とか……それはやっぱり、あるていどの時期までは交流があったっていうことなんじゃないのかな？」

「わからない。あったとしても、何百年も昔の話なのだろうと思う」

そのような感じで、この大いなる謎《なぞ》が解明される機会はなかなか訪《おとず》れなかった。

ともあれ、ティアとの共同生活は、賑やかながらも平和に過ぎ去っていったのである。そうして俺たちはそんな状況《じょうきょう》のまま、六氏族合同の収穫祭《しゅうかくさい》を迎えることに相成ったのだった。

「しゅうかくさいとは、何なのだ？」

その日もティアはかまど小屋の片隅《かたすみ》に控《ひか》えながら、そのように問うてきた。

ただし、ファの家ではなく、フォウの家のかまど小屋である。収穫祭の主催者《しゅさいしゃ》は持ち回りで、今回はリッドの家が受け持つことになっていたが、六氏族の全員を無理なく招くことができるのはフォウの集落のみであったので、本日も俺たちはこの場でかまどの仕事に取り組んでいたのであった。

「それはこの前も説明しただろう？　恵みをもたらしてくれる森に感謝の念を捧《ささ》げる、森辺の集落の大事なお祝いごとなんだよ」

「ふむ。そのために、いつもより豪華《ごうか》な食事を準備するのか？　よくわからないが、生誕の祝いのようなものか」

「ああ、赤き民の集落でも、生誕の祝いっていうのが存在するんだね」

「うむ。一族に新たな子が生まれたときと、あとは族長が十年を生き抜《ぬ》くたびに祝いの宴をする」

するると、隣《となり》のかまどで鉄鍋《てつなべ》の面倒を見ていたサリス・ラン＝フォウが微笑《びしょう》まじりの視線をティアに向けた。

「モルガの山でも、月や日というものが存在するのですか？　わたしたちの祖は、それを町の人間から学んだそうなのですが」

「うむ？　モルガで大事なのは、大神の瞳《ひとみ》がモルガの頭上に瞬《また》く日だけだ。赤き民は、その日を迎えるごとに年齢《ねんれい》を重ねる」

「ああ、同じ日に全員が年齢を重ねるのですか。それなら、西の民の習わしに似ているようですね」

ティアが森辺の集落に現れてもう四日目であるので、近在の人間の大部分が普通に接することができるようになっている。ただし、むやみに絆《きずな》を深めるのはジェノスの意向にそぐわないという旨《むね》は周知されているので、誰《だれ》もが適切な距離《きょり》をはかろうと考慮《こうりょ》している気配があった。

しかしそれでも、ティアは魅力的《みりょくてき》な存在である。その純朴《じゅんぼく》さと実直さは、きわめて森辺の民の気風と合致《がっち》している。だからこそ、うかうかと心を寄せてしまわないように、みんな意識的に距離をはかろうとしているのかもしれなかった。

「さあ、そろそろ狩人たちの力比べが始まる時間だよ！　間に合いそうにない仕事は次に回して、中途半端《ちゅうとはんぱ》にならないようにね！」

本日の仕切り役を仕されているリッドの家長の伴侶が、威勢《いせい》のいい声をあげる。リッドの家長ラッド＝リッドの伴侶である彼女《かのじょ》は、俺と同じぐらい背が高く、そして俺よりも五割増しで体格のいい壮年《そうねん》の女性であった。明朗快活なるラッド＝リッドの伴侶に相応《ふさわ》しく、ミーア・レイ母さんに劣《おと》らぬきっぷのよさである。

「どうだろうね、アスタ？　今のところ、仕事が遅《おく》れたりはしていないよね？」

「ええ、もちろん。少なくとも、ここで進めている作業はのきなみ順調ですよ」

「それじゃあ、他のかまど小屋も見回ってこなくっちゃね！　ああ、忙《いそが》しい忙しい！」

実作業の取り仕切り役を担《にな》っているのは、やはり俺である。しかし、俺にばかり負担をかけては申し訳ないということで、今回から主催者の家の女衆が名目上の取り仕切り役を担うことになったのだ。そのように大事な役目を任されることになって、ラッド＝リッドの伴侶は大いに奮起しており、なおかつ、とても楽しそうであった。

それからしばらくして、広場から集合の合図が届けられる。狩人の力比べが始められる刻限、下りの一の刻に達したのだ。前半戦の仕事を終えた俺たちは、充足《じゅうそく》した気持ちを胸にそちらへ向かうことになった。

俺のかたわらにぴったりと寄り添いながら、松葉杖のティアもひょこひょこと歩いている。そうして広場に出てみると、そこには六氏族の狩人が集結していた。前回の収穫祭から二名の若衆《わかしゅ》が十三歳に達して、狩人の総数は三十五名となっている。初めて力比べに参加する二名の見習い狩人は、幼さの残る顔に誇《ほこ》らしさと緊張感《きんちょうかん》を等分に漂《ただよ》わせつつ、他の狩人らとともに立ち並んでいた。

さらに、かまど仕事を果たしていた女衆や五歳以上の幼子や若衆を含めて、参席者の総数は八十名ていどに及《およ》ぶ。その中で、余所《よそ》の氏族から見届け人として参じたのはスフィラ＝ザザのみである。他の族長筋やベイムの人々は、前回の収穫祭を見届けたことで役目を終えたと考えたらしい。それはつまり、血族ならぬ氏族同士で収穫祭を開くことに、大きな問題は見られなかったと判断してくれたということだ。それでもザザ家だけが見届け人を送り込んできたのは、やはりディンやリッドという眷族《けんぞく》がこの中に加わっているためなのだろう。夕方ぐらいには、ゲオル＝ザザも狩人の仕事を切り上げて来訪するはずだという話であった。

「皆、朝からご苦労だった！　これから、狩人の力比べを開始する！」

本日の取り仕切り役であるラッド＝リッドが大きな声で宣言しながら、ぎょろりとした目でティアの姿を見据《みす》えた。

「その前に、いちおう赤き野人についても説明しておくべきであろうな！　すでに誰もが事情は聞いているだろうが、まだその姿を目にしていない人間も多少はいるはずだ！　……アスタ、そやつをこちらに連れてきてもらえるか？」

その呼びかけに応じて、俺はティアとともに進み出た。ラッド＝リッドは笑顔《えがお》でティアの姿を見下ろしてから、周囲の人々へと視線を巡《めぐ》らせる。

「すでに皆も聞いている通り、こやつは現在ファの家に身柄《みがら》を預けられている！　こやつを収穫祭に招くいわれはないが、べつだん邪魔になることもないようなので、アスタのそばにいることを許しているのだ！　……聞くところによると、もうじき行われるルウ家の祝宴《しゅくえん》では宴に加わることを禁じられたらしいが、この場には町の人間がいるわけでもないし、好きにさせても問題はなかろうよ！」

ラッド＝リッドが言っているのは、町の人々を招く親睦《しんぼく》の祝宴についてである。その日取りは青の月の一日に決定されたのであるが、ジェノス侯爵マルスタインからくれぐれもティアを参席させないようにというお達しが届けられたのだった。

しかしその代わりに、本日の収穫祭については森辺の民の判断に任せるという話になっている。足の治療《ちりょう》を終えたらモルガの山に返すという行いにも異議をはさまれることはなかったし、基本的にマルスタインは森辺の民の判断力を信用してくれているようだった。

「ただし、こやつが何か悪さをするようであれば、手足を縛《しば》って家の中に放り込んでおくことになる！　お前もそのつもりで行いをつつしむのだぞ、野人の子よ！」

ティアは普《ふ》段《だん》通りの真《ま》っ直《す》ぐな眼差《まなざ》しで人々を見回してから、最後にぺこりと頭を下げた。

この四日間でティアの姿を見る機会のなかった人々はややざわめいているものの、何も不穏《ふおん》な気配はしない。族長たちの決定は、他の氏族からもとりたてて反対はされていなかったのだ。

また、ティアのほうもどれだけ大勢の森辺の民を前にしても心を乱すことはなく、いつも通りに毅《き》然《ぜん》と背筋をのばして、誇り高い獣のように赤い瞳をきらめかせていた。

「では、野人の娘についてはここまでだ！　アスタ、ご苦労だったな！」

「はい。お疲《つか》れ様《さま》です、ラッド＝リッド」

俺は最後にアイ＝ファへと目配せをしてから、観客側の輪に戻《もど》った。アイ＝ファは力比べに意識を集中しているらしく、厳粛《げんしゅく》きわまりない面《おも》持ちである。

「では、まずは的当ての力比べからだな！　皆、あちらに移動してくれ！」

ラッド＝リッドの号令とともに、俺たちは広場の端へと移動した。木に吊《つ》るされた的を弓矢で狙う、的当ての競技である。

「前回、的当てで勇者の称号《しょうごう》を得たのは、スドラの分家の家長たるチム＝スドラであったな！　その力が勇者の名に相応しいものかどうか、俺たち全員で挑《いど》ませてもらうぞ！」

やはり小さき氏族の間でも、連続で優勝できる者こそが真なる勇者という扱いであるらしい。ラッド＝リッドに豪放《ごうほう》なる笑《え》みを向けられながら、チム＝スドラはとても張り詰《つ》めた顔になっていた。

「それでは、力比べを始めようかと思うが……アイ＝ファよ、お前は今回も腕《うで》ならしが必要であるのかな？」

「いや。猟犬《りょうけん》のブレイブを家に招いてから、私も狩《か》りで弓を使うようになった。腕ならしは、不要だ」

「おお、そうか！　それでは、前回よりもいっそう腕を上げたということだな！　これは楽しみなことだ！」

アイ＝ファは前回、勝ち抜きトーナメントの準決勝戦でマサ・フォウ＝ランに惜敗《せきはい》してしまったが、それは二年以上も弓を使っていない状態で挑んだ勝負であったのだ。他の競技でも荷運び以外では優秀《ゆうしゅう》な成績を残していたアイ＝ファであるので、今回は的当てでも期待をかけられるような気がした。

「今回も、四名ずつの勝負でよかろうな！　まずは家人の少ないファとスドラを除く四つの氏族から、一名ずつ挑むがいい！」

ラッド＝リッドの声に応じて、四名の狩人が進み出る。

的当ての力比べというのは木の枝に吊るした的を振り子のように揺《ゆ》らして、それを矢で射貫《いぬ》く競技であった。的までの距離は十メートルほどで、十秒の間に三本の矢を放つ。的は十センチ四方の木の板であり、真ん中に印があるので、その印を正確に射貫いた数を競《きそ》うのである。

なお、的を揺らすのは若衆の仕事であり、秒数を数えるのは幼子の仕事となる。十歳《さい》未満の幼子たちが笑顔でカウントを合唱するのが、俺には微笑《ほほえ》ましく感じられてならなかった。

「なるほど。弓の腕を競っているのか。狩人らしい力比べだ」

と、ティアは周囲の女衆に劣らず熱い眼差しを競技の場に向けていた。女衆は男衆の勇姿に胸を躍《おど》らせているのであるが、ティアは同じ狩人として昂揚《こうよう》しているらしい。

「そういえば、赤き民も狩りでは弓を使うって話だったよね。ティアも弓は得意なのかな？」

「うむ。しかし、大事な弓は川に流されてしまったようで、とても残念だ」

ティアは、きらきらとした目で狩人たちの勝負を見つめている。心なしか、その小さな身体が小刻みに揺れているようだった。

「ティアも参加したくてたまらないって顔だね」

「うむ、もちろんだ！　……しかし、血族ならぬティアは加わるべきではない。それもわかっている」

そんな中、順当に勝負は進められていった。やはりスドラの狩人は弓の扱いが巧みであり、全員が一回戦を勝ち抜いている。それに、前回好成績であった三名、マサ・フォウ＝ランとジヨウ＝ラン、それにトゥール＝ディンの父親も準決勝戦に駒《こま》を進めていた。

そして、我《わ》が最愛なる家長アイ＝ファも、一回戦は危なげなく勝ち進むことができていた。やはりアイ＝ファは、さまざまな面において大きな才覚を持つ狩人であるのだろう。そして、それをたゆまぬ鍛錬《たんれん》で開花させる不屈《ふくつ》の精神力をもあわせ持っているのだ。

そうしてアイ＝ファが矢を射るだけで、周囲からは黄色い声援《せいえん》があがる。相変わらず、アイ＝ファは女子人気が高いようだ。なおかつ、アイ＝ファが真剣《しんけん》な面持ちで矢を射るその姿は、俺から見ても掛《か》け値《ね》なしに格好よく、魅力的であった。

「よし、次の勝負は三名ずつだ！」

一回戦で敗退してしまったラッド＝リッドは、気落ちした様子もなく声をあげていた。俺の知る限り、大柄《おおがら》な狩人というのは弓よりも刀を得手にしているようなのである。

ともあれ、次の勝負が早くも準決勝戦で、九名の狩人が三名にまで絞《しぼ》られることになる。アイ＝ファの対戦相手は、ライエルファム＝スドラにジョウ＝ランという強者《つわもの》ぞろいであった。特にジョウ＝ランは、前回の力比べでチム＝スドラと一位の座を争っていた腕前《うでまえ》である。

「あの二人は、とても腕がいいようだ。でも、きっとアイ＝ファが勝つだろう」

そんな風に言いながら、ティアはにこりと俺に笑いかけてきた。アイ＝ファは決して甘い顔を見せないものの、ティアは一緒に暮らすアイ＝ファに対しても惜《お》しみなく心を寄せているのである。そして、そんなティアの予言通りに、アイ＝ファは準決勝戦を勝ち抜くことができた。まずは一本の矢を的から外したジョウ＝ランが敗退し、そののちの再勝負でライエルファム＝

スドラをも見事に下してみせたのである。

「まいったなあ。さすがはアイ＝ファです」

ジョウ＝ランは、眉尻《まゆじり》を下げて笑っていた。アイ＝ファは特に言葉を返そうとはせず、その代わりにライエルファム＝スドラがジョウ＝ランをねめつけた。

「お前はたしか、前回の力比べで俺を下していたはずだな。若いお前は日を重ねるごとに力を増していくはずなのだから、俺のような老いぼれに追い抜かれてはいかんぞ」

「いえ。ライエルファム＝スドラほど立派な狩人が相手では、そう簡単にはいきませんよ」

「……簡単だなどとは言っていない。ただ、口惜《くちお》しく思う気持ちはお前の力になるはずだ」

「あ、それなら心配はいりません。俺は口惜しさが表に出ないだけなのです」

ジョウ＝ランが笑顔でそのように述べると、ライエルファム＝スドラは苦笑《くしょう》しつつ「ならばいい」ときびすを返した。

そんな中、準決勝の二戦目はすでに開始されている。そこではチム＝スドラがフォウとスドラの狩人を下し、そして三戦目ではトゥール＝ディンの父親がマサ・フォウ＝ランとスドラの若い狩人を退けることになった。前回は準決勝戦で敗退することになった父親が勝利をつかみ取り、トゥール＝ディンは目を潤《うる》ませつつ喜んでいた。

そうして迎えた、決勝戦――ファイナリストは、アイ＝ファ、チム＝スドラ、トゥール＝ディンの父親である。

「チム＝スドラ以外は、前回と異なる顔ぶれとなったな！　これは腕を上げた二人を褒《ほ》めたたえるべきであろう！

ラッド＝リッドの笑い声とともに、いよいよ決勝戦が開始される。これがまた、つばぜり合いの大接戦であった。前回もたしか勝負がつくのに六回ぐらいはかかったように思うが、今回はその数を重ねても、一人として脱落《だつらく》しなかったのである。

勝負がついたのは、八回目であった。そこでも三名は全員的に矢を当てていたが、真ん中の印をすべて射貫いたのはチム＝スドラのみであり、見事に連覇《れんぱ》を成《な》し遂《と》げてみせたのだった。

「これは見事だ！　今回も、的当ての勇者はチム＝スドラとする！」

人々は、男女の別なく歓声《かんせい》をあげている。チム＝スドラは大きく息をつきながら、アイ＝ファとトゥール＝ディンの父親に向きなおった。

「ギバ狩りのときよりも神経が削《けず》れた気がするぞ。お前たちも、勇者の名に相応しいと思う」

「しかし、それでも勝利したのはお前だ。心から祝福しよう」

ちょっとリャダ＝ルウと似たところのあるトゥール＝ディンの父親は、渋《しぶ》みのある顔に穏やかな笑みを浮かべている。額の汗《あせ》をぬぐいながら、アイ＝ファも「うむ」とうなずいていた。

そんな狩人たちの姿に、チム＝スドラの伴侶たるイーア・フォウ＝スドラはもちろん、トゥール＝ディンも嬉しそうに微笑んでいる。きっと俺も、同じ面持ちになっていたことだろう。

狩人の力比べで、負けても恥《はじ》になることはないのだ。それが当たり前だと再認識《さいにんしき》できるような、それは素晴《すば》らしい勝負であった。

2

その後も、狩人の力比べは順当に進められていった。

次なる競技は荷運びであり、これは幼子を乗せた引き板を引いて、五十メートルほどの距離を駆《か》けるという内容だ。荷物役の幼子は数名ずつ配置されるので、その重量は七、八十キロにも及ぶ。言うまでもなく、これは大柄で力自慢《ちからじまん》の狩人に有利な競技であった。

的当てでは全員が一回戦で敗退することになったリッドの狩人たちが、ここでは大活躍《だいかつやく》することになる。六氏族の中で、平均的に体格が優《すぐ》れているのはリッドとディンの家であるのだ。

そうして優勝したのは、やはり前回の覇者《はしゃ》であるラッド＝リッドである。彼《かれ》は百キロぐらいもありそうな巨躯《きょく》であるのに、ダン＝ルティムもかくやという俊足《しゅんそく》の持ち主でもあったのだ。今回も、その牙城《がじょう》を崩《くず》せる狩人は存在しなかった。

体格的に不利なアイ＝ファは今回もかろうじて一回戦だけを勝ち抜き、準決勝で敗退していたが、前回ほど悔《くや》しそうな表情はしていない。この競技ばかりは、他の狩人に席を譲《ゆず》る他ないという心境に落ち着いたようであった。

そうして次の競技は、アイ＝ファも得意な木登りである。ここでは少し、波乱が起きた。アイ＝ファは無事に決勝戦まで進むことができたが、前回アイ＝ファと接戦を繰《く》り広げていたジョウ＝ランがトゥール＝ディンの父親に敗北してしまったのである。

甘《あま》いマスクと穏やかな物腰《ものごし》で若い女衆に人気のあるジョウ＝ランであるので、その敗退にはあちこちから嘆《なげ》きの声があがる。そんな中、俺はこっそりトゥール＝ディンに囁《ささや》きかけることになった。

「すごいね。トゥール＝ディンのお父さんは、また決勝戦に進出じゃないか」

「は、はい……でも、アイ＝ファもそれは一緒ですよね。アイ＝ファもすごいです」

トゥール＝ディンは、また目を潤ませて喜んでいた。トゥール＝ディンの父親は、スン家で堕落《だらく》してしまった罪を贖《あがな》おうと必死に修練を重ねているという話であったのだ。その成果がこれだけ目に見える形で現れれば、嬉しくないはずがなかった。

そうして迎えた決勝戦の顔ぶれは、アイ＝ファ、ライエルファム＝スドラ、トゥール＝ディンの父親、というものである。前回はチム＝スドラもファイナリストになっていたが、今回は準決勝戦でアイ＝ファに敗れることになったのだ。

「森辺の民も、けっこう素早《すばや》く木を登ることができるのだな。森辺の民は地べたを駆けるギバを狩っているから、木に登ったりはしないのだろうと思っていた」

ティアは、相変わらず昂揚した面持ちでそのように述べていた。

ともあれ、決勝戦である。その勝負を制したのは、やはり前回の覇者であるライエルファム＝スドラであった。

「あの年をくった狩人は、ちょっと赤き民に似ている気がする。他の狩人のように図体《ずうたい》が大きくないので、なおさらだ」

ティアがそのように述べていたので、俺は思いついた疑問を口にしてみた。

「そういえば、ティアは年齢の割に小柄《こがら》だと思ってたんだけど、もしかしたら赤き民としては小さいわけではないのかな？」

「うむ？　ティアは大きくも小さくもない。十二歳の女衆として、普通だと思う」

「そっか。それじゃあ大人の男性でも、ライエルファム＝スドラぐらいの背丈《せたけ》が普通なのかな？」

「うむ。あれぐらいが、普通だと思う」

ライエルファム＝スドラはレイナ＝ルウより小柄なぐらいで、おそらく百五十センチ未満なのである。それが成人男性の平均的な身長だとすると、赤き民というのはずいぶん小柄な一族であるようだった。

「よし！　それではこれで、小休止としよう！　女衆は、腹ごしらえの準備を頼《たの》むぞ！」

ラッド＝リッドの言葉に応じて、軽食の準備が整えられることになった。ここから三の刻の半までは、かまどの仕事を進めさせていただくのだ。その間、狩人たちには簡単な食事とチャッチのお茶で英気を養ってもらう手はずになっていた。

本日の軽食は、腸詰肉《ちょうづめ》とポイタンの生地《きじ》を使ったホットドッグのようなものである。狩人たちは広場に座《すわ》り込《こ》み、おのおの食事を楽しみ始めた。俺はかまど小屋に引っ込む前に、アイ＝ファにひと声かけておこうとそちらに近づいていった。

「アイ＝ファ、お疲れ様。的当てと木登りは惜しかったな」

チャッチの茶を木皿ですすっていたアイ＝ファは「うむ」とうなずいてから、ティアをじろりとねめつけた。

「ティアよ、何も悪さなどはしておらぬだろうな？」

「うむ。しかし、お前たちの力比べというやつを見ていたら、身体がうずうずしてしまった。足が折れていなかったら、一人で木に登っていたと思う」

ティアは、笑顔でそのように応じていた。日を重ねるにつれて、ティアはどんどん笑顔が多くなってきたのだ。それと相対するアイ＝ファは、相変わらず厳粛なる面持ちであった。

「くれぐれも、アスタの邪魔《じゃま》だけはするのではないぞ」

「わかっている。アイ＝ファが勇者というものになれるように、ティアも願っているぞ」

アイ＝ファは小さく息をついてから、俺のほうに視線を転じてきた。

「他のかまど番は、仕事に戻ったようだぞ。お前も自分の仕事を果たすがいい」

「うん。それじゃあ、また後でな」

ティアがそばにいると、アイ＝ファはなかなか笑顔を見せてくれない。ということは、かれこれもう四日ばかりはアイ＝ファの笑顔を見ていないということだ。それをちょっぴりさびしく思いながら、俺はかまど小屋へと引き返した。

宴料理の準備に関しては、順調に進められている。ここ数日はこの日のために修練を重ねていたので、その効果もてきめんであった。かまど番は三班に分けられており、その班長は、俺とトゥール＝ディンとユン＝スドラだ。ラッド＝リッドの伴侶はその間をせわしなく駆け回り、潤滑油《じゅんかつゆ》としての仕事を担ってくれていた。

「アイ＝ファはますます力をつけているようで、すごいですね。わたしはアイ＝ファの友として、とても誇らしく思います」

と、作業をするかたわらで、サリス・ラン＝フォウがそのように語りかけてきた。その顔には、言葉の通りの表情が浮かべられている。

「サリス・ラン＝フォウも、力比べを観戦できたのですね。たしか前半の内に、幼子の面倒《めんどう》を見る役目だったでしょう？」

「はい。荷運びの間にその仕事を受け持っていました。アイ＝ファはきっと、的当てと木登りで力を見せるだろうと思っていましたので」

そう言って、サリス・ラン＝フォウはちょっぴり気恥《きは》ずかしそうに微笑んだ。力比べの観戦については未婚の女衆が優先されていたが、きっとサリス・ラン＝フォウもそれに負けない熱意でアイ＝ファの勇姿を見届けたかったのだろう。

「アイ＝ファもまた勇者の称号を得られるように願いたいところですね。やっぱりアイ＝ファは、闘技《とうぎ》がもっとも得意なのでしょうか？」

「ええ、そうなのだと思います。……というか、的当てや木登りも得意だけど、他の狩人たちがその上を行っている、という感じなのでしょうかね」

「ああ、スドラの狩人たちは的当てと木登りが得意ですものね……そういえば、棒引きでは誰が勇者になるのでしょうね。前回はジョウ＝ランでしたが、どうも今回は難しいように思います」

そういえば、各種の競技で優秀な成績を残していたジョウ＝ランであるが、勇者の称号を得たのは棒引きにおいてであったのだった。しかしそれは、サウスポーという利点を活《い》かしての勝利であったように記憶《おく》している。他の狩人たちが意識的にその対策をしてくるとまでは思えなかったが、以前ほどのアドバンテージはないように感じられた。

「まあ、ジョウ＝ランはまだ若いのですから、負けることで学ぶことも多いでしょう。すべては森の思《おぼ》し召しです」

ジョウ＝ランの従姉妹《いとこ》であるサリス・ラン＝フォウは、そのような言葉で会話をしめくくった。

そうして一刻半ほどの時間が経過して、力比べの再開である。

第四の種目である棒引きは、一本の棒を片手で握《にぎ》り合い、それを奪《うば》い合う競技であった。競技者は三十センチ四方の分厚い板の上に立っており、そこから足を踏《ふ》み外《はず》しても敗北となる。瞬発力《しゅんぱつりょく》や反射神経、そして相手の呼吸を読むことを眼目とする、なかなか侮《あなど》れない内容であるのだった。

対戦相手は、蔓草《つるくさ》を使ったくじ引きで決められる。この棒引きと闘技の力比べは対戦者同士の相性というものも重要になってくるので、そこは厳正に取り決められているのだ。そうして十七組の対戦相手が決められて、シード選手はランの家長となった。

女衆や幼子たちが見守る中、最初の組から試合が始められていく。アイ＝ファ、バードゥ＝フォウ、ラッド＝リッド、ライエルファム＝スドラ、チム＝スドラ——俺が懇意《こんい》にしている面々は、危なげなく一回戦を勝ち抜いていった。そんな中、弓の名手たるマサ・フォウ＝ランはリッドの体格のいい狩人と対戦し、すぐに尻餅《しりもち》をつくことになった。

そして、一回戦の最後の試合で対戦したのはジョウ＝ランとトゥール＝ディンの父親であり、これは前回の準決勝戦の再現となる組み合わせであった。一対一の競技である棒引きにおいて、準決勝戦というのは四戦目か五戦目にあたるわけだが、前回はそこまで勝ち抜いた両者が今回は初戦でぶつかることに相成ったのだ。

小さな板の上で向かい合う両者の姿を、トゥール＝ディンは祈《いの》るような眼差しで見守っている。そういえば、前回父親が敗退してしまったとき、一人だけ左腕《ひだりうで》を使うジョウ＝ランのことを、トゥール＝ディンは「ずるい」と述べていたのである。普段は決して他者のことを非難したりはしないトゥール＝ディンであるので、俺はその出来事を強く記憶に残していた。

（今回はどうだろう。少なくとも、相手が左利《ひだりき》きだっていう心の準備はできてるはずだけど……）

俺としても、心情としてはトゥール＝ディンの父親を応援《おうえん》したいところであった。べつだんジョウ＝ランに恨《うら》みがあるわけではなく、ただトゥール＝ディンと親しくしている身としては致《いた》し方《かた》のない心情であっただろう。

そんな中、両名の勝負は開始されて――思わぬ形で、決着がつくことになった。ラッド＝リッドが「始め！」という声をあげると同時に、トゥール＝ディンの父親がものすごい勢いで棒を引いたのである。

もちろん、その動き自体は珍《めずら》しいものではない。単に先制攻撃《こうげき》を繰り出しただけのことだ。だが、ジョウ＝ランの手からは棒がすっぽ抜けていた。相手の素早さに、まったく対応することができなかったのだ。

「それまで！　……いや、今のは見事であったな！　ずいぶん腕を上げたようではないか、ゼイ＝ディンよ！」

それが、トゥール＝ディンの父親の名であるらしい。俺が思わずトゥール＝ディンのほうを振《ふ》り返ると、彼女はきょとんとした顔で立ち尽くしていた。それから、じわじわと歓喜《かんき》の表情を広げていき――その末に、トゥール＝ディンは「やったー！」と俺の胸《むな》もとに抱きついてきた。

「うん、よかったね。今のは目にも止まらぬ早業《はやわざ》だったよ」

俺が笑顔で声をかけると、トゥール＝ディンは真っ赤な顔をして身を離《はな》した。

「あ、す、すみません！　つ、つい我を失ってしまって……」

「全然かまわないよ。本当によかったね、トゥール＝ディン」

トゥール＝ディンは、赤いお顔のまま「はい」とうなずいた。

その反対側では、ティアがもっともらしい面持ちでうなずいている。

「今のは、なかなかの動きだった。ティアでも虚《きょ》をつかれていたかもしれない」

ともあれ、これはまだ一回戦であるのだ。トゥール＝ディンの父親たるゼイ＝ディンとジョウ＝ランは勝負の場から退き、二回戦が開始されることになった。

人数は、十八名にまで絞られている。ここでアイ＝ファはバードゥ＝フォウと対戦し、接戦の末に勝利していた。ライエルファム＝スドラとチム＝スドラ、それにラッド＝リッドとゼイ＝ディンも勝ち抜いて、残りは九名である。

三回戦、アイ＝ファの次なる相手はラッド＝リッドであった。六氏族の中では一番の怪力《かいりき》を誇る狩人である。ラッド＝リッドはその怪力をもって、アイ＝ファを大いに苦しませたが――しかし結果は、アイ＝ファの勝利であった。狩人の中ではほっそりとした体格をしているアイ＝ファがラッド＝リッドの巨体《きょたい》を転倒《てんとう》させると、周囲からは歓声とどよめきがあがった。俺ももちろん、ひそかに快哉《かいさい》を叫《さけ》ぶことになった。

「ううむ、棒引きでもアイ＝ファに敗れてしまったか！　やっぱりお前は、大した狩人だな！」

ラッド＝リッドは前回、闘技の力比べでもアイ＝ファに敗れている。しかしその厳《いか》つい顔に浮かぶのはきわめて清々《すがすが》しげな笑みであり、アイ＝ファは肩《かた》で息をしながらうなずき返していた。

その後は、ライエルファム＝スドラがディンの家長を、ゼイ＝ディンがチム＝スドラを下し、フォウの狩人とリッドの狩人を含《ふく》む五名が勝ち進むことになった。やはり個人対個人の対戦となると、組み合わせ次第で結果が違ってくるのだろう。前回と同じ顔ぶれであるのは、アイ＝ファとライエルファム＝スドラとゼイ＝ディンのみであった。

次なる一戦はゼイ＝ディン対フォウの狩人で、二戦目はアイ＝ファ対ライエルファム＝スドラ。シードはリッドの狩人となる。一戦目はゼイ＝ディンが制し、二戦目は五分間にも及ぼうかという大接戦に陥《おちい》りながら、アイ＝ファが何とか勝利をもぎ取ってみせた。アイ＝ファはこれで、決勝戦に進出である。

　間に小休止が入れられて、リッドの狩人とゼイ＝ディンによる準決勝戦が行われる。ゼイ＝ディンは、これにも勝利して――決勝戦は、アイ＝ファとゼイ＝ディンで行われることになったのだった。

「ふむ。普通に考えれば、アイ＝ファの勝利だな」

　心臓を高鳴らせる俺とトゥール＝ディンのかたわらで、ティアはそのように述べていた。

「だけど、どうだろう……アスタよ、これは手傷を負ってまで勝利を求めるべきものなのだろうか？」

「え？　棒引きで手傷を負うようなことはないだろう？　この後の闘技の力比べだったら、相手に手傷を負わせるのは反則になるけどさ」

「しかし、無理をすれば手傷を負うことになる。アイ＝ファは、どちらを選ぶのだろうな」

　俺には、ティアの言葉の意味がわからなかった。わかったのは、試合を終えた後のことである。その試合もまた五分間を超《こ》える大接戦となり、いったいどのような決着になるのだろうと俺が息を詰めて見守っていると――ふいに、アイ＝ファが木の棒を手放してしまったのだ。

　棒をおもいきり引いていたゼイ＝ディンは、勢い余って転倒してしまう。それからゼイ＝ディンは、不審《ふしん》げに眉《まゆ》をひそめてアイ＝ファをにらみつけた。

「アイ＝ファよ、なぜ手を離したのだ？　今のは、自分から手を離したように思えたぞ」

「うむ。今の動きをこらえたら、手の皮が大きく破けてしまうように思えたのだ。それも、半月では治らぬような傷になると思えたので、こらえることができなかった」

アイ＝ファはその右の手の平をさすりながら、とても静かな声でそう答えていた。

「ルウの家のダルム＝ルウも、森の主《ぬし》との戦いで同じような手傷を負い、長らくギバ狩りの仕事から離れることになっていたからな。力比べでそのような傷を負うことは正しくないと、私はそのように判断した」

「……俺との力比べだけで、そのような事態に至ったわけではあるまい。そういえば、お前はここまで勝ち進む間、フォウとリッドとスドラの家長を相手取っていたのだったな」

ゼイ＝ディンは立ち上がり、審判役《しんぱんやく》のラッド＝リッドを振り返った。

「どうにも俺は、自分の力で勝てた気がしない。これでも勝者は俺となってしまうのか？」

「当たり前だ！　そのためにこそ、誰と対するかは母なる森に託《たく》しているのであろうが？　何も案ずる必要はない！」

そうしてラッド＝リッドは、笑顔のままアイ＝ファを振り返った。

「それに、アイ＝ファの心意気も見事だと思うぞ！　俺だったら頭に血がのぼって、手傷を負うまで棒を離さなかったろうな！」

「ふん。お前の馬鹿力だって、存分に私の手を痛めてくれたのだぞ」

アイ＝ファは唇《くちびる》がとがってしまうのを懸命《けんめい》にこらえるかのように、口をへの字にした。ラッド＝リッドはいっそう陽気に笑いながら、右腕《みぎうで》を振り上げる。

「棒引きの勇者は、ゼイ＝ディンだ！　新たな勇者に祝福を！」

　その言葉を待ち受けていた人々は、いっせいに歓声をほとばしらせた。トゥール＝ディンは、涙《なみだ》の浮かんだ目で父親の姿を見つめている。アイ＝ファが不完全燃焼《ねんしょう》な形で敗北してしまったのは、俺《おれ》としてもなかなかに口惜しいところであったのだが――やっぱりそれで、ゼイ＝ディンの勝利の価値が下がるわけではない。俺も心から、その勝利を祝福することができた。

「それではいよいよ、最後の力比べだな！　皆《みな》、母なる森に己《おのれ》の力を示すのだぞ！」

　おおっ、と狩人たちは咆哮《ほうこう》のような声で応える。最後の競技である、闘技の力比べだ。前回も、アイ＝ファはここまで勇者の称号を得ることはできなかった。たびたび決勝戦まで残りながら、毎回惜敗を喫《きっ》していたのである。

「そういえば今回は、的当てでも最後の三人にまで選ばれていたのですよね。荷運び以外のすべての力比べでそこまでの結果を残せるなんて、すごいことだと思います」

　サリス・ラン＝フォウは、そのように述べていた。だけどやっぱりその瞳には期待と不安の光が渦巻《うずま》いていたし、それは俺も同様であっただろう。親愛なるアイ＝ファがその力に相応しい栄誉《えいよ》を授《さず》かれるようにと、俺たちはそんな風に願わずにはいられなかったのだった。

「ふむ。最後は、取っ組み合いか。あのように大きな身体をした狩人たちが子供のように取っ組み合うのは、愉快《ゆかい》だな」

　いざ始まった闘技の力比べを前にして、ティアはそのように述べていた。ティアに皮肉を述べるという機能は備わっていないので、それは言葉の通り、愉快に思っているのだろう。相変わらず、ティアは熱のこもった眼差しで狩人たちの姿を見守っていた。

まず一回戦、アイ＝ファは大柄なリッドの男衆を相手に、瞬殺《しゅんさつ》を決めていた。見た感じ、手の平を痛めた影響《えいきょう》は見られないので、俺はほっと息をつく。そしてその後も、めぼしい狩人はのきなみ勝利を収めていた。これが母なる森の思し召《め》しなのか、いきなり強豪《きょうごう》同士の対戦とはならなかったようだ。

シードの一名を加えて人数は十八名となり、二回戦である。その二回戦で、チム＝スドラとジョウ＝ランがぶつかることになった。それぞれの氏族を代表する、若きホープの両名である。そして、彼らは前回の力比べでも対戦しており、そのときはジョウ＝ランが勝利をもぎ取っていた。

人々は、これまで以上に大きな歓声をあげながら、その戦いを見守った。両者の力は、かなり拮抗《きっこう》しているように思える。素早さではチム＝スドラが上回っているものの、ジョウ＝ランはすべてにおいて高い能力を有しており、なかなか相手につけいる隙《すき》を与《あた》えなかった。

だが――勝利したのは、チム＝スドラであった。横合いから繰り出されたジョウ＝ランの腕をひっつかむと、そこからするすると肩のほうにまで指先をのばし、衣服をつかんで、背負い投げを決めてみせたのだ。

チム＝スドラの伴侶《はんりょ》たるイーア・フォウ＝スドラは、ユン＝スドラと抱き合って喜びの声をあげていた。他の人々も、惜しみのない歓声をあげている。そんな中、ひょこりと上体を起こしたジョウ＝ランは、ちょっと切なげな目でチム＝スドラを見上げた。

「あの、このような言葉を口にしても意味はないと承知していますが……以前の祝宴でチム＝スドラは、俺のほうが狩人としての力がまさっていると言っていませんでしたか？」

その発言は、俺も覚えていた。ゲオル＝ザザに五名の勇者の中で自分より力のある狩人はいるかと問いかけられたチム＝スドラは、自分以外の四名がそうだと答えており、その中にジョウ＝ランも含まれていたのだった。

「あの頃《ころ》は、確かにそのように感じていた。しかし、あれから何日もの日が過ぎているからな」

チム＝スドラは低い声でそのように答えながら、ジョウ＝ランに手を差し伸べた。

「何にせよ、俺もお前も狩人としてはまだまだだ。フォウの眷族として、これからも修練に励《はげ》む他あるまい」

「……はい、そうですね」

ジョウ＝ランはチム＝スドラの手を取って立ち上がり、ともに勝負の場から引き下がっていった。

それからしばらくして、今度はアイ＝ファとゼイ＝ディンの勝負である。これは、アイ＝ファが危なげなく勝利することができた。合気道の小手返しのような技で地面に倒《たお》されたゼイ＝ディンは、強く光る目でアイ＝ファを見上げた。

「やはり、お前の力は飛び抜けているように思える。俺が棒引きで勝利できたのは、ひとえに運の良さであったのだろう」

「そのようなことはない。それは、お前が棒引きで倒した他の相手をも蔑《ないがし》ろにする言葉であるように聞こえてしまうぞ」

そのように答えるアイ＝ファは沈着《ちんちゃく》な面持ちであったが、その瞳には思いがけないほどやわらかい光が浮《う》かべられていた。

「それに、お前がこれほどの狩人でなければ、私が棒を手放すことにもならなかった。お前は勇者の名に相応しい力を持っていることを、もっと誇るべきだと思うぞ」

ゼイ＝ディンはしばらく無言でアイ＝ファの瞳を見つめ返してから、ゆっくりと立ち上がる。

そうしてアイ＝ファと向かい合ったゼイ＝ディンの瞳にも、穏《おだ》やかな光が灯《とも》されていた。

「ともあれ、この勝負はお前の勝ちだ。お前にも勇者の名に相応しい力が備わっていることを、母なる森に示すがいい」

人々の歓声に背を押《お》されるようにして、二人は引き下がっていった。

人数は九名となり、第三回戦である。その初戦では、ライエルファム＝スドラがラッド＝リッドを打ち倒すことになった。ラッド＝リッドは途方《とほう》もない怪力と俊敏《しゅんびん》性をあわせもつ狩人であったが、それでもライエルファム＝スドラはそれ以上の俊敏性で相手を翻弄《ほんろう》し、最後には出足払《ばら》いのような技で相手を地に這《は》わせていた。

「ううむ、参った！　フォウの家に先を越《こ》されていなかったら、俺たちがスドラの家と血の縁《えん》を結びたかったところだぞ！」

そう言って、ラッド＝リッドは豪放に笑っていた。

後は順当に進んでいき、四回戦まで残ったのは、アイ＝ファ、ライエルファム＝スドラ、チム＝スドラ、バードゥ＝フォウ、ディンの家長の五名である。アイ＝ファの最初の相手はバードゥ＝フォウであり、これはアイ＝ファの圧勝であった。棒引きではかなり手こずらされていたアイ＝ファであるが、闘技においてはものの数秒でバードゥ＝フォウを転がしてしまったのだ。

自分の父親とばかり修練を積んでいたアイ＝ファは長身の相手を苦にしないし、それにまた、ひょろりと背が高くて重心の高いバードゥ＝フォウのような体型だと、アイ＝ファの投《な》げ技に対処しにくくなるのかもしれない。ともあれ、バードゥ＝フォウも並々ならぬ力を持つ狩人であるはずだが、アイ＝ファの前にはなすすべがなかったようだった。

次の対戦はライエルファム＝スドラとチム＝スドラであり、これがなかなかの見ものであった。スドラの狩人の中でも特に俊敏性に秀《ひい》でている両名であったため、その戦いは凄《すさ》まじいまでのスピード対決と相成ったのである。

なおかつ、両者はこれまでも同じ家で幾度となく力比べをしていたために、相手の手を知り尽《つ》くしていた。それで勝負がどれほど長引いても、両者の素早さはまったく損《そこ》なわれることもなく、見ている人々を熱狂《ねっきょう》させた。

その末に、勝利を収めたのはライエルファム＝スドラである。さすが家長の貫禄《かんろく》というべきか、最後には弾丸《だんがん》のような低空飛行のタックルを決めて、見事にチム＝スドラの背を地につけてみせたのだった。

「あともうひと息といったところだな。これからも、たゆまず修練を重ねるといい」

そのように述べるフイエルファム＝スドラは、むしろチム＝スドラの成長を皆に誇っているようにも感じられた。そして、ライエルファム＝スドラを見上げるチム＝スドラの瞳《ひとみ》にも、家長の強さを誇っているような光が宿っているように思えてならなかった。

しばしの休憩《きゅうけい》をはさんだのち、アイ＝ファとディンの家長の準決勝戦である。ディンの家長は中背でがっしりとした体格の男衆で、これがなかなかの粘《ねば》りを見せていたものの、最後には足を掛けられて倒れ伏《ふ》すことになった。

そうしてようやく、最後の勝負である。組み合わせの妙《みょう》により、決勝戦は前回の力比べと同じく、アイ＝ファとフイエルファム＝スドラで行われることになった。

「あの年をくった狩人は、なかなか面白《おもしろ》い動きをするからな。蹴《け》ったり殴《なぐ》ったりという行いが禁じられているのなら、アイ＝ファもちょっと手こずるのではないだろうか」

ティアがそのように予見した通り、今回も前回に劣《おと》らぬ大接戦であった。たいていの狩人には呆気《あっけ》なく勝利できるアイ＝ファであるが、ライエルファム＝スドラを相手にする際は苦戦を余儀《よぎ》なくされるのである。

男衆よりも筋力で劣るアイ＝ファは、相手の気配を読み、タイミングを制することで勝利を収めることが多い。が、このライエルファム＝スドラはアイ＝ファよりも頭ひとつ分は小柄であり、アイ＝ファ以上の俊敏性を有しているため、まったく勝手が異なっているのだった。

もちろんアイ＝ファとて、俊敏性も機動性も大いに秀でている。しかしライエルファム＝スドラは、さらにその上をいっているのだ。右に左にと飛びすさり、時には正面から突《つ》っ込んでくる。その動きは、野生の猿《さる》さながらであった。

さきほどのチム＝スドラとの一戦と同等の、曲芸じみた戦いが繰り広げられていく。そんな攻防《こうぼう》を絶え間なく続けたのちに、アイ＝ファがふいにふっとすべての動きを止めた。

ライエルファム＝スドラの動きを追うのをやめて、棒立ちになる。ライエルファム＝スドラは十分に用心した目つきで、アイ＝ファから三メートルほどの距離《きょり》を取った。しかしアイ＝ファは動かず、視線さえ動かそうとしない。ライエルファム＝スドラが左の方向に歩を進めてもなお、アイ＝ファは動こうとしなかった。

「どうした、まさか勝負をあきらめたのか？」

「油断をさそっても、無駄《むだ》なことだぞ！」

熱狂した男衆が、声高《こわだか》に叫んでいる。しかしもちろん、ライエルファム＝スドラはひとかけらも油断していなかった。慎重《しんちょう》な足取りで、じりじりとアイ＝ファの背後に回り込もうとしている。

アイ＝ファの目は、正面に向けられたままだ。ライエルファム＝スドラはほとんどアイ＝ファの斜《なな》め後《うし》ろにまで回り込んでから、ふいに地を蹴った。チム＝スドラを打ち負かした、低空飛行のタックルである。その指先が、アイ＝ファの膝《ひざ》に触《ふ》れようとした瞬間《しゅんかん》――アイ＝ファの手が、真上からライエルファム＝スドラの背中に振り下ろされた。

大きく開いた手の平が、ライエルファム＝スドラの背中を押す。さらにアイ＝ファは左足を振り上げて、ライエルファム＝スドラの指先を回避《かいひ》した。

支えとなるべきアイ＝ファの足を失い、同時に真上から圧力をかけられたライエルファム＝スドラの身体は、ヘッドスライディングのように地面をすべっていく。アイ＝ファは振り上げていた左足を下ろして、「ふう」と息をついた。

「アイ＝ファの勝利だ！　闘技の勇者は、アイ＝ファとする！」

ラッド＝リッドが声を張り上げると、それを追いかけるように歓声が爆発《ばくはつ》した。そんな中、ライエルファム＝スドラはぴょこんと起き上がり、アイ＝ファに向きなおる。

「やられたな。俺の姿は見えていなかったはずなのに、どうしてあのような真似《まね》ができたのだ？」

「目に頼《たよ》るのをやめて、ひたすら気配を探《さぐ》っただけのことだ。ひとつ間違《まちが》えば、私が地に倒されていたところであろうがな」

そう言って、アイ＝ファはぐったりと肩を落とした。

「しかし、疲れた。お前がもうしばらく動かなかったら、私も別の策を練る他なかったところだ」

「……やはりお前は、大した狩人だ。ファの家と友になれたことを、俺は心から嬉《うれ》しく思うぞ」

ライエルファム＝スドラは、顔をくしゃくしゃにして微笑んだ。

それを見返すアイ＝ファも、目もとだけで優《やさ》しげに微笑んでいる。

「前にも言った通り、それは私も同じことだ、ライエルファム＝スドラよ」

穏やかに言葉を交《か》わす両者に対して、人々はまだ歓声と拍手《はくしゅ》を送っている。もちろん俺も、それは同じことだった。そうして俺は、腹の奥底《おくそこ》に抑制《よくせい》のしようのない情動を知覚して、思わず声を張り上げてしまった。

「おめでとう、アイ＝ファ！　かっこよかったぞ！」

この大歓声《だいかんせい》の中では、そんな声も届かなかったかもしれない。――と、俺がそのように考えていると、アイ＝ファがくるりと振り返ってきた。

その口もとに、こらえかねたような微笑《びしょう》が浮かぶ。これだけ大勢の人々を前にして、アイ＝ファが笑顔《えがお》になるというのは常にないことだった。

そしてそれは、俺が四日ぶりぐらいに見る、アイ＝ファの晴れやかな笑顔であったのだった。

3

下りの六の刻――日没《にちぼつ》である。

太陽が没《ぼっ》すると同時に儀式《ぎしき》の火が灯されて、いよいよ収穫祭《しゅうかくさい》の祝宴《しゅくえん》が開かれることとなった。

丸太で築かれた壇《だん》の上には、力比べで勇者の称号を得た五名の狩人が座している。その中にはラッド＝リッドも含まれていたために、取り仕切り役はその跡継《あとつ》ぎであるリッド本家の長兄《ちょうけい》が受け持つことになった。

「それでは、勇者と定められた五名の狩人たちに祝福の冠《かんむり》を授けたいと思う！　まずは、的当ての勇者、チム＝スドラ！」

口もとを引きしめたチム＝スドラが、ゆっくりと立ち上がる。リッドの女衆が進み出て、その頭に草冠《くさかんむり》をかぶせると、広場に集結した人々がいっせいに歓声をあげ始めた。

「荷運びの勇者、ラッド＝リッド！」

息子《むすこ》に名を呼ばれて、ラッド＝リッドものそりと立ち上がる。にこにこと笑うその頭にも、勇者の草冠がおごそかに授けられた。

「木登りの勇者、ライエルファム＝スドラ！」

ライエルファム＝スドラは、普段《ふだん》通りのしかつめらしい面持《おもも》ちで草冠を授与《じゅよ》される。ここまでは、前回と同じ顔ぶれである。リッドの長兄はひと呼吸置いてから、次の名前を読みあげた。

「棒引きの勇者、ゼイ＝ディン！」

いっそう大きな歓声が、広場に響《ひび》きわたる。同じ祝宴に集った人々でも、やはり血族が勇者に選ばれればひときわ嬉しいものなのだろう。ディンとリッドの人々は、惜しみなくゼイ＝ディンを祝福していた。

トゥール＝ディンなどはもう最初から手ぬぐいを準備して、その瞬間を待ち受けていた。そうして父親の名が呼ばれると、トゥール＝ディンは涙をぽろぽろと流しながら小さな身体を震《ふる》わせた。

「闘技の勇者、アイ＝ファ！」

やがてアイ＝ファの名が呼ばれると、歓声の周波数がいくぶん高くなる。アイ＝ファの凛々《りり》しさに心酔《しんすい》する若い娘《むすめ》たちが、黄色い声を張り上げているのだ。もちろん男衆も歓声をあげているのだが、それを圧する勢いと熱情であった。

「五名の内四名は、前回と同じ顔ぶれとなった！　これは、その四名が揺《ゆ》るぎない力を持っている証となろう！　新たな勇者となったゼイ＝ディンも、惜しくも勇者の座を逃《のが》したジョウ＝ランも、そこまで力の及《およ》ばなかった我々も、たゆまず己を磨《みが》き上げ、彼らに負けない力をつけようではないか！」

リッドの長兄の宣言に、狩人たちが威勢《いせい》のいい声を返す。

それを聞き届けてから、リッドの長兄は果実酒の土瓶《どびん》を掲《かか》げた。

「それでは、収穫《しゅうかく》の宴を開始する！　ファ、フォウ、ラン、スドラ、ディン、リッドの血族たちよ、母なる森に感謝の念を捧《ささ》げつつ、その恵《めぐ》みを己の力に！」

「母なる森に感謝を！」の声が、すべての人々の口からあげられた。ルウ家の祝宴にも負けない、凄まじい熱気である。同じ言葉を復唱してから、俺はいざ広場の片隅《かたすみ》に設置された簡易かまどのほうに足を向けた。

「何だ、アスタはまだ仕事なのか？」

ひょこひょこと追従してくるティアに、俺は「うん」とうなずいてみせる。

「まずは料理を配らなくっちゃね。宴を楽しむのは、その後さ」

「そうか。では、アスタの仕事が終わるのを、ティアも待つ」

きっとティアも、さぞかしお腹《なか》を空《す》かせていることだろう。彼女《かのじょ》はこんなに小さな身体をしているのに、アイ＝ファと変わらないぐらい食欲が旺盛《おうせい》であるのだ。俺の仕事もそれほど長くかかることはないはずなので、しばし辛抱《しんぼう》してもらう他なかった。

「それでは、料理を仕上げますね。パスタが茹《ゆ》であがるまで少々お待ちください」

今回も、俺の担当は二種のパスタであった。内容は、前回と同じくギバ骨スープとミートソースである。これはどちらも大好評であり、メニューから外すこともかなわなかったのだった。

それに、作製に時間と手間のかかるギバ骨スープは、小さき氏族の人々にとって何よりのご馳走《ちそう》なのである。スドラ家の婚儀《こんぎ》の祝宴ではニョッキタイプのパスタを使用していたが、今回はまたスパゲティタイプのパスタを用意して、とんこつラーメンさながらのスープパスタをふるまうことになった。

ギバのバラ肉でこしらえたチャーシューも、どっさり準備している。濃厚《のうこう》なる白湯《パイタン》風のギバ骨スープには、ティノやネェノンやナナールや、キクラゲやマッシュルームに似たキノコ類も投じており、今回も出し惜《お》しみのない仕上がりであった。

「アスタ、こっちに五皿ずつ頼むよ！　まずは勇者の狩人たちに届けてあげなくっちゃね！」

「はい、了解《りょうかい》しました。もうすぐ茹であがるので、ちょっと待っていてくださいね」

アイ＝ファに祝福の言葉を届けるのも、この仕事を終えた後のことである。俺は煮《に》えたった鉄鍋《てつなべ》に次々とパスタを放り込んでは砂時計をひっくり返し、自分の仕事をこなしていった。そこに大柄《おおがら》な人影《ひとかげ》が近づいてきたのは、仕事を始めて十五分ていどが経過してからのことである。

「ファの家のアスタか。ずいぶんひさびさな気がするな」

「ああ、ゲオル＝ザザ。いま到着《とうちゃく》したのですか？」

「おう。これから六氏族の家長らに挨拶《あいさつ》をするところだ」

ギバの毛皮を頭からかぶったゲオル＝ザザが、底光りする目で俺を見下ろしてくる。しかしその目は、すぐにティアのほうへと向けられた。

「で、そいつが例の赤き野人か。なるほど、親父《おやじ》に聞いていた通りの珍妙《ちんみょう》な姿だ」

ティアは澄《す》みわたった瞳で、恐《おそ》れげもなくゲオル＝ザザを見返した。

「その愉快な装束《しょうぞく》には、見覚えがある。お前は森辺の族長グラフ＝ザザの家族か？」

「ああ。俺は族長グラフ＝ザザの子、ゲオル＝ザザだ」

「そうか。森辺の族長たちの温情には、心から感謝している」

ティアが気負うこともなく頭を下げると、ゲオル＝ザザは「ふん……」と父親そっくりの仕草で下顎《したあご》を掻《か》いた。

「こいつは森辺の狩人をも上回る力を持っているようだと聞いていたのだが、よくわからんな。こんなに小さくて幼い娘が、それほどの力を持てるものなのか……？」

「森辺の狩人の力は、ティアもさきほど見届けた。たぶん地べたの上だったら、ティアより森辺の民のほうが強いと思う」

「地べたの上？」

「うむ。赤き民は、あまり地べたで戦ったりしない。地べたでマダラマと戦うのは、とても危険だからだ」

「……よくわからんが、森辺の民と赤き野人が刃を交じえることはないという話だったからな。

そんな連中の力をはかっても、あまり意味はないか」

　ゲオル＝ザザは分厚い肩をすくめてから、俺のほうに視線を戻《もど》してきた。

「それでは、家長たちに挨拶してくるとしよう。おい、俺が戻るまで、その料理がなくなることはあるまいな？」

「もちろんです。前回よりも、たくさんの量を準備していますからね」

「だったらいい。……あと、トゥール＝ディンはどこにいるのだ？」

「トゥール＝ディンですか？　彼女は儀式の火をはさんだ向こう側のかまどを預かっているはずです。きっとスフィラ＝ザザも一緒《いっしょ》だと思いますよ」

「そうか」と言い捨てて、ゲオル＝ザザは立ち去っていった。迫力《はくりょく》のほうは相変わらずであるが、以前のような荒々《あらあら》しさはずいぶん緩和《かんわ》されたようだ。それとも、城下町の舞踏会《ぶとうかい》をご一緒したり、スフィラ＝ザザとレイリスの一件で忌憚《きたん》のない言葉を交わし合ったりして、それなりに親交が深まってきたということなのだろうか。

（なかなか顔をあわせる機会はないけど、北の集落の人たちとももっと親交を深めたいところだよな）

　そんなことを考えている間にも、続々と人が押し寄せてきている。待ちに待った収穫祭を迎《むか》えて、人々の喜びも絶頂を迎えている様子であった。もちろん仕事にいそしみながら、俺もぞんぶんに喜びを噛《か》みしめている。俺にとっても森辺の収穫祭というのは、何よりも心の躍《おど》る一大イベントであるのだ。

すでにとっぷりと日は暮れて、儀式の火とかがり火だけが目の頼りである。闇《やみ》に閉ざされた空の下、明々とした光に照らし出されるのは、とてつもない生命力を持った森辺の同胞《どうほう》たちの姿だ。若い女衆は宴衣装《いしょう》に身を包み、男衆は身軽な格好で土瓶を傾《かたむ》けている。もう何度この光景を目にしているかもわからないが、やっぱり俺の胸には変わらぬ昂揚《こうよう》と喜びがあふれかえっている。これほどの熱と力に満ちた祝宴というものを、俺は森辺の集落を訪《おとず》れるまで目にする機会はなかった。それはまるで神話の一ページが現出したかのような光景であり、俺の心を揺さぶってやまなかったのだった。

森辺の民は王国の民として生きていくと宣誓《せんせい》したが、この力と熱を失ってはいけないし、また、失うこともないだろう。森を母とする限り、この力や、熱や、喜びや、幸福は、いつまでも森辺の民のものであるのだ。

「……誰《だれ》もが子供のようにはしゃいでいるな」

ふいにティアが、ぽつりとつぶやいた。新たなパスタを鉄鍋に投入してからそちらを振り返ると、ティアは手の甲《こう》でごしごしと目もとをぬぐっていた。

「何でもない。家族たちのことを思い出しただけだ」

俺が何かを言う前に、ティアはそんな風に述べる。砂時計をひっくり返し、かまどに薪《まき》を加えつつ、俺はそちらに笑いかけてみせた。

「赤き民の祝宴も、これぐらい賑《にぎ》やかなのかな？」

「赤き民は、祝宴でもこんなに火を焚《た》いたりはしない。……でも、とっておきの酒を出して、皆で喜びを分かち合う」

「へえ。モルガの山でも、酒を作れるんだね」

「当たり前だ。ペルリの果実を潰《つぶ》してヌーテの殻《から》に封《ふう》じておけば、美味《おい》しいペルリの酒ができる」

そう言って、ティアはもう一度目もとをぬぐった。

「大丈夫《だいじょうぶ》だよ。怪我《けが》さえ治れば、家族たちのもとに帰れるからね」

「その前に、アスタへの贖《あがな》いだ。これではきっと、百日が過ぎてもアスタへの贖いは終わらないと思う」

「うん。その件については、おいおい考えよう」

俺がそのように答えたとき、遠くのほうから威勢のいい女衆の声が響きわたった。

「お待たせしたね！　窯《かま》焼きの料理ができあがったよ！」

本日は、窯焼きの料理にもチャレンジしていたのだ。内容は、ルウ家の祝宴でも好評だったグラタンと、城下町でもお披露目《ひろめ》したタラパと乾酪《かんらく》の料理であった。ニョッキタイプのパスタは、そちらでしこたま使用しているのだ。

本家の裏手から姿を現した女衆が、耐熱《たいねつ》用の大皿を載《の》せた板を二人がかりで運んでいる。広場で料理を楽しんでいた人々は、ゆるやかなうねりを見せつつ、そちらに群がっていった。

「やれやれ、すごい騒《さわ》ぎだね。アスタ、こっちのぱすたも半分ぐらいはなくなったみたいだし、いったん休憩にしちゃあどうだい？」

一緒に働いていたランの女衆に、俺は「そうですね」とうなずき返した。やはりギバ骨スープのパスタは大人気であるので、あっという間に半分ぐらいがなくなってしまったのだ。残りの半分は後半戦のお楽しみとして、俺たちもしばしかまどを離れることにした。

「さて、それじゃあ……食事の前に、アイ＝ファに声をかけておこうと思うんだけど、それでいいかな？」

「もちろんだ。ティアはアスタの言葉に従う」

この人混みの中、松葉杖《まつばづえ》で移動するのは大変かなという思いもあったが、ティアは危なげなく俺についてきていた。森辺の民と同等かそれ以上の身体能力を有するティアに、そのような心配は不要であるようだった。

そうして勇者たちの席におもむいてみると、そちらもけっこうな賑やかさである。まあ、ラッド＝リッドが陣取《じんど》っている時点で賑やかさは保証されているし、大勢の人々が祝福の言葉を届けるために押し寄せてくるのだから、これも当然の結果であった。

社交性というものに乏《とぼ》しいアイ＝ファのもとにも、もちろん大勢の人々が訪れてくれている。それらの人々をかき分けてアイ＝ファに言葉を届けるだけで、なかなかの大仕事であった。

「アイ＝ファ、お疲《つか》れ様《さま》。それに、あらためて、おめでとう」

アイ＝ファたちは、一メートルほどの高さの壇の上であぐらをかいている。俺が横合いから声をかけると、アイ＝ファは「うむ」と穏やかな眼差《まなざ》しを返してきた。

「料理は口にできてるかな？　欲《ほ》しいものがあるなら、運んでくるけど」

「いや。食べるのが追いつかないぐらいに料理は届けられている。お前こそ、自分の食事を進めるがいい」

　そのように述べてから、アイ＝ファはわずかに眉をひそめた。

「……その前に、ブレイブたちはきちんと食事を与えられているだろうか？」

「うん。大丈夫だと思うけど、いちおう様子を見ておくよ」

　アイ＝ファは厳粛《げんしゅく》な面持ちのまま、「頼《たの》むぞ」といっそう目もとを和《なご》ませる。さしあたって、アイ＝ファに声をかけたいという俺の欲求はそれで満たされた。二人でゆっくり言葉を交わす時間は後でいくらでも作れるのだから、今は他の人々に席を譲《ゆず》るべきであるのだ。

（とはいえ、最近はどこでもティアが一緒だけどな）

　そんな風に考えながら、俺は分家の家屋に向かった。そちらの玄関《げんかん》の前に立つと、ジルベの「ばうっ」という声が聞こえてくる。これは警戒《けいかい》ではなく、家族である俺を迎えるための声だ。そこはかとない情愛の念をかきたてられつつ、俺は戸板をノックした。

「ファの家のアスタです。戸を開けてもかまいませんか？」

「どうぞ」という聞き覚えのある声で、返事があった。戸板を開けると、ジルベとブレイブとフォウ家の猟犬《りょうけん》がさっそくすり寄ってきてくれる。

「どうしました、アスタ？　何か言伝《ことづて》でしょうか？」

　広間の奥《おく》に座していたのは、サリス・ラン＝フォウであった。そのかたわらにはライエルファム＝スドラの伴侶であるリィ＝スドラの姿もあり、そして、まだ祝宴に参席できない五歳《さい》未満の幼子たちが楽しそうにはしゃいでいる。犬と幼子たちは、同じ家で面倒《めんどう》を見られていたのである。

「いえ、ブレイブとジルベの様子を見に来たんです。リィ＝スドラも、こちらだったのですね」

「はい。わたしは乳飲《ちの》み子を抱《かか》えておりますので、なるべくこの場に留《とど》まっています」

その乳飲み子たるホドゥレイル＝スドラとアスラ＝スドラは、草籠の中で寝《ね》かされていた。

こちらもなかなかの騒がしさであるのに、ぐっすり安眠《あんみん》しているようだ。そして、サリス・ラン＝フォウの愛息であるアイム＝フォウが、とてとてと歩み寄ってくる。俺が「こんばんは」と声をかけると、アイム＝フォウははにかむように微笑《ほほえ》んでくれた。

「ブレイブたちの食事は済みましたか？　まだでしたら、お手伝いしますよ」

「いえ。さきほど肉と骨を与えておきました。そちらのジルベも、肉だけでよかったのですよね？」

「ええ。数日置きに野菜やフワノも与えていますが、今日は肉だけで大丈夫です」

それは、もとの主人であるドレッグにもしっかり確認《かくにん》を取っていた。獅子《しし》犬というのはもともと肉しか食さないジャガルの犬を品種改良したものであり、数日置きにフワノと野菜を与えたほうが健康を保てるのだという話であったのだ。

「アスタも祝宴をお楽しみください。わたしもさきほど、勇者に選ばれた狩人たちに祝福の言葉を届けさせてもらいましたので」

そう言って、リィ＝スドラはたおやかに微笑んだ。まだいくぶん妊娠《にんしん》前よりも丸みのある姿をしていたが、それがいっそうやわらかい優しさをかもし出しているように感じられた。

「ありがとうございます。その前に、ちょっと赤《あか》ん坊《ぼう》たちの寝顔《ねがお》を拝見してもいいですか？」

「ええ、もちろん」

俺は革《かわ》のサンダルの留め具をほどいて、広間に上がらせていただいた。裸足《はだし》のティアは足を清める手間をはぶき、両手と左膝《ひだりひざ》を使って後をついてくる。赤き野人の到来《とうらい》に気づいた幼子たちは、みんな目を丸くしてその姿を見守っていた。

双子《ふたご》の赤ん坊は、どちらも安らかに眠《ねむ》っていた。いまだに生後ひと月足らずの、小さな姿である。以前よりははるかに肉がついたものの、それでも小さいことに変わりはない。その愛くるしい寝姿《ねすがた》を見ているだけで、俺は胸がいっぱいになってしまった。

「小さいな。こんな小さい赤子が、あんな大きい人間に育つのか」

ティアもまた、くいいるように赤子たちの姿を見つめている。その横顔には、とても純真な慈愛《じあい》の表情が浮かべられているように感じられた。

「とても可愛《かわい》い赤子たちだ。森辺の民にとっても、赤子は宝なのだろう？」

「ええ、もちろんです」

リィ＝スドラが穏やかな声で答えると、ティアは満足そうに微笑んだ。

「お前がこの赤子たちの母なのだな。もっとたくさんの赤子を生んで、一族に恵みをもたらすといい」

「ええ。わたしもそのように願っています」

「うむ」とうなずいてから、ティアは俺にも笑いかけてきた。

「お前たちもだ、アスタ。アイ＝ファは立派な狩人なのだから、きっと強い子を生むことができるぞ」

「う、うるさいってば。アイ＝ファに聞かれたら、また叩《たた》かれるぞ？」

「そうか。アスタたちは、その前に婚儀を挙げなければならないのだったな。とっとと婚儀を挙げて、とっとと子を作ればいい。それが、一族の力となるのだ」

普段はアイ＝ファが背負っている苦労が、本日は俺に回ってきてしまった。せめてティアと二人きりならばそれほど困ることもなかったのだが、サリス・ラン＝フォウとリィ＝スドラを前にして、俺は赤面の至りであった。

「わたしは、アイ＝ファの気持ちを何よりも大事にしたいと思います。でも、アイ＝ファの子を見ることができたら、それにまさる喜びはありません」

そう言って、サリス・ラン＝フォウはにこやかに笑いかけてきた。リィ＝スドラは、ただ静かに微笑んでいる。俺は首から上に熱を感じ始めたので、この場を退去させていただくことにした。

「そ、それじゃあ俺たちは広場に戻ります。お邪魔《じゃま》してしまってすみませんでした」

「いえ。どうぞ祝宴をお楽しみください」

最後に三頭の犬たちの頭を撫《な》でてから、俺は戸板をそっと閉めた。

そうして息をついていると、ティアがなおも語りかけてくる。

「アスタ。もしもこの白日の間にアスタとアイ＝ファが子作りの儀《ぎ》に及ぶようであれば、ティアは家の上で寝ようと思う」

「あああ、もう！　アイ＝ファがティアをひっぱたきたくなる気持ちがわかってきたよ！」

「ティアを叩くのか？　それでアスタの気が晴れるなら贖いとなるので、ティアは甘《あま》んじて受け入れる」

そう言って、ティアは目を閉じ、俺のほうに顔を突き出してきた。

俺はもう一度息をついてから、その髪《かみ》をわしゃわしゃとかき回してみせる。

「叩かないよ！　広場に戻って、食事にしよう！」

「うむ。ティアはとても腹が空いていた」

ティアは目を開き、とても嬉しそうに微笑んだ。

俺は得も言われぬ疲弊《へい》を感じつつ、大事な同胞たちの待つ広場へと足を向ける。そこには最前までと変わらぬ熱気が渦《うず》を巻き、荒《あら》っぽく俺たちを抱《だ》き止《と》めようとしているかのようだった。

4

俺とティアが最初に向かったのは、トゥール＝ディンが働いているかまどであった。献立《こんだて》は、ぴりりと辛《から》いタラパ仕立てのモツ鍋《なべ》料理である。そこから漂《ただよ》う香辛料《こうしんりょう》の香りに、ティアはさっそく鼻をひくつかせていた。

「トゥール＝ディン、お疲れ様。……っと、ザザのお二人もこちらでしたか」

かまどの横に、ザザ家の似ていない双子の姉弟《してい》もそろっていた。ゲオル＝ザザはどうやら果実酒が進んでいるらしく、夜目にもわかるほど顔を赤くしている。表情も、さきほどよりうんとくだけているように感じられた。

「ああ、ファの家のアスタか。……おい、まさか、ギバの骨の煮汁《にじる》が尽きてしまったのではなかろうな？」

「ええ。最初の半分が終わったので、しばらく時間を置いてから残りの半分をふるまう予定になっています。そういえば、ゲオル＝ザザはまだ口にしていなかったのですよね」

「うむ。ちょっとこの場で、話が長引いてしまってな」

ゲオル＝ザザが陽気に答えると、その姉が冷徹《れいてつ》なる眼差しでねめつけた。

「さっきから、べらべらと喋《しゃべ》っているのはあなただけでしょう？　トゥール＝ディンは仕事のさなかなのだから、きっと迷惑《めいわく》です」

「何が迷惑なものか。俺はトゥール＝ディンの腕前《うでまえ》を褒《ほ》めたたえていただけではないか。……まさかお前は迷惑に感じていたのか、トゥール＝ディン？」

「い、いいえ。ゲオル＝ザザにそのように言っていただけるのは、とても光栄です」

いくぶん困惑《こんわく》気味にトゥール＝ディンが微笑み返すと、ゲオル＝ザザは「そうだろう」と満足そうに笑った。スフィラ＝ザザは、大きめの溜息《ためいき》をついている。

「あなたの役目はこの祝宴を見届けることなのですよ、ゲオル。ずっと同じ場所に留まっていたら、その役目を果たすこともできないでしょう？」

「うん？　そういうお前こそ、ずっとこの場所に留まっているではないか。どうして俺だけ文句を言われなければならないのだ？」

「わたしはきちんと広場を一周してから、この場に戻ってきたのです。それこそ文句を言われるいわれはありません」

よくわからない対立のさまを呈《てい》しているザザ姉弟のかたわらで、トゥール＝ディンはやっぱり眉《まゆ》を下げつつ微笑んでいた。要するに、どちらもトゥール＝ディンと親交を深めたくて、この場に居座《いすわ》っているのだろう。

（トゥール＝ディンは、つくづく気の強い人間に執着《しゅうちゃく》される星のもとに生まれたのかな。まあ、オディフィアみたいな例外もいるけどさ）

しかし何にせよ、トゥール＝ディンが魅力的《みりょくてき》な人柄《ひとがら》であることに間違いはない。トゥール＝ディンが余人からの人気を博するというのは、俺にとっても嬉しい話であった。

「それじゃあ、俺たちも料理をいただこうかな。この料理だったら、きっとティアも気に入ると思うよ」

「うむ。何だか美味《うま》そうな匂《にお》いがしている」

トゥール＝ディンは、手早く二人前の料理を木皿に取り分けてくれた。けっこう熱々の仕上がりであるのに、ティアは勢いよくそれをすすり込《こ》み、小動物めいた顔に明るい笑《え》みをひろげた。

「これは、美味いと思う。アスタが作ってくれる食事に負けないぐらい、美味い」

「そうだろう？　ティアはタラパも好みに合うみたいだね」

「うむ。この赤い煮汁の酸《す》っぱさは、好きだ」

ティアは木匙《きさじ》を逆手にかまえて、具材のほうも食し始めた。ティアがギバ料理を口にするのは、ちょっとひさびさのことである。しかもこれはモツ鍋という特殊《とくしゅ》な料理であったが、ティアの顔から笑みが薄《うす》れることはなかった。

「愉快な味がするな。これは、ギバの臓物なのか？」

「は、はい。心臓や腸や胃袋《いぶくろ》など、色々な臓物を使っています」

「ふむ。ギバなどはわざわざ苦労をしてまで食材にする甲斐《かい》はないと聞いていたのだが、そんなことはなかったようだ」

同じ料理を堪能《たんのう》しつつ、俺は心に浮かびあがった疑問をそのまま口にしてみた。

「そういえば、モルガの山でもギバっていうのは狩《か》れるものなのかい？」

「ギバは、ほんのときたま迷《まよ》い込んでくるだけだ。そして、そういうギバはヴァルブやマダラマが片《かた》っ端《ぱし》から食べてしまうから、赤き民が狩ることはほとんどない」

「なるほど。ギバはモルガの三獣《じゅう》に山から追い払《はら》われて、山麓《さんろく》の森に住むことになったっていう伝承が残されてるらしいんだよね」

「ティアはよく知らない。ハムラやその母が族長をしていた頃から、ギバは山麓で暮らしていたと聞いている」

少なくとも、八十年前にはギバも山麓を根城にしていたはずなので、それも当然の話であった。

「でも、ティアは山と森の境で、何度かギバを見かけたことがある。ギバは地べたを走ることしかできないようなので、あれでは山で生きていけないと思う。赤き民とマダラマは木の上からギバを倒すことができるし、ヴァルブはギバよりも速く駆《か》けることができるからだ」

「ふむ。ちなみに、赤き民とマダラマとヴァルブだったら、どれが一番強いのかな？」

「そのようなことは比べられないし、比べる意味もない。我々は、等しく大神の子であるのだ」

俺の好奇心《こうきしん》は、それでひとまず満たされた。料理もちょうど尽きたところであるので、次のかまどに向かわせていただくことにする。そうして俺たちがトゥール＝ディンに別れを告げても、ザザの姉弟はまだ喧々《けんけん》と言葉をぶつけ合っていた。

次のかまどは、お好み焼きである。俺が城下町でお披露目したのと同じ内容にグレードアップされており、それを担当しているのはユン＝スドラとイーア・フォウ＝スドラであった。

「ああ、アスタ。ちょうど新しい分が焼きあがるところです」

「ありがとう、いただくよ。……これは香草《こうそう》を使っていないけど、ティアの口に合うかな？」

ちょっと心配なところもあったので、ティアには少量だけ味見をしてもらうことにした。小首を傾《かし》げながらそれを口に放り込んだティアは、「ふむ」と難しげに眉をひそめる。

「何だか奇妙《きみよう》な味だし、奇妙な舌触《したざわ》りだ。ティアは、このひと口だけでいい」

「そっか。香草を使ってないと、ティアの口には合わないのかな」

「そんなことはない。ベリンボの団子だったら香草を使わないが、ティアは美味いと思う。アスタが作ってくれる焼きポイタンというのも、ティアは好きだ」

ティアがモルガでどのような食生活を営んでいたのかは興味が尽きないところであるが、まあ祝宴の場であれこれ詮索《せんさく》する話でもないだろう。俺はユン＝スドラたちと立ち話に興じながら、自分のお好み焼きをたいらげることにした。

そこに、どやどやと新たな一団がやってくる。その中に愛《いと》しき家長の姿を見出《みいだ》した俺は、「やあ」と弾《はず》んだ声をあげることになった。

「アイ＝ファ、もう動けるようになったのか？　けっこう早かったな」

「うむ。ひと通りの挨拶は終わったのでな」

アイ＝ファとともにやってきたのは、ライエルファム＝スドラとチム＝スドラ、それにフォウやランなどの男衆であった。

「ラッド＝リッドとゼイ＝ディンは、あちらのかまどに留まっている。ラッド＝リッドはゲオル＝ザザと、ゼイ＝ディンは自分の娘と言葉を交わしていた」

そのように説明してくれたのは、チム＝スドラであった。

イーア・フォウ＝スドラは、輝《かがや》くような笑顔で伴侶《はんりょ》を出迎《でむか》える。

「チム、おこのみやきはもう口にしましたか？　よければ、こちらの分を切り分けますが」

「ああ。まだまだ腹は満たせていないので、もらおう」

チム＝スドラもあまり表情を動かすほうではないが、その眼差しは優しげであった。俺よりも二歳年下のチム＝スドラであるが、すでに一家の主であるのだ。婚儀を挙げてから二ヶ月ていどが経過して、両者の間にはとてもやわらかな空気が流れていた。

「アスタはまだ食事を始めたばかりなのだろう？　俺たちのことは気にせずに、宴料理を楽しむがいい」

ライエルファム＝スドラがそのように言ってくれたので、俺は「ありがとうございます」と笑顔を返した。

「それじゃあ、また後でお話をさせてください。チム＝スドラも、また後で」

チム＝スドラは「ああ」とはにかむように微笑んでくれた。さらにユン＝スドラたちにも別れを告げて、今度はアイ＝ファとともに移動をする。すると、アイ＝ファはさっそくティアに厳しめの視線を向けた。

「ティアよ、何も悪さはしておらぬであろうな？」

「もちろんだ。ティアは決して森辺の習わしに背《そむ》いたりはしない」

ティアも真面目くさった面持ちで、そのように答えていた。出会って四日が経過しているのに、このあたりは相変わらずの両者である。

アイ＝ファとしては、ティアの身柄《みがら》を預かることに大きな責任を感じているのだろう。族長たちのはからいで穏便《おんびん》に話がまとまったのに、自分の監督《かんとく》不行届でおかしな騒ぎでも起きてしまったら一大事であると考えているのだ。いっぽうティアも、アイ＝ファのそんな心中をしっかりと察している。普段はけっこう気安い感じでアイ＝ファに接していても、自分がどれだけ不安定な立場にあるかは決して忘れていないのだ。

そんな両者とともに、俺は熱気にあふれた広場を進む。まだ女衆の舞《まい》の時間には早かったので、誰もが宴料理と果実酒を満喫《まんきつ》しているようだった。

「アイ＝ファはもう十分に食事をできたのかな？」

「うむ。まあ、八分目といったところだ。すでに普段と同じぐらいの量を食べた気がするが、今日は何頭ものギバを狩るのと同じぐらいの力を使ったからな」

「アスタ、ティアはまだまったく満たされていないぞ」

「うん。次はティアの好みの料理だといいね」

はからずも、俺たちの期待は最高の形で報《むく》われることになった。次のかまどで準備されていたのは、ここ数日でティアがもっとも気に入っていた料理――すなわち、カレーであったのである。リッドの女衆が取り分けてくれたギバ・カレーを口にすると、ティアはとても幸せそうに目を細めた。

「この食事も食べなれない味や香りがするのに、とても美味いと思える」

「うん。ちなみにこれはペイフェイじゃなくてギバの肉を使ったカレーなんだけど、どうかな？」

「うむ、美味い。ペイフェイと同じぐらい、美味いと思う」

ペイフェイの肉はあと数日ていどで尽《つ》きてしまいそうだったので、それは幸いなことであろう。焼きポイタンをひたしては口に運び、合間に木匙で具材も食して、ティアはあっという間に三人前のギバ・カレーをたいらげてしまった。

配膳《はいぜん》をしていたリッドの女衆や、たまたま周囲に居合わせた人々は、笑顔でその姿を見守っている。同胞として迎え入れることはできない異郷の存在であっても、ティアのもたらす微笑ましさは見る者の気持ちを温かくしてやまないのだ。いっぽう半人前のカレーを早々にたいらげたアイ＝ファは、静かな眼差しでティアの姿を見下ろしている。アイ＝ファはアイ＝ファで、ティアがギバ料理を美味しそうに食している姿に満足しているようだった。

「よし。それじゃあ、次のかまどに向かおうか」

とりあえず、宴料理は少量ずついただきながら一周するのが、俺の流儀《りゅうぎ》である。そうして行く先々でさまざまな人々と言葉を交わすのも、祝宴の醍醐味《だいごみ》であった。何せ六氏族合同であるので、まだまだ交流の薄い相手はたくさんいる。が、ただひとり特殊な生い立ちをしている俺のことを知らない人間はいないので、どこに行っても親しげに声をかけてもらえるのがありがたい限りであった。

「やあ、アスタ。よかったら、こっちの料理も食べていっておくれよ」

いくつ目かのかまどで、ディンの年配の女衆が呼びかけてくる。そこで出されていたのは、肉団子だ。ただしこの肉団子の中には、一センチ四方に切られたギバのタンが練り込まれている。言うまでもなく、先日に開発したタンのハンバーグの応用である。まるでタコ焼きのタコのようにタンの角切りが隠《かく》されており、ひと口で二種類の食感が楽しめる、これも愉快《ゆかい》な献立であった。

「うん、美味しいですわ。みんなの評判はいかがですか？」

「ああ、うちの家なんかではもう晩餐《ばんさん》でも出してるんだけどさ。初めて口にした連中は、みんな愉快だって喜んでたよ」

「それなら、よかったです。……アイ＝ファもこいつは口にしたのかな？」

「ひと通りの料理は口にしている。私も三つほどもらおう」

ハンバーグをこよなく愛するアイ＝ファであるので、肉団子も好物の内である。よって、アイ＝ファはとても満足そうに肉団子を頬張《ほおば》っていたが、ティアはそのかたわらで難しげな顔をしていた。

「これは何だか奇妙な肉だな。ティアは、ひとつでいい」

たちまちアイ＝ファは、ティアの顔をじろりとねめつけた。

「お前はこの料理に文句があるというのか、ティアよ？」

「うむ？　文句ではない。今日は好きな食事を好きな分だけ口にすればいいとアスタに言われていたので、ひとつでいいと言っただけだ」

「……しかしその前に、奇妙な肉だと言っていたではないか」

「うむ。やたらとやわらかいので、おかしな心地《ここち》がする。中に入っている硬《かた》めの肉のほうが美味かった」

きっと赤き民の集落でも、肉を挽《ひ》くという習慣はなかったのだろう。そういう目新しさを喜ぶかどうかは、人それぞれであるのだ。しかしアイ＝ファは自分の愛するハンバーグまでけなされたような心地になってしまったのか、とても不満げなお顔になってしまっている。それに気づいたティアは、ちょっと心配げな眼差しでアイ＝ファの腰《こし》あてを引っ張った。

「またティアは、何かアイ＝ファを怒《おこ》らせてしまったか？　だったら、謝《あやま》りたいと思う」

「……べつだん悪さをしたわけでもないのに、謝る必要はあるまい」

「でも、アイ＝ファを嫌《いや》な心地にさせてしまったら、ティアは悲しいのだ」

アイ＝ファは空になった木皿を卓《たく》に返してから、ふっと息をついた。とりあえず次のかまどを目指して歩を進めつつ、アイ＝ファはあらためてティアに語りかける。

「虚言《きょげん》は罪なので、正直に言わせてもらう。今の森辺で作られている料理の大半はアスタが考えたものであるので、お前があれこれ不満の声をあげるのが、いくぶん私の気に障《さわ》るだけだ」

「そうか。だったら食事をするとき、ティアは口を閉ざしていよう」

「お前がそのように心をねじ伏《ふ》せる必要はない。だからお前も、いちいち私の心情を気にかけるな」

「だけどティアは、アイ＝ファを嫌な心地にさせたくないのだ」

アイ＝ファは歩きながら、ゆっくりと首を横に振《ふ》った。

「お前のように幼い人間に気をつかわれるほうが、よほど腹立たしいことだ。それに、心情を隠した状態で私に好かれても意味はあるまい。余計なことは考えず、お前はあるがままの姿でいればいい」

「そうか……やっぱりアイ＝ファは、優しいのだな。だからティアは、アイ＝ファを嫌な心地にさせたくないのだ」

　そう言って、ティアはにこりと微笑んだ。

「それに、やっぱりアイ＝ファはアスタのことをとても大事にしているのだな。とっとと婚儀を挙げてたくさんの子を作ればいいと、ティアは思う」

　たちまちアイ＝ファは顔を真っ赤にして、握《にぎ》った拳《こぶし》をぷるぷると震わせた。

「……お前たちの一族と森辺の民とでは、さまざまな部分で習わしが異なっているのだ。そのような話を、うかうかと口にするのではない」

「でも、アイ＝ファは心情を隠す必要はないと言ってくれた。だから、ティアは素直《すなお》な心情を口にしたのだ。……でも、アイ＝ファが怒ったのなら、ティアを叩けばいい」

「やかましい！　とにかく、婚儀については口を出すな！」

　アイ＝ファがそのようにわめいたとき、次なるかまどに到着した。が、幸いなことに、そこはただいま休憩《きゅうけい》中であるパスタのかまどであったため、人が集まったりもしていなかった。

「それじゃあもう一周して、今度は好みの料理だけを食べようか。そうしたら、そろそろ俺もこのかまどを再開させる時間になるだろうからさ」

　俺は何とか事態を収束するべく、そのように述べてみせた。もとよりティアのほうは心を乱していたわけでもないので、「うむ」と笑顔《えがお》でうなずいている。アイ＝ファは自分の気持ちを静めようと、握った拳を心臓のあたりにあてていた。

　そうして俺たちが足を踏《ふ》み出したとき、横合いから一人の狩人が接近してきた。そちらを向くと、ジョウ＝ランが「どうも」と目礼をしてくる。

「やあ、ジョウ＝ラン。どうかしたのかな？」

「いえ、姿を見かけたので、挨拶しようと思っただけなのですが……」

そのように述べながら、ジョウ＝ランは何とも複雑そうな面持ちで微笑んだ。

「……アイ＝ファとアスタは、その野人の娘と悪《あ》しからぬ縁《えん》を結べたようですね」

「え？　うん、まあ、それなりに仲良くやっているつもりだけど」

「はい。遠目に見たとき、まるでその娘が二人の子であるように思えてしまいました。アイ＝ファは何か怒っていたようですが、それも幼い子を叱《しか》りつける母親のように見えてしまったのです」

アイ＝ファはとても物騒《ぶっそう》な目つきをしながら、ジョウ＝ランにゆらりと近づいた。

「ジョウ＝ランよ。私はお前の軽口を聞いている気分ではないのだ」

「え？　あ、何かアイ＝ファの気分を害してしまいましたか？　それならば、謝罪します」

ティアはひたすら無邪気《むじゃき》なだけであるが、このジョウ＝ランはいくぶん天然気質であるように感ぜられる。それにこの際は、あまりにタイミングが悪かった。

「本当に悪気はなかったのです。それに、やっぱりアイ＝ファの伴侶に相応《ふさわ》しいのはアスタなのだと思い知らされた気分です」

「やかましい！　お前はまたファとランの関係を脅《おびや》かそうという心づもりか!?」

何だかアイ＝ファが本当に殴《なぐ》りかかりそうな勢いであったので、俺は「まあまあ」と仲裁役《ちゅうさいやく》を演じることになった。

「アイ＝ファが憤慨《ふんがい》する気持ちはわかるけど、ジョウ＝ランはティアとの会話を聞いていたわけでもないんだからさ。ここでジョウ＝ランを怒るのは、半分八つ当たりになっちゃわないか？」

アイ＝ファはぷるぷると肩《かた》を震《ふる》わせてから、「ふん！」とそっぽを向いてしまった。心ならずも波状攻撃《こうげき》を仕掛《しか》けることになった二人のほうは、そんなアイ＝ファの姿をきょとんと見やっているばかりである。ジョウ＝ランが余計な言葉を重ねる前に、俺は別なる話題を提供することにした。

「そういえば、今日の力比べは惜しい結果だったね。でも、気を落とす必要はないと思うよ」

「あ、はい。アイ＝ファはもちろん、他の四人も勇者に相応しい狩人であるのですから、これが当然の結果です。むしろ、この前の収穫祭《しゅうかくさい》のほうが出来すぎだったのでしょう」

そう言って、ジョウ＝ランは力なく微笑んだ。

「それに俺は、これまで以上に修練を積んできたつもりでいました。それでも力が及《およ》ばなかったのですから、さらに力を振り絞《しぼ》るしかないでしょう。アイ＝ファに負けない立派な狩人を目指して、これからも修練に励《はげ》みます」

「いちいち私を引き合いに出すな。たとえ勇者の座を逃《のが》したとしても、ランの血族には立派な狩人があれだけそろっているではないか」

そっぽを向いたままアイ＝ファが言うと、ジョウ＝ランは「そうですね」と溜息をこぼした。

「ともあれ、今は自分の未熟さを噛みしめるばかりです。これではとうてい、嫁《よめ》を迎える気持ちにもなれません」

「あ、どこかから新しい嫁入《よめい》りの話があったのかな？」

俺が口をはさむと、ジョウ＝ランは「はあ」と曖昧《あいまい》な返事を発した。

「俺はアイ＝ファやユン＝スドラとの間であのような騒ぎを起こしてしまった身ですから、ランやフォウの家長はしばらく身をつつしむべしと言っていました。ただ、ランにもフォウにもまだ婚儀を挙げていない娘《むすめ》は多いので、そういう娘たちがこっそり声をかけてきたりするのですよね」

「ははあ。ジョウ＝ランは人気者だもんねえ」

「そんな大した話ではありません。声をかけてくるといっても、二、三人のことですから」

こういう台詞《せりふ》を他意なく口にしてしまうところが、天然気質であるのだろう。まあ幸いなことに、俺はそのような話で羨望《せんぼう》を覚える立場ではない。多数の相手から恋心《こいごころ》を向けられるなんて大変そうだなあと、むしろ気の毒に思えてしまうほどである。

「まあ、ジョウ＝ランはまだ若いからね。今度の家長会議では婚儀《こんぎ》の習わしについても話し合われるはずだし、まずはその結果を待てばいいんじゃないのかな」

「はい。俺もそのつもりです。……でも、たとえすべての氏族との婚儀が許されるようになったところで、アイ＝ファのような女衆は他にいないのでしょうけれどね」

アイ＝ファはぎりぎりと奥歯《おくば》を噛み鳴らしていたが、なんとか不満の声は咽喉《のど》の奥に呑《の》み込んでいた。それを知ってか知らずか、ジョウ＝ランはちょっと趣《おもむき》の異なる笑みを浮《う》かべる。

「それにしても、アスタは俺みたいな相手にも、そんな風に気づかってくれるのですね」

「え？　そりゃもちろん。ファとランはもう友じゃないか」

むしろ俺としては、俺のような立場の人間がジョウ＝ランにあれこれ指図するのはおこがましいのかな、と心配なぐらいであった。だけどジョウ＝ランは、何だかすがるような眼差しで俺のことを見やっている。

「俺だったら、自分の大事な存在に不相応な思いを向けた相手に、そんな風にふるまえないかもしれません。アスタは、器が大きいのですね」

「いや。それはきっと、俺が町で生まれ育ったからだよ。たぶんジョウ＝ランは森辺では変わり者の部類なんだろうけど、俺の故郷の価値観に照らし合わせると、そんなに不自然な感じがしないんだよね」

「そうなんですか。町の人間とはほとんど口をきいたこともないので、よくわかりません」

「それなら、ジョウ＝ランもルウ家の祝宴《しゅくえん》に参加できるようにお願いしてみたらどうかな？もしかしたら、気の合う人もいるかもしれないよ」

というか、ジョウ＝ランはとても立派な狩人であるはずなのに、とても物腰《ものごし》がやわらかくて、迫力や野性味というものをまったく感じさせない。町の人々にとって、それは親しみやすいと認識《にんしき》されるはずだった。

「森辺の民は王国の民として生きていくために、これまで以上にジェノスの人たちと絆《きずな》を深めるべきだろうからね。ジョウ＝ランだったら、それを助ける存在になれるんじゃないかな？」

「そうなんでしょうか？　俺にはやっぱり、よくわかりませんけど……」

と、そこでジョウ＝ランは子供みたいににこりと笑った。

「でも、アスタがそんな風に言ってくれるのなら、家長たちと相談したいと思います。俺でも何か役に立てるなら、それはとても嬉《うれ》しいことですので」

「うん。是非《ぜひ》そうしてみなよ」

ジョウ＝ランは「はい」とうなずいてから、アイ＝ファのほうにも視線を向けた。

「それじゃあ、邪魔をしてすみませんでした。アイ＝ファも祝宴を楽しんでください」

アイ＝ファはひとかけらも愛想《あいそ》のない声で「うむ」とだけ応じていた。

ジョウ＝ランが姿を消すと、お行儀《ぎょうぎ》よく口をつぐんでいたティアがさっそく声をあげてくる。

「確かにあいつは、森辺の狩人らしからぬ空気を纏《まと》っているな。アイ＝ファは、あいつを嫌っているのか？」

「……あやつはお前と同様に、余計な言葉を発するから腹立たしく思うだけだ」

「そうなのか。アイ＝ファはすぐに怒るから、周りの人間は大変だな」

「そ、そんなことはないよ。ジョウ＝ランは、ちょっと森辺の習わしから外れている部分があるからね。アイ＝ファじゃなくても、腹立たしく感じてしまう人は多いと思うよ」

さすがにアイ＝ファが気の毒になったので、俺はフォローを入れておくことにした。それが功を奏したのか、アイ＝ファはそれ以上不満の言葉を述べようとはせずに、止められていた歩を再開させる。俺とティアも、半歩遅《おく》れてそれを追いかけた。

次のかまどはごくシンプルな肉野菜炒《いた》めであったが、そこにはなかなかたくさんの人々が陣取っていた。なおかつ、ラッド＝リッドとゲオル＝ザザがそろっていたので、その賑やかさもひとしおであった。ようやくゲオル＝ザザもトゥール＝ディンのもとから離《はな》れたのかと思って視線を巡《めぐ》らせると、両者の巨体《きよたい》の陰《かげ》で父親と語らっているトゥール＝ディンの姿が見えた。何のことはない、かまど番のローテーションで休憩時間となったトゥール＝ディンも彼《かれ》らに同伴《どうはん》していたのである。そのかたわらには、しっかりスフィラ＝ザザの姿もあった。

「やあ、トゥール＝ディンもひと仕事を終えたんだね。菓子《かし》の登場はまだなのかな？」

「あ、はい。幼子たちが夢中になってしまわないように、もう少し時間を空けたいそうです」

トゥール＝ディンは、とても幸福そうな顔で微笑んでいた。それはきっと、父親たるゼイ＝ディンがそばにいるためなのだろう。俺はもともとゼイ＝ディンとあまり交流がなかったので、二人がそろっている姿を目にするのも珍《めずら》しいことであった。

「ゼイ＝ディン。あらためて、今日はおめでとうございます。棒引きだけでなく、的当てや木登りの力比べも素晴《すば》らしかったですね」

ゼイ＝ディンは、穏《おだ》やかな眼差しで「ああ」とうなずいてくれた。それほど背は高くないが、すらりとした体格をしており、口髭《くちひげ》をたくわえたその風貌《ふうぼう》は、なかなか渋《しぶ》みがかった男前であるように思える。俺はかねがねリャダ＝ルウと似た雰囲気《ふんいき》だと感じていたが、たぶん年齢《ねんれい》はそれほど近くないのだろう。ただ一人の子であるトゥール＝ディンがいまだ十一歳なのだから、もしかしたらゼイ＝ディンもまだ三十路《みそじ》前なのかもしれなかった。

（スン家が狩人の仕事を放棄《ほうき》して森の恵《めぐ》みを荒《あ》らし始めたのは、十数年前って話だったよな。ってことは、ゼイ＝ディンもほとんどギバ狩りの経験はなかったんだろう）

そんなゼイ＝ディンが、一年足らずの修練でここまでの力をつけることができたのだ。もともと才覚があったのかもしれないし、あるいはスンの集落でもひそかに身体を鍛《きた》えていたのかもしれないが、何にせよ立派な結果であることに違《ちが》いはなかった。

（そりゃあ、トゥール＝ディンがこんなに喜ぶのも当たり前だよな）

トゥール＝ディンは、本当に幸せそうだった。そして、そんなトゥール＝ディンと語らうゼイ＝ディンも、同じぐらい幸せそうだった。

他の眷族《けんぞく》に引き取られたスンの分家の人々も、同じように幸せを噛《か》みしめることができているだろうか。それに、今もなおスンの集落で暮らしている人々や、なかなか顔をあわせる機会のないディガやドッドはどうだろう。すべての人々が正しい道を歩き、これまでの分まで幸せになっていることを、俺は心から願わずにはいられなかった。

「何だ、お前はまだファの家のアスタにひっついているのか、野人の子よ」

と、やおらゲオル＝ザザがそのように呼びかけてきた。きっとラッド＝リッドにつきあってまた大量の果実酒を口にすることになったのだろう。ギバの毛皮の下でいっそう顔が赤くなっているし、陽気な笑顔なのに目は据《す》わっている。そんなゲオル＝ザザの姿を見返しながら、ティアは「うむ」とうなずいた。

「ティアはアスタに贖《あがな》いをしなければならないので、ともにあるのだ」

「その御託《ごたく》は、親父《おやじ》からも聞いている。しかし、このような場でお前がアスタの助けになることなどあるのか？」

「それはわからない。しかし、いきなり獣が襲《おそ》いかかってくることもあるかもしれないし――」

「そのときは、お前よりも早くファの家長が蹴散《けち》らしてくれるだろうさ！　そいつはこの集落で、もっとも力のある狩人の一人なのだからな！」

以前の祝宴ではそれを不満げに語っていたゲオル＝ザザが、この夜は豪放《ごうほう》に笑っていた。まあ、半分はアルコールの効果なのだろう。

「それに、これだけ盛大《せいだい》に騒いでいれば、ギバが寄ってくることなどありえんぞ！　そうでなくては、女衆や幼子を外になど出せるものか！」

「うむ。しかし、それ以外でも、いつどのような役目が生じるかもわからないし――」

「おい、お前は血族ならぬ身だが、特別に許しを得てこの場にいるのだぞ？　それなのに、自分の都合だけを言い張ろうというつもりか？」

いったいゲオル＝ザザは何を言い出すつもりなのかと、俺はヒヤヒヤさせられてしまった。そして、そんな俺に向かって、ゲオル＝ザザの太い指先がのばされてくる。

「お前はもう何日もファの家に居座っているのだろうが？　少しは、こいつらに自由を与《あた》えてやれ！　お前のような余所者《よそもの》に居座られたら、こいつらとて家族との情愛を育むのに不都合だろうよ！」

ティアはいくぶん困惑の表情になりつつ、俺とアイ＝ファの姿を見比べてきた。もちろん俺も困惑の真《ま》っ只中《ただなか》であるし、アイ＝ファもいぶかしげに眉をひそめている。これでまた俺とアイ＝ファの微妙《びみょう》な関係性が取り沙汰《ざた》されたら厄介《やっかい》なことになっていたかもしれないが、ゲオル＝ザザはそのような気持ちで騒《さわ》いでいるわけではないようだった。

「森辺の民にとっては、血の縁というのがもっとも重んずるべきものであるのだ！　まあ、こいつらに実際の血の縁はないようだが、二人きりの家族であることに変わりはない！　お前はそこにまぎれこんだ邪魔者《じゃまもの》だという気持ちを持つべきではないのか？」

「……しかしティアは、アスタに贖いを……」

「その御託は、すでに聞いたと言っている。ただ、収穫祭の祝宴ぐらい、少しは遠慮《えんりょ》をしてみせろと言っているのだ！」

ゲオル＝ザザはその場に屈《かが》み込み、やや眠たそうにまぶたを半分下ろした目でティアの顔を覗《のぞ》き込んだ。

「お前は我々と同じように家族を大切にしているのだと、俺は親父から聞いているぞ。それが真実なら、俺の言っている言葉も理解できるはずだ」

「うむ……理解できる、と思う……」

やがてティアはひとつうなずくと、毅然《きぜん》とした面持《おもも》ちで俺たちの方を振り返ってきた。

「この宴が終わるまで、ティアはアスタから離れていようと思う。決して森辺の習わしを破ったりしないので、アスタとアイ＝ファも宴を楽しんでほしい」

「う、うん……だけど、本当に大丈夫《だいじょうぶ》かい？」

「何を案ずることがある！　こいつが悪さをするようだったら、俺たちが罰《ばっ》を与えてやるだけだ！」

ゲオル＝ザザは笑いながら身を起こし、犬や猫《ねこ》でも追い払うように手を振った。

「さあ、どこへなりとも行ってしまえ。この数日間の鬱憤《うっぷん》を晴らしてくるがいい」

俺の中にはまだいくぶんの不安があったが、ここで頑《かたく》なな態度を取るのはゲオル＝ザザとティアの心情を踏みにじるのに等しいように思えてしまった。そして、アイ＝ファのほうはごくあっさりとその提案を受け入れて、「行くぞ」と身をひるがえしてしまう。

「そ、それじゃあ、ティア、また後でね。まだ食事も足りていないだろうから、きちんと食べるんだよ」

「うむ、わかっている」

最後にティアは、屈託《くったく》のない笑みを浮かべた。そちらにうなずきかけてから、俺は急いでアイ＝ファを追いかける。すでに数メートル先を歩いていたアイ＝ファは、俺が追いつくと「ふむ……」と前髪《まえがみ》をかきあげた。

「ゲオル＝ザザはいったい何を言いだすのかと思ったが……存外、酒が入ったほうが道理のある言葉を吐《は》けるようだ」

「あはは。そりゃあゲオル＝ザザだって、いずれは族長の座を継《つ》ぐ立場だからな。ジザ＝ルウなんかと比べたらまだ若いけど、きっと中身はしっかりしてるんだと思うよ」

「うむ。正直に言うと、いくぶんあやつを見くびっていたかもしれん」

アイ＝ファは、あくまで厳粛《げんしゅく》なる面持ちであった。ただ、横目で俺のほうをちらちらと見ている。

「ともあれ、まずは食事だな。お前もまだ腹は満たされておるまい」

「うん。だけど、せっかくだからアイ＝ファとゆっくり語らいたい気分だなあ」

アイ＝ファはわずかに頬《ほお》を染めながら、軽めの肘鉄《ひじてつ》を脇腹《わきばら》にくれてきた。

「お前はどうせ、この後も仕事なのだろうが？　その前に、しっかりと腹を満たしておけ。……それに……」

「うん、それに？」

「……ティアは、宴が終わるまで離れていると言っていたではないか。だったら、仕事の後でゆっくり語らえばいい」

俺は思わず笑顔になりながら、「うん」とうなずいてみせた。

それから、ずっと気になっていたことを尋《たず》ねるために、アイ＝ファの耳もとへと口を寄せる。

「ところで、今日はあの髪飾《かみかざ》りは持ってきていないのかな？」

アイ＝ファは目を細めつつ、うろんげに俺をにらみつけてきた。

「収穫祭の場には、狩人として身を置いているのだ。狩人が髪飾りなどをつけるいわれはあるまい」

「ああ、うん。やっぱりそうだよな。今日は立派な草冠《くさかんむり》をかぶってることだし、それが正しいんだと思うよ」

それでも俺は心の片隅《かたすみ》でわずかに期待してしまっていたので、あらかじめ確認《かくにん》しておきたかったのだ。そんな俺に向かって、アイ＝ファは愛想のない顔で「ふん」と鼻を鳴らす。

「どうせ数日もすれば、またルウの集落で祝宴ではないか。それまで、待っておけ」

「あ、そっちの祝宴ではつけてくれるのか？　それは嬉しいなあ」

俺が心よりの笑顔を届けてみせると、アイ＝ファはまた顔を赤くして、今度は強めに肘鉄をくらわせてきた。あばら骨はずきずきとうずいたが、それでも俺はこの上なく幸福な心地である。また、俺たちの周囲ではそれにも負けないぐらい幸福そうな顔をした人々が、かけがえのない同胞《どうほう》たちと情愛を育んでいたのだった。

第三章★★★城下町の勉強会

1

六氏族合同の収穫祭の翌日――緑の月の二十九日である。

その日、俺たちは城下町で行われる新しい食材の勉強会に参加することになっていた。収穫祭の翌日というのはずいぶん慌《あわ》ただしい日取りであったが、青の月に入ってしまうと親睦《しんぼく》の祝宴やら家長会議やらで立て込むために、なるべく早い時期に済ませてしまおうという話に落ち着いたのだ。

ちなみに現在は屋台の商売の営業期間内であり、昨日の収穫祭ではファの家が取り仕切る屋台だけはお休みをいただき、本日も午前中の下ごしらえだけで済むていどの料理を販売《はんばい》することになった。その不足分を埋《う》めてくれたのは、もちろんルウ家の人々である。洗礼の儀式《ぎしき》のときと同じように、どちらかの屋台が思うように動けないときは、もう片方の氏族がその穴埋《あなう》めをする形で営業を続けていたのだった。

そんな慌ただしい環境《かんきょう》のもとで行われるこのたびの勉強会であるが、かまど番たちの顔に疲弊の色は見られない。森辺の女衆というのはみんな並々ならぬ体力を有しているので、未知なる食材に対する期待感のほうが上回って、むしろ普段《ふだん》よりも元気に見えるぐらいであった。

屋台の商売を終えた後、およそ半数ていどのメンバーが護衛役の狩人《かりうど》たちと合流し、城下町へと進路を取る。その顔ぶれは、前回の黒フワノの勉強会をしたときと同一で、俺、レイナ＝ルウ、シーラ＝ルウ、リミ＝ルウ、トゥール＝ディン、ユン＝スドラ、そしてマイムの七名だ。

護衛役に関しては、本日から休息の期間となる六氏族から四名、アイ＝ファ、チム＝スドラ、ディン本家の長兄《ちょうけい》、リッド本家の長兄が同行してくれることになった。

ディンとリッドの狩人が選ばれることになったのは、血族の長たるグラフ＝ザザからの要請《ようせい》だ。同じ血族であるトゥール＝ディンも参加するし、見識を広げるためにもディンとリッドの人間を同行させてほしいという言葉が届けられたのだ。やはり西方神の洗礼を受けたことで、グラフ＝ザザも色々と思うところがあったのだろう。血族の代表としてこのたびの仕事を受け持った二名の若い狩人たちは、とても誇《ほこ》らしげな面持ちをしていた。

「それにしても、あの洗礼というものを受けた日から十日ていどでまた城下町に招かれることになろうとはな。まさか自分にこのような機会が巡ってくるなどとは、ちっとも考えてはいなかった」

ディンの長兄がそのように述べると、リッドの長兄も「まったくだ」と笑っていた。ディンの長兄はすらりとした体格で朗《ほが》らかそうな面立《おもだ》ちをした若者であり、リッドの長兄は父親ゆずりの大柄《おおがら》な体格で豪放そうな若者だ。どちらも親しく口をきいた覚えはなかったが、二度の収穫祭を経てその姿はよく見知っていた。

「何にせよ、俺たちの仕事はかまど番を守ることだ。今さらジェノスの貴族たちが悪さを仕掛けてくることはないと聞いているが、決して油断はしないので、お前たちは安心して自分の仕事を果たすといい」

ディンの長兄がそのように告げると、トゥール＝ディンはやわらかな笑顔で「ありがとうございます」と答えた。トゥール＝ディンは本家の家人であったので、彼とは同じ家で暮らす身であったのだ。それに血の縁の面から考えても、トゥール＝ディンはディン本家の家長の妹の子であったので、両名は従兄妹《いとこ》の間柄《あいだがら》となるのである。トゥール＝ディンがスン家を出てディン家に迎《むか》え入れられるまでは顔をあわせる機会もなかったという話であるが、二人の間からはとても打ち解けた雰囲気が感じられた。

城下町のトトス車は大きいので、十一名全員が同じ車に乗っている。小窓から城下町の町並みを観察していたリッドの長兄は、ふと思いたったようにアイ＝ファへと目を向けた。

「ところで、アイ＝ファよ。今日のところはお前に護衛役の取り仕切りを担《にな》ってもらいたいのだが、それでかまわないだろうか？」

「ふむ？　それはべつだんかまわぬが……しかし本来であれば、族長筋の眷族たるお前たちが取り仕切るべきであろう？」

「しかし、俺たちは城下町の流儀などほとんど何も知らない身だからな。たびたび城下町を訪《おとず》れているお前こそが、取り仕切り役に相応しいと思うのだ」

そのように語るリッドの長兄は、大らかな笑みをたたえたままである。アイ＝ファもまた、穏やかな面持ちで「そうか」と応じた。

「まあ、取り仕切り役といっても大した仕事があるわけでもないし、そういうことならば引き受けよう」

「うむ。アイ＝ファは俺たちよりも若年《じゃくねん》だが、何せ闘技《とうぎ》の力比べで二度までも勇者の座を授《さず》かった力量であるからな。心置きなく、頼《たよ》らせてもらうぞ」

もともとリッドやディンの人々というのは族長筋の眷族であることを笠《かさ》に着るような人柄《ひとがら》ではなかったが、二度の合同収穫祭を経ていっそう親睦が深まったようである。また、アイ＝ファとチム＝スドラはそれぞれ連続で勇者の座を授かった立場であるためか、ひときわの尊敬と信頼《しんらい》を集められている様子であった。

そして、そんなアイ＝ファたちのやりとりを、リミ＝ルウはずっと嬉しげな面持ちで見守っている。きっとアイ＝ファが近在の人々と正しい絆を深めていることが、嬉しくてならないのだろう。それに気づいたアイ＝ファが「何を笑っているのだ？」と問いかけると、リミ＝ルウは「べっつにー！」と笑いながらアイ＝ファの腕《うで》を抱《だ》きしめた。

そうして和《なご》やかに語らっていると、やがてトトス車が停止する。勉強会の会場は、毎度お馴《な》染み元《じ》トゥラン伯爵邸《はくしゃくてい》の貴賓《きひん》館である。かつてリフレイアに誘拐《ゆうかい》された俺が幽閉《ゆうへい》されていた場所であるが、そんな悪い思い出もこの近年ですっかり払拭《ふっしょく》されていた。

そちらに到着《とうちゃく》したならば、まずは浴堂で身を清めなければならない。初めてそれを体験するディンとリッドの長兄たちは子供のようにはしゃいでおり、以前の食事会で体験済みであったチム＝スドラはひとり沈着《ちんちゃく》な面持ちであった。

「やあやあ、お待ちしていたよ。初のお目見えとなる方々もいるようだね。僕《ぼく》は森辺の民との調停役の補佐官を任されている、ダレイム伯爵家のポルアースというものだ」

男女交代で身を清めると、さっそく二名の武官を引き連れたポルアースが現れる。これが初対面となるディンとリッドの長兄たちは、真面目な表情を取り戻《もど》して名乗りをあげた。

「ふむふむ。ディンとリッドというのは、族長筋であるザザの眷族であるのだよね。族長のグラフ＝ザザ殿には、いつもお世話になっているよ」

「世話になっているのは、こちらも同じだ。あなたには、以前から礼を言いたいと思っていた」

「礼？　何に関しての礼だろう？」

「かつてアスタが貴族にさらわれたとき、力を添《そ》えてくれたのはあなたなのだろう？　同胞たるアスタの身を救ってもらい、心から感謝している」

ディンの長兄がそんな風に述べたてると、ポルアースは何か照れくさそうにふにゃふにゃと微笑《ほほえ》んだ。

「それはもう一年近くも前の話だよね。森辺の民と正しい絆を結ぶことができて、僕も嬉しく思っているよ。……さて、それじゃあ厨《くりや》に向かおうか」

ポルアースの先導で案内されたのは、この屋敷《やしき》が誇る巨大《きょだい》な厨である。そこには前回よりも多くの料理人、およそ二十名ほどが待ちかまえていた。ヴァルカスと三人の弟子《でし》たち、非正規の助手であるロイ、それにダレイム伯爵家の料理長ヤンや《セルヴァの矛槍亭《ほこやりてい》》の料理長ティマロなども勢ぞろいしている。初めて森辺の民を目にする何名かは、やはりいくぶん緊張《きんちょう》の面持ちであった。

とりあえず、厨の内部にはアイ＝ファとディンの長兄が入室し、チム＝スドラとリッドの長兄は扉《とびら》の外に待機する。その指示は、取り仕切りを任されたアイ＝ファが出していた。

「お待たせしたね。今日もたくさんの料理人に集まってもらうことができて、大変嬉しく思っているよ。ジェノスがこれまで以上の繁栄《はんえい》を手にすることができるように、新しい食材の有効な使い道を考案してもらいたい」

ポルアースがこの場の仕切り役であるのは、森辺の民との調停役であると同時に、外務官の補佐官でもあるためだ。余所《よそ》の土地との商《あきな》いが活性化すればジェノスもより潤《うるお》うということで、この仕事は外務官の管轄《かんかつ》に定められているのだった。

「このたびの主眼は、先日に届けられた王都およびバルドからの食材と、ジャガルから買いつけているホボイの実の油、そしてシムから買いつけているシャスカという食材に関してだ。まずは、ヴァルカス殿とティマロ殿の両名から説明を願いたいと思う」

やはり、いずれの食材に関しても、その両名が指南役となるらしい。彼らはかつて食材を独《ど》占《せん》していたトゥラン伯爵家の料理長と副料理長であったのだから、それもむべなるかなといったところであろう。ただし、はりきった顔をしたティマロに対して、ヴァルカスは相変わらず気の進まなそうな面持ちをしている。ヴァルカスは自分が認めていない料理人には希少な食材を扱《あつか》ってほしくないという、実に厄介なポリシーを有してしまっているのである。

「王都から届けられる食材というのは、そのほとんどが乾物《かんぶつ》でありますな。しかしそれらは味に深みを与えるのにとても有効であり、なおかつひとつの食材としてもさまざまな使い道があるのです」

無言でたたずむヴァルカスには目もくれず、ティマロは意気揚々《いきようよう》と語りだした。前回の勉強会では王都から届けられる食材にもそれほどのストックはなかったので、せいぜい俺《おれ》が『黒フワノのつけそば』を作るために魚と海草の乾物から出汁《だし》を取る方法をお披露目《ひろめ》したぐらいであったのだ。今日はその他に、甲殻類《こうかくるい》や貝類やタコに似た海洋生物の乾物もどっさりと準備されていた。

「これらは水で戻せば食材として使うことができますし、ただ煮込《にこ》むだけでも実に独特の風味をもつ出汁を取ることがかないます。また、これらはすべて外海からもたらされる食材であるため、おたがいの相性《あいしょう》が非常にいいのです。その反面、もともとわたくしどもの扱っている食材とは味がぶつかることも多いのですが、それを使いこなすのが料理人の腕というものでありましょうな」

そのように述べるティマロは、実にいきいきとした表情をしている。自分の腕前《うでまえ》を披露《ひろう》するのも、人に指南するというのも、ティマロは非常に好んでいるのだろう。きっとこの場には商《しょう》売敵《ばいがたき》となりえる相手も多かろうに、知識の出し惜《お》しみをする気配もいっさい感じられなかった。

（そういえば、俺と初めて一緒《いっしょ》に厨を預かったとき、俺が使えない食材は使わないとか言ってたんだよな。腕を競《きそ》うなら、相手と同じ条件じゃないと意味がないっていう考え方なのかもし

れない）

　きっとティマロは非常な自信家であると同時に、公正かつ潔癖《けっぺき》な考え方の持ち主であるのだろう。ティマロのこういった特性は、前回の勉強会でもぞんぶんに発揮されていたのだ。そんなティマロの長広舌《ちょうこうぜつ》を、ポルアースはとても満足そうに拝聴《はいちょう》していた。

「アスタ殿は、こちらの魚や海草の乾物ばかりを使っておられるという話でしたが、その他の食材については興味をもたれなかったのでしょうかな？」

　と、いきなりティマロに水を向けられて、俺は「えーと」と頭を整理する。

「興味がなかったわけではありません。ただ、ティマロの仰《おっしゃ》る通り、これらの食材は料理の主役を張れるぐらいの力を持っていると思うのですよね。そうすると、森辺ではギバの肉を主役にするという習わしが強いので……やっぱりちょっと味がぶつかってしまうかなと考えていました」

「ふむ。先日の晩餐会《ばんさんかい》では、そのギバ肉とマロールの乾物を同時に使っておられましたな。あれはあれで見事な料理であると感心させられましたが……さしものアスタ殿でも、そうそう簡単に仕上げられるわけではないということですか」

　ティマロが言っているのは、監査官《かんさかん》に献上《けんじょう》した『ギバとマロールのお好み焼き』のことだ。あれは豚《ぶた》エビのミックスという元ネタがあったので簡単に思いつくことができたものの、貝類やタコに似た食材をギバ肉と調和させるのは、なかなかの難題であるように思えた。

　また、森辺においては出汁を取った食材を廃棄《はいき》するのは悪である、という概念《がいねん》が存在する。

そうすると、これ以上の動物性タンパクを森辺に持ち込《こ》む必要はないのかな、などという思いにも駆《か》られてしまうのだった。

「……では、アスタ殿もギバ肉を使わなければ、これらの食材を扱うことも難しくはないということなのでしょうか?」

ずっと無言で立ち尽くしていたヴァルカスがそこで初めて発言したので、俺は「そうですね」と答えてみせた。

「俺としては、むしろ魚介《ぎょかい》の食材で統一したほうが使いやすいように思います。たとえば、魚介のカレーなんてのも美味《おい》しそうですしね」

ヴァルカスはぼんやりとした無表情のまま、立ちくらみでも覚えたように身体を揺《ゆ》らした。

「これらの食材を、あのかれーという料理に使おうというのですか。想像しただけで、期待に押《お》し潰《つぶ》されそうになってしまいました」

「ええ、いや、まあ、今のところはそういう予定もないのですが」

俺の個人的な好みはさておき、ギバ肉を使わない料理に森辺の民は無関心であるのだ。俺の消極的な返答に、ヴァルカスは「そうですか」と残念そうに息をつき、ティマロはかまわず説明を再開させた。

「とりあえず、乾物に関しては各自で持ち帰っていただき、その味を確かめていただくしかないでしょうな。非常に高価な食材ではありますが、その値に相応しい力を持っているということは、わたしが保証いたしましょう」

そうしてティマロは、それらの乾物を水で戻す方法と、美味しい出汁の取り方をざっくり説明し始めた。本日も、筆記係がその手順を帳面に書き留《と》めている。そちらの解説が一段落したならば、お次は《黒の風切り羽》がバルドという町から運んできた食材であった。

「今のところ、数にゆとりのある食材はこちらとなります。ティンファ、レミロム、ブレの実、そしてアネイラという魚の乾物ですな」

ティンファは白菜、レミロムはブロッコリー、ブレの実は小豆《あずき》、アネイラはトビウオに似た食材だ。ティマロもそれらの食材は扱ったことがあるようで、また得意そうにその使い道を語り始めた。ティンファとレミロムは煮《に》てよし炒めてよしの食材で、ブレの実はタウの実と同じように煮込んで使うのが最適である、というのがティマロの見解であった。

「アスタ殿も、すでにこれらの食材を受け取っておられたのでしょう？　何か有効な使い道は考案できたのでしょうかな？」

「あ、はい。ティンファはクセがないので、ティノなんかと同じように扱えると思います。レミロムは、火を通しても少し青臭《あおくさ》さが強いので……俺としては、カロン乳やギャマの乾酪《かんらく》といった乳製品をあわせるか、あるいはタラパやママリア酢《ず》などの酸味の強い食材をあわせるのがいい気がします」

酸味に関しては、ドレッシングやマヨネーズやケチャップから連想しての発言となる。ティマロは真面目くさった面持ちで「なるほど」とうなずいた。

「レミロムについても、しっかり味の特性をご理解されているようですな。レミロムを焼きあげる場合、わたしはおもに乳脂《にゅうし》を使用しております」

「あ、乳脂もいいですよね。俺も大好きです」

と、俺は思わず口走ってしまったが、それはブロッコリーのバター炒めを連想しての発言であった。ティマロはちょっと虚《きょ》をつかれた様子で、「そうですか」と目をしばたたかせる。

「アスタ殿の賛同を得られるとは思いませんでした。我々は、非常にかけ離れた流儀《りゅうぎ》のもとに料理を作りあげておりますからな」

「そうですね。でも、要所要所では通ずる部分もあるのだと思いますよ」

ティマロは表情の選択《せんたく》に困った様子で、ぎこちなく微笑んだ。

「……では、ブレの実はいかがでしょう？　これは炒めてもなかなか硬さが取れないので、やはり煮込むしかないように思われますが」

「そうですね。あと、俺は砂糖を混ぜて菓子の材料にしてみたいなと考えています」

「菓子ですか！　それはまた……なかなか目新しい使い道ですな」

ただ、バルドの食材はまだそれほど数にゆとりがないので、俺たちもお試《ため》しの分しか受け取っていない。いずれ十分な数を取り引きできるようになったら、トゥール＝ディンとリミ＝ルウにあんこの作り方を伝授したいところであった。

あとはアネイラの干物《ひもの》であるが、これは王都の食材と同じような内容であるので、特につけ加えることはない。ヴァルカスもいっかな口を開こうとしないので、議題はいよいよ次なる食材へと進められることになった。

「お次は、ホボイの油に関してですな。僭越《せんえつ》ながら、わたしが師ヴァルカスの代わりに説明させていただきたく思います」

と、料理人の輪の中から、ボズルが進み出た。ヴァルカスの弟子の一人で、大柄な体躯《たいく》をしたジャガルの民である。ボズルはにこやかな笑《え》みをたたえながら、明るいグリーンの瞳《ひとみ》で人々を見回した。

「先日、ようやくジャガルの人間からホボイの油の搾《しぼ》り方を習うことができました。やはりレテンの油と大きな違いはないようですので、買いつけたホボイの実を自分たちで油にすることも難しくはないかと思われます」

金ゴマに似たホボイの実を焙煎《ばいせん》したのちに、すり潰す。それを濾過《ろか》した後、しばし熟成させてから、再び濾過する。簡単に言うと、そういう手順であるようだった。

「それで作りあげたのが、こちらの油となります。レテンの油よりも、はるかに香りの強い油であるようですな」

卓《たく》の上にガラスの瓶《びん》が置かれており、そこに茶色みを帯びた液体が満たされていた。ボズルの手でその栓《せん》が抜《ぬ》かれて、人々の手に回されていく。俺も確認させていただいたところ、まさしくゴマ油のごとき香《こう》ばしい匂《にお》いがした。

「香りが強いので、どのような料理にも合うとは言えません。しかし、レテンの油や乳脂とはまったく異なる風味を生み出すことができるので、なかなか重宝するのではないでしょうかな」

笑顔でそのように述べたてながら、ボズルは俺のほうに目を向けてきた。

「そもそもこれはアスタ殿の発案によって作られた油であるわけですが、アスタ殿はどのような使い方を想定しておられたのでしょう?」

「そうですね。自分はタウ油などを使った炒め物や、あとは汁物《しるもの》料理の風味づけにいいんじゃないかと考えていました」

「ふむ。試しに一品、何か作っていただくことはできますでしょうかな?」

本日はあくまで聴講《ちょうこう》役のつもりであったので、それは意想外の提案であった。が、俺の持つ知識がジェノスの繁栄の一助になれば幸いである。俺は了承《りょうしょう》して、試作品の調理に取りかかることにした。

あまり時間をかけても何なので、簡単な炒め物を披露することにする。カロンの胸肉と、アリア、プラ、チャムチャムを食材として、味付けはタウ油、砂糖、ニャッタの蒸留酒、ミャームー、ケルの根だ。塩とピコの葉で下味をつけた胸肉を細切りにして、野菜と一緒にホボイの油で炒める。半分ぐらい火が通ったところで調味料を加えて、さらに炒めれば完成であった。

味付けは、屋台の日替《ひが》わりメニューで出している回鍋肉《ホイコーロー》風の炒め物とほぼ同一であったが、今回はカロンの細切り肉を使っているので青椒肉絲《チンジャオロースー》に近い仕上がりであろう。この場にいる全員にひと口ずつを準備するだけでなかなかの分量であったが、レイナ=ルウたちが総出で手伝ってくれたので、どうということはない。そうして完成した試食品を口にすると、ボズルは「ほう」と感心したような声をあげた。

「これは見事な出来栄《ば》えですな。初めてホボイの油を扱ったとは思えぬほどです」

「ええ。俺の故郷にも、似た風味を持つ油が存在しましたので」

俺も試食したところ、ホボイ油を使ったことによって一気に中華料理《ちゅうかりょうり》らしさが増したように感じられた。これで後はチャッチ粉も使ってとろみをつければ、ほとんど完璧《かんぺき》なのではないだろうか。そうしたら、俺もようやく回鍋肉風の炒め物を『ギバの回鍋肉』と胸を張って宣言できるような気がした。

「これは、本当に美味ですね。けっこう色々な調味料を使っているのに、ホボイの油が邪魔《じゃま》をするどころか、より素晴らしい味わいを生み出していると思います」

マイムなどはきらきらと目を輝《かがや》かせながら、そのように耳打ちしてくれた。レイナ＝ルウやトゥール＝ディンたちも、みんな真剣《しんけん》かつ満足そうな面持ちで試食品を口にしている。リミ＝ルウは一人で無邪気に「美味しいねー」と笑っていた。

「ううむ、確かに美味ですな。これでもう少し香草《こうそう》を加えれば、城下町でも大きな人気を博することができるでしょう」

ティマロは秀《ひい》でた額に深い皺《しわ》を寄せながら、そのように述べている。

そのかたわらでは、ヴァルカスがふっと息をついていた。

「やはりアスタ殿は、カロン肉でもこれほどの料理を作りあげることができるのですね。まあ、アスタ殿は生きた魚でさえ使いこなせるのですから、それが当然の話なのでしょうが」

「あ、はい。実はつい先日まで宿場町の宿屋の食堂を手伝う機会があったので、そちらでカロンやキミュスの料理を手掛《てが》けることになったのですよね」

俺がそのように応じると、ヴァルカスは眠《ねむ》たげにも見える目つきで俺を見つめてきた。

「そうなのですか。ひとこと声をかけてくださったら、わたしも足を運びたかったところです」

「いやいや、ヴァルカスが宿場町の宿屋に出向くのは難しいと思いますぞ」

ボズルが笑顔《えがお》で、その場を取りなしてくれた。ヴァルカスは、極度に人混みを苦手にしているという話であったのだ。そうでなければ、森辺の祝宴にだって参席してもらいたいところであった。

「まあ何にせよ、ホボイの油の独特な味わいはお伝えできたことでしょう。みなさんがホボイの油を欲《ほっ》するようであれば、それに応じて大量のホボイを買いつけていただけるというお話であるのです」

「うん。ジャガルの民も、我《わ》がジェノスのフワノや果実酒を欲してくれているからね。特にフワノはまだトゥランの倉庫に山ほど残されているので、ジャガルとの商いを広げることができたら大助かりだよ」

勉強会も順調に進み、ポルアースはご満悦《まんえつ》の様子であった。

「さて、それじゃあ最後に、シムの食材であるシャスカについてだね。これはヴァルカス殿しか扱い方がわからないという話であったので、よろしくお願いするよ」

「はい、かしこまりました」

ヴァルカスの視線を受けて、タートゥマイとシリィ＝ロウが隣《となり》の卓から大きな包みを運んできた。かつて俺たちが《銀星堂》でご馳走《ちそう》になった、シャスカである。あのときは汁《しる》なし担々《タンタン》麺《メン》のごとき料理に使われていたものであるが、その本体であるシャスカがどのような食材であるのか、これが初のお目見えとなるのだった。

「こちらが、シャスカの実となります。シムからは、この状態で届けられます」

ヴァルカスの合図で、タートゥマイが包みの中身を皿に取り分ける。そちらを検分した俺は、驚《おどろ》きの声を呑み込むことになった。

小さな、白い粒《つぶ》である。形は楕円形《だえんけい》で、縦は五ミリていど、横は三ミリていどの大きさであろう。ほのかに透明《とうめい》がかっているが、とても綺麗《きれい》な純白で——要するに、それは俺が知る「米」と非常によく似た外見をしていたのだった。

2

「では、このシャスカの実をどのような手順で加工するか、実際に見ていただきましょう」

ヴァルカスの言葉とともに、タートゥマイとシリィ＝ロウが作業を開始した。まずは大きな鉄鍋《てつなべ》にシャスカの実と水を同じ重さで投入し、強めの火にかけて、沸騰《ふっとう》したら攪拌《かくはん》する。そのまま放置しておくと、シャスカが焦《こ》げついてしまうのだという話であった。

「シャスカに水を吸わせつつ、余分な水気が飛ぶのを待ちます。余計な時間をかけぬために、なるべく強い火にかけるとよろしいでしょう」

シムの血をひく老齢《ろうれい》のタートゥマイが静かな声で説明する中、シリィ＝ロウは額に汗《あせ》を浮《う》かべながら攪拌の役を受け持っている。こういう際には、白覆面《ふくめん》を着用せずとも許されるらしい。

「やがてシャスカが水気を吸い尽《つ》くすと、手応えがねっとりと重くなります。その頃合《ころあ》いで、今度は実を潰すために手を加えていきます」

十分ていどが経過したところで、シリィ＝ロウは攪拌用の木べらをすりこぎのような器具に持ち替《か》え、鍋《なべ》の中身をざくざくと押しつぶすような動きを見せ始めた。これはなかなかの重労働のようである。

「そうして完全に水気が飛んだら、鍋を火から下ろします。シャスカそのものに味をつけたい場合は、この段階で食材を投じることになりますが……本日はシャスカそのものの味を正しく知っていただくために、このまま進めさせていただきます」

三十名の料理人たちは、みんな物珍《ものめずら》しそうにシリィ＝ロウの作業を見守っている。その中で、ダレイム伯爵家の料理長たるヤンが、こっそり俺に囁《ささや》きかけてきた。

「シャスカというのはシムにおいてフワノのように食されている食材であると聞かされていたのですが、下ごしらえの手順はずいぶん異なるようですな」

「ええ、そうですね」と応じながら、俺は心中でひそかに昂揚《こうよう》しっぱなしである。その鉄鍋から漂《ただよ》ってくるまろやかな香りは、炊《た》きたての白米と非常に似通っていたのだ。それを懸命《けんめい》にこね合わせているシリィ＝ロウは、まるで餅《もち》つきでもしているように見えてしまった。

「こうしてシャスカの実を潰していくと、粘《ねば》り気《け》が強くなってまいります。まずは実の形状が完全になくなるまで、シャスカをこね合わせてください」

タートゥマイが言っているそばから、すりこぎにはねっとりとシャスカがからみつくようになっていた。それもまた、餅つきの杵《きね》に餅米《もちごめ》がからみついているかのようである。

「この量であれば一人でも十分ですが、もっと大量のシャスカを扱う場合は数人がかりで棒を振《ふ》るいます。熱したシャスカが冷え固まるまでに次の工程に移らなくてはならないので、そのようにお心得置きくださいー」

熱した鉄鍋の中で作業をしているので、まだまだ冷え固まるには時間がかかることだろう。そうして作業が進むごとに、いよいよシャスカの粘り気は強くなっていく。シリィ＝ロウが棒を引いたとき、そこにへばりついたシャスカがちぎれずにどこまでものび始めると、ギャラリーの間から驚きの声があがった。

「ものすごい粘り気ですな。まるで、すり潰したギーゴのようです」

「あれでフワノと似た料理に仕上がるのでしょうか？　今のところは、想像しにくいですな」

料理人たちの囁き声が耳に入った様子もなく、シリィ＝ロウは黙々《もくもく》とシャスカをこね続ける。それから数分ばかりののち、タートゥマイはようやく「よろしいでしょう」と宣言した。

「では、次なる工程でございます。ボズル殿、その器具をこちらに」

ボズルが運んできたのは、金属製の大きなボウルのような調理器具であった。すっかり汗だくになってしまったシリィ＝ロウはロイから受け取った手ぬぐいで顔をぬぐってから、赤ママリア酢の瓶を取り上げる。ボウルの中には少量のママリア酢とたっぷりの水が注がれた。

「水と酢の比率は、十対一でお願いいたします。酢ではなくシールの果汁《かじゅう》でもかまいませんが、このジェノスにおいてはママリア酢のほうが使い勝手もよろしいでしょう」

そんな言葉とともに進み出たタートゥマイは、その手に奇妙《きみよう》な器具を携《たずさ》えていた。金属製の、細長い箱である。長さは三十センチほどで、切り口の面は一辺が十センチほど。片側の面は封《ふう》がされておらず、逆側の面には小さな穴が無数にあけられている。

「この中にシャスカを詰め込んで、成形いたします」

タートィマイはその箱の中にもっちりとしたシャスカを詰め込むと、切り口の面にフィットする大きさに加工された木製の器具をあてがい、ぐっと押し込んだ。すると、無数の穴から白いシャスカがにょろにょろと生えのびる。まるで、ところてんか何かのようだ。そうして糸のように細く成形されたシャスカの行き先は、ボウルに張られた液体の内であった。

「こうしますと、ママリア酢がシャスカの表面に膜《まく》を張り、たがいがくっつき合うことなく、元の形を保つことがかないます。しばらくして水で洗えばママリア酢の味や香りは落ちますし、表面の粘り気がよみがえることもありません」

酸味がデンプンの粘り気を阻害《そがい》するなどという話は聞いたことがないので、これはシャスカかママリアのどちらかが有する性質であるのだろう。シールの果汁でも代用できるということは、やはりシャスカの特性であるのだろうか。

「ふうむ。これは面妖《めんよう》ですな。どうしてそのように、糸のごとき形に仕上げなければならないのでしょう？」

うろんげな面持ちでティマロが問いかけると、タートゥマイは機械のように作業を続けながら答えた。

「シャスカを塊《かたまり》のまま冷やしてしまうと、木材のように硬《かた》くなってしまうのです。熱を通せばやわらかくはなりますが、そうすると今度は粘り気までもがよみがえってしまいます。扱いの難しいシャスカを美味なる料理として仕上げるために、東の民はこういった工程を考案したのでしょう。シムでは油を塗《ぬ》った布にシャスカを包み込み、そこに穴をあけて中身をしぼるのだと聞きます」

そのように語る間も、細長く仕上げられたシャスカが続々とボウルの内に落とし込まれていく。正確な手つきと東の民さながらの無表情が相まって、タートゥマイがシャスカ製造マシーンと化してしまったような風情《ふぜい》であった。

「また、シムの草原地帯においては、こうしてシャスカを酢の水に浸《つ》けたまま火にかけて、肉や野菜や香草を投じるという食べ方が一般的《いっぱんてき》であるようです。草原で生きる民にとっては、鉄鍋ひとつで作ることのできるこの調理法が、手間も少なくて好まれたのでしょう。水気を切ったシャスカに具材をかけて食するという調理法は、シムの王都で好まれているのだと聞きます」

「ふむ。どちらにせよ、フワノに比べればなかなかの手間であるようですな。このシャスカという食材は、そうまでして料理に使う価値があるのでしょうかな？」

「それをお確かめいただくには、実際に食べていただく他ないかと思われます」

やがてボウルがシャスカでいっぱいになってしまうと、ボズルが新しいボウルを準備した。ボウルを満たしたシャスカは、木製のザルに移された後、水で綺麗に洗われていく。

「こちらのシャスカは、このまま味見をしていただきましょう。これが何の味付けもしていない、素のシャスカとなります」

タートゥマイが作業を続けているかたわらで、ボズルとシリィ＝ロウが最初の分を小皿に取り分け始めた。それを受け取った料理人たちは、好奇心《こうきしん》に満ちた面持ちで試食を開始する。森辺のかまど番の一行は、遠慮をして最後にそれを受け取った。

確かに《銀星堂》で出された料理と同じく、白いソーメンのような外見だ。ただしあのときは生地《きじ》に何かしらの豆類が練《ね》り込まれていたので、俺たちも素のシャスカを口にするのはこれが初めての体験であった。

「これが、シャスカなのですね。確かにアスタたちから聞いていた通り、ぱすたと似た料理であるようです」

かまど番の一団でただひとり《銀星堂》の食事会に参席していなかったユン＝スドラが、笑顔でそのように発言した。そちらにうなずき返しつつ、俺がひとつまみのシャスカを口に投じてみると――あの日と同じ食感が、口の中で再現された。一ミリていどの細さであるのに、もちもちとした弾力《だんりょく》だ。そういえば、俺はあの食事会の際にも「餅米のようだ」という感想を抱いたものであった。

（だけど普通《ふつう》の餅米でも、ここまで細くのびることはないもんな。それだけ粘性《ねんせい》が尋常《じんじょう》でないってことか）

そして、シャスカの味である。あのときは担々麺のように強い味付けであったし、何かの豆類が練り込まれていたので、シャスカそのものの味を確認することはできなかったのだが――

初めて口にする素のシャスカは、ほんのり甘《あま》かった。強い味や風味はなく、ただほのかな甘みと香気《こうき》がふわりと口の中に広がって、すぐに消えていく。ママリア酢の味や風味は綺麗に洗い流されていたので、俺はその優《やさ》しい味わいを心ゆくまで確認することができた。

（ビーフンなんかとは、まったく違《ちが》うよな。あれは粘り気のないインディカ米が原料だとか聞いたような気もするし……やっぱりこれは、麺《めん》に仕上げた餅米を食べているような感覚だ）

俺はやっぱり、一人でおもいきり昂揚してしまう。そんな中、他のかまど番たちはやや難しげな面持ちでシャスカを味わっていた。

「うーん。味らしい味はないようですけれど……まあ、フワノやポイタンで作ったぱすたも、味をつけなければこういった仕上がりなのでしょうね」

「はい。それでぱすたと異なるのは、この歯ざわりや噛《か》み応えですね。これはこれで心地《ここち》好《よ》くも感じますから……ぱすたとはまた異なる美味しさを持つ料理に仕上げることはできるかもしれません」

トゥール＝ディン＝レイナ＝ルウやシーラ＝ルウは真剣きわまりない面持ちで、マイムやリミ＝ルウやユン＝スドラはとても楽しげな面持ちであった。

そんな中、今度はシャスカに微量《びりょう》の赤いソースを掛《か》けたものが配られる。それはあらかじめ準備されていたもので、俺たちが試食をしている間にヴァルカスが温めなおしてくれたのだ。

「これはカロンの骨と肉から取った出汁に、塩とタウ油とイラの葉をわずかに加えた煮汁《にじる》です」

それを口にすると、今度は驚嘆《きょうたん》のざわめきが発生した。薄味《うすあじ》のソースを掛けただけで、劇的にシャスカが美味しく感じられたのである。複雑な味付けを好むヴァルカスにしてみればほんの手慰《てなぐさ》みなのかもしれないが、そもそもソースの味そのものが美味しくてたまらなかった。だけどやっぱり、これはシャスカの本領を発揮させるために考案された味付けであるのだろう。深みのあるカロンの出汁に、ぴりっと辛《から》いイラの葉が見事に調和して、これだけでもう立派な料理であるように思えてしまった。

「これは美味ですな。以前にアスタ殿から教えていただいた『黒フワノのつけそば』という料理にも匹敵《ひってき》する味のようです」

ヤンも、感じ入ったようにそう述べていた。

自分の仕事を終えたヴァルカスは、ぼんやりとした眼差《まなざ》しで料理人たちを見回していく。

「いかがでしょう？　あなたがたがシャスカを欲するようであれば、シムから定期的に買いつける取り決めをしていただけるというお話であったので、わたしも力を惜しまずに取り組んだつもりであるのですが」

「ふむ。まあ、なかなか取り組み甲斐《がい》のある食材であるということに間違《まちが》いはないでしょうな。下ごしらえにいささか手間はかかるようですが、それはアスタ殿の考案された『黒フワノのつけそば』も同じことですし……これまではシムでしか味わうことのできなかった料理となれば、喜ぶ方々も少なくはないでしょう」

慇懃《いんぎん》な口調で、ティマロはそのように答えていた。他の料理人たちも、おおむね賛同している様子である。それを嬉《うれ》しそうに見回してから、ポルアースが俺のほうにも視線を向けてきた。

「アスタ殿は、いかがかな？　すでに『黒フワノのつけそば』という料理を扱っているアスタ殿なら、すぐにでも美味なる料理に仕上げられそうだ」

「ええ、そうですね。……ただ俺としてはその前に、もう少し異なる加工の仕方はできないものかと思うのですが」

「異なる加工の仕方？」

　ポルアースは不思議そうに首を傾《かし》げ、ティマロはけげんそうに眉《まゆ》をひそめる。そしてその後方から、ヴァルカスが感情の読めない視線を向けてきた。

「異なる加工とは、どのようなものであるのでしょう？　まさかアスタ殿は、シャスカに似た食材をも扱った経験がおありなのでしょうか？」

「それは実際に触《ふ》れてみないとわかりません。ただ、俺としては是非《ぜひ》とも研究させていただきたいと思っています」

　言うまでもなく、俺はシャスカを元の形状のまま口にする手段を見出《みいだ》したいと願っていた。日本生まれの日本人として、それは至極《しごく》当然の願いであっただろう。このジェノスでは実にさまざまな食材と出会っていたものの、米に似た食材というものだけはどうしても手にすることがかなわなかったのだ。

「とても興味深いです。よければこの場で、その研究の一端《いったん》を拝見させていただけませんか？」

「ええ？　それはべつだんかまいませんが……時間もかかりますし、大失敗するかもしれませんよ？」

「かまいません。まだ刻限にゆとりはあるのでしょう？」

それは、この場の取り仕切り役であるポルアースに向けられた言葉である。ポルアースは笑顔で「もちろん」とうなずいた。

「本日お披露目される食材は、このシャスカが最後であったからね。この貴賓館の料理人たちが下ごしらえを始めるまで、まだまだ猶予《ゆうよ》はあるはずだよ」

「そうですか。それじゃあお言葉に甘えて、少しだけ」

どっちみち、俺は私財を投じてでもシャスカを購入《こうにゅう》させていただこうと考えていたのだ。この場で少しでも研究を進められるのならば、きわめてありがたい話であった。

しかしまた、シャスカが実際にどれだけ米と似た性質を持っているかはわからないのだから、これは難問だ。熟考した末、俺は同時に四種類の試食品をこしらえることにした。

「よし。それじゃあまず、シャスカを取り分けよう。この場にいるみなさんにひと口ずつ渡《わた》るように計算すると……この容器で五杯《はい》分ずつぐらいかな」

レイナ＝ルウたちの手を借りて、俺はシャスカを器に移していく。こうして手に触れてみると、シャスカの実はとても硬く、生米とよく似た質感であった。ただ、間近で見てもその形状は綺麗な楕円形であり、胚芽《はいが》の除去で生じるあのくぼみが存在しない。やはりこれは、米と似て異なる異世界の食材であるのだ。

米ではないのだから、糠《ぬか》を取るために水で研《と》ぐ必要もないのだろう。しかし俺は、四つに分けたシャスカの二つ分だけは、試しに水で研いでみることにした。理由は、このシャスカの有する粘性を少しでも緩和《かんわ》させたいと願っていたためである。シャスカはおそらく通常の餅米よりも粘性が強いので、俺が理想とする米の代用品を目指すには、まずその粘性を攻略《こうりゃく》する必要があるはずだった。

その攻略の一貫《いっかん》として、俺は水の量にも着目した。まず大前提として、水の量はタートゥマイよりも多くする。タートゥマイはすべての水をシャスカに吸わせていたが、それよりもさらに多くの水気がないと、蒸《む》らしの工程に支障が出てしまうためだ。

もともと俺の故郷でも、重さで換算《かんさん》するならば、水は米の一・四倍から一・五倍の量を使っていた。今回はさらに試してみたいことがあったので、一・五倍と一・七倍の二パターンで行うことにした。水で研いだシャスカと、研いでいないシャスカ。そこに、水の量が一・五倍のものと一・七倍のものを合わせて、計四パターンである。

そして、重要なのは火加減だ。これはもう、数少ない飯盒炊爨《はんごうすいさん》の経験に頼るしかなかった。親父《おやじ》の手ほどきで土鍋《どなべ》を扱ったこともなくはなかったが、使用するのが鉄鍋であるならば飯盒のほうが特性は近いはずであった。

（まあ、年に一度は親父や玲奈《れいな》なんかとキャンプしたりもしてたからな。なんとかなるだろう）

そのように考えながら、俺はいざかまどに火をおこすことにした。レイナ＝ルウ、シーラ＝ルウ、トゥール＝ディンの三名に概要《がいよう》を説明して、同じように火の番を受け持ってもらう。いわゆる、「初めチョロチョロ、中パッパ」の実践《じっせん》である。最初は中火で鉄鍋にじっくり熱が回

るのを待ち、蓋《ふた》の隙間《すきま》から湯気が出てきたら一気に強火にする。しばらくすると蓋が頼りなく動き始めるので、手頃《てごろ》な重しを蓋に載《の》せる。今ごろ鍋の中では、シャスカが派手に躍《おど》っていることだろう。あるいは、米とは異なる性質を見せて、ねっとりと一体化してしまったりしているだろうか。こればかりは、蓋を開けないことには確認《かくにん》することもできなかった。

料理人たちは、まんじりともせずに俺たちの作業を見守っている。シャスカ自体が初見であった人々はもちろん、ヴァルカスたちだって俺が何をしようとしているのか、理解するのは難しかったに違いない。

そんな中、噴《ふ》きこぼれそうであった蓋の躍動《やくどう》が静まってきたので、火加減を中火に調節する。ただし、一・七倍の水を使った二つの鉄鍋は、まだ同じ調子で蓋が動いていた。水の量が多いために、まだまだ蒸気の勢いがおさまらないのだ。それで俺は「赤子が泣いても蓋取るな」よりもずいぶん早い段階で、その鉄則を破ることになった。そのためにこそ、俺はあえて多めの水を使用していたのである。

「よし。それじゃあ、こっちの二つは蓋を取るからね。すごい蒸気だろうから、気をつけて」

そんな注意を与《あた》えてから片方の蓋を取り去ると、予想にたがわない蒸気が噴出《ふんしゅつ》される。頼《たの》もしき森辺のかまど番はみんな冷静であったが、その代わりに周囲の料理人たちが大きくどよめいていた。

その蒸気の噴出がおさまるのを待ってから鉄鍋の中身を覗《のぞ》き込んでみると、ごぽごぽと煮え立つ湯の中で白いシャスカが躍っている。とりあえず一体化したりはしていないようであったので、俺は柄杓《ひしゃく》で余分な水気を除去していった。多めに使用した水を、ここで除去するのだ。

ただその煮汁も状態を確認するために、空の鉄鍋に溜《た》めておいた。

「アスタ。これらの鍋は、どうして多めの水を使ったのですか？　あとから取り除くのなら、あまり意味はないように思えるのですが」

マイムが好奇心に目を輝かせながら問うてきたので、俺はふたつ目の鍋の始末をつけながら答えた。

「実は、シャスカからあるていどの粘り気を取りたいと考えているんだ。この取り除いた水に粘り気の成分が溶《と》け出していることを期待してるんだけど、どうだろうね」

これは、親父にインディカ米の扱いを習った際に得た知識であった。インディカ米は東南アジアなどで多く取り扱われている品種であり、もともと日本の米よりも粘り気が少ないのだが、そこからさらに粘り気を除去するために「湯取り法」という手法で調理されることが多いようなのだ。

日本では厳正に水の量を取り決めて、米を炊く。米がしっかりと水を吸った上で、べちょべちょの仕上がりにならないよう、適切な水の量というものが考案されたのだ。しかし東南アジアでは焼き飯やカレーの添え物として米を食べることが多いため、より粘り気の少ない形で仕上げられる調理法が確立されたようだった。

「お前が生まれるずーっと前に、コメ不足なんていう騒《さわ》ぎがあってな。冷害で、日本の米がとれなくなっちまったんだよ。そのときにインディカ米ってやつが大量に輸入されたんだけど、そいつを日本の米とおんなじ風に炊いたって駄目《だめ》なんだ。品種の違う米を同じ手順で仕上げたって、上手《うま》くいくわけがないってことだな」

いつだったか、親父はそんな風に言っていた。もともと粘り気の少ないインディカ米を日本のやり方で炊いても、パサパサの仕上がりになってしまうらしい。しかし、当時の日本ではそんな知識も行き渡っていなかったので「インディカ米はまずい」などという風評が巻き起こってしまったそうなのだ。

「インディカ米を売るんだったら、『湯取り法』についても教えてくれりゃあよかったんだよな。ついでに美味《うま》い焼き飯の作り方でも教えてくれりゃあ、そんなに不満の声もあがらなかっただろうよ」

そんな親父の感慨《かんがい》はともかくとして、俺は『湯取り法』やインディカ米について知る機会を得たのである。それで、このシャスカというのはインディカ米と逆で、日本の米よりもはるかに粘り気が強い食材だ。ならば、『湯取り法』を採用することで少しでも粘り気を緩和することはできないものかと、俺はそんな風に思い至ったのだった。

「とりあえず、この取り除いた水は白く濁《にご》っていますね。これが、シャスカの粘り気なのでしょうか？」

マイムの言葉で、俺の意識は現実に引き戻《もど》された。親父の豪快《ごうかい》な笑顔をそっと心の奥底《おくそこ》にしまい込みつつ、俺は「たぶんね」とうなずいてみせる。

「それにきっと、ここにはシャスカの栄養も少しは溶け出しているだろうからね。森辺でシャスカを扱えるなら、この煮汁は別の料理に使わせてもらおうと思っているよ」

「なるほど。アスタがどのような形でシャスカを仕上げるのか、わたしはとても楽しみです」

そうして俺がマイムと語らっていると、今度はレイナ＝ルウが「アスタ」と呼びかけてきた。

「湯気がおさまり、煮え立つ音も聞こえなくなりました。完全に水気がなくなったのではないでしょうか」

「よし。それじゃあ、火から下ろそう」

俺たちはさきほどのシリィ＝ロウらと同じように、鉄鍋の持ち手に棒を渡して、火のついていないかまどへと移動させた。ここからは、蒸らしの工程である。時間は、十五分から三十分ていどであろう。ポルアースは、待ちきれない様子で手をもんでいた。

「これで後は、待つだけなのかい？　それなら多少は時間がかかるけれど、通常の手法よりはずいぶん手軽に仕上げることができそうだね」

「そうですね。その分、火加減と水加減が重要になってきますけれど」

他の料理人たちは、それぞれ懇意《こんい》の相手と小声で何やら語り合っている。ヴァルカスはタートゥマイと、シリィ＝ロウはボズルと、それぞれ顔を寄せ合っていた。そんな中、手持《ても》ち無沙汰《ぶさた》になっていたロイが「よう」と近づいてくる。

「まさか、お前がシャスカまで扱うとは思わなかったよ。ギバ肉とは関係ない食材なのに、ずいぶん熱心じゃねえか」

「ええ。これでもしもシャスカを理想通りに仕上げることができたら、またギバ料理の幅《はば》を広げることがかないます。正直言って、こんなに胸が高鳴っているのはひさびさのことですよ」

「ふうん。そいつは是非、森辺の祝宴《しゅくえん》とやらでお披露目してもらいたいところだな」

ちょっと身を離《はな》していたポルアースが、ロイの言葉に反応した。

「そうか。君も森辺の祝宴に招待されている料理人の一人だったんだね。ええと、君はたしかヴァルカス殿のお弟子《でし》の――」

「自分は、ロイと申します。ヴァルカスの弟子になることはかないませんでしたが、今はそのお弟子たちの下で働いております」

ロイは、真面目くさった面持ちで一礼する。そういえば、ロイが貴族と相対するのを見るのはほとんど初めてかもしれない。ポルアースは「なるほど」とふくよかな頬《ほお》を撫《な》でていた。

「実はそのことで、森辺の方々にお伝えしたいことがあったのだよね。ちょうどいいから、森辺に招待された君たちもこの後に少し残ってもらって、一緒《いっしょ》に話を聞いてもらおうかな」

「承《うけたまわ》りました。それでは、残りの二名にもそのように伝えさせていただきます」

ロイはまた一礼してから、足早にシリィ＝ロウらのもとに戻っていった。

「どうしたのです？　親睦《しんぼく》の祝宴に関して、何か問題でも？」

「いや、問題というほどのものでは……あるのかな？　まあ、とりあえずまだ余人の耳には入れたくないので、のちに別室でゆっくり語らせていただくよ」

そのように述べてから、ポルアースはにっこりと破顔した。

「それよりも、まずはこのシャスカだね。アスタ殿はこのシャスカに大きな期待を寄せているようだから、僕《ぼく》はますます楽しみになってきたよ」

3

そうして半刻ほどの時間を置いて、ようやく鉄鍋の蓋が取り払《はら》われた。

白い蒸気が、もわっとあふれだす。その甘くてまろやかな香気は、嫌《いや》でも俺《おれ》の期待をかきたてた。

見た感じ、想定外の事態は起きていないようだ。シャスカはその実のひと粒ずつがふっくらと仕上がって、つやつやと白く照り輝いている。俺としては満足な仕上がりであったが、同じように鉄鍋を覗き込んだ人々からは驚きの声があがっていた。

「なんだかずいぶんと、量が多くなっていませんか？　ほとんど倍以上の量になっているように思えます」

「うん。シャスカが水を吸ったせいだろうね。もともとの作り方でも、シャスカはけっこう膨《ふく》らんでいるんだと思うよ」

そのように答えながら、俺は大きめの木べらでシャスカをほぐしていく。やはりどの鍋のシャスカも手応えが重く、粘性が強いように思えるが、しかし見た目や香りは限りなく白米に近い。俺の期待感は、増幅《ぞうふく》するいっぽうであった。

「では、味をお確かめください。こちらの皿に、ひと口分ずつよそっていきますので」

四種のシャスカを木皿によそい、俺はそれを三十名の料理人たちに回してもらった。そうして鍋の内側を確認してみると、ほとんど焦げついていない。水の量にゆとりがあったのか、はたまたシャスカが米よりも焦げにくい性質であるのか、今のところは不明だ。

人数分の皿を回したならば、俺もいざ試食に挑《いど》ませてもらうことにする。まずは、水研ぎをせず、『湯取り法』も行わなかったシャスカだ。俺の想定では、これがもっとも強い粘性を残しているはずであるが――木匙《きさじ》ですくったそのシャスカを口に投じると、確かに凄《すさ》まじい粘性が感じられた。通常の餅米よりもさらに手ごわく、噛んでいると口の中で餅ができあがってしまいそうな感覚だ。

しかし俺は失望するより先に、その味わいに快哉《かいさい》を叫《さけ》びたい気分であった。確かにこれは、餅とそっくりの味である。それはつまり、このシャスカの味がそれだけ餅米に近いという事実を示していたのだった。

「何だか不思議な食感ですね。いつ呑《の》み込んでいいのかもわからないぐらいです」

そのように述べながら、マイムは実に楽しげな表情であった。

そちらにうなずき返しつつ、俺は残りのシャスカも順番に試食していく。その中でももっとも粘性を抑制《よくせい》できたのは、やはり水研ぎと『湯取り法』を両方採用したシャスカであった。

これは、俺の知る白米ときわめて近い食感であるように思えた。赤飯やおはぎであったら、これぐらいの粘り気でちょうどいいぐらいだろう。これまでは米に似た何かを食べているという感覚であったが、これは白米そのものだと言われても納得《なっとく》できそうな仕上がりだった。

俺が日常的に食べていたうるち米の食感を再現するには、ここからさらに粘り気を緩和させなければばならない。だけど俺は、一人で感動してしまっていた。一年以上ぶりに、白米を味わっているような喜びを得ることができたのである。こんな感動を覚えたのは、『ギバ・カレー』の試作品を完成させたとき以来のことであった。

もっと水研ぎに時間をかけるか、それとももっとたっぷりの水で『湯取り法』を行うかすれば、もう少しは粘性を抑《おさ》えることができるだろう。そうしたら、俺は理想通りの味を手にすることができるかもしれない。そんな風に考えるだけで、俺はむやみに昂揚してしまった。

「これはなかなか愉《ゆ》快《かい》な食感だね。アスタ殿としては、満足のいく仕上がりだったのかな？」

同じものをたいらげたポルアースが、笑顔で問うてくる。

俺は胸中の感動を何とか抑えつけつつ、そちらに向きなおった。

「そうだとも言えるし、そうではないとも言えるようです。このシャスカが俺の知る食材ときわめて似ているということは確認できましたが、仕上がりにはまだ満足できていません」

「そうか。では、それは森辺でじっくり取り組んでもらうしかないだろうね。僕もこれは面白《おもしろ》い食感だと思うけれど、いったいどのような料理で使えるのかはさっぱり見当がつかないのだよ」

それは、周囲の人々も同じ心境であるらしかった。素のシャスカを口にした際も、彼《かれ》らは同じような様子であったのだ。目新しいことに間違いはないが、これをどうやってフワノのように料理として昇華《しょうか》するのか、その道筋が見えないのだろう。白米の存在を知らない人々であれば、それも致《いた》し方のないところであった。

「失礼ながら、わたしには作りかけのシャスカを口にしているような心地《ここち》でした。東の民には、あまり喜ばれないやもしれませんな」

タートゥマイがそのように言いたてると、ボズルが豪快な笑い声をあげた。

「しかし、西の民はそもそもシャスカそのものを知らないのですからな。糸のように細くしたシャスカも、粒の形を保ったシャスカも、どちらも物珍しく感じられることでしょう。ひとつの食材で二種類の食べ方を考案できれば、より使い道も広がるというものです」

「うん。それはもっともな話だね。アスタ殿には、是非とも納得のいく仕上がりを目指していただきたいものだ」

ポルアースは、満足そうな笑顔でそう言った。

「ちょうどつい先日、新しいシャスカが届いたところであったからね。それはヴァルカス殿一人では使いきれないほどの量であったので、アスタ殿に限らず、ぞんぶんに持ち帰っていただきたい。こちらで取り決めた量までは、銅貨も無用だからね」

ジェノス侯爵家《こうしやく》とトゥラン伯爵家《はくしやく》は、そうして身銭《みぜに》を切って先行投資しているのである。しかし、俺が理想の調理法を完成させるには、きっと大量のシャスカが必要になることだろう。それは自腹で購入させていただく所存であるが、まずはアイ＝ファと相談しなければならなかった。

「では、本日の勉強会はこれで終了《しゆうりよう》だね。各自、どの食材がどれぐらい必要か、あちらの書記官に伝えてくれたまえ」

料理人たちは、書記官の前に行列を作る。それを横目に、ヴァルカスとその一行が俺のほうに近づいてきた。

「アスタ殿、見事なお手並みでした。タートゥマイはあのように述べていましたが、わたしはボズルと同じ気持ちです」

「ありがとうございます。あくまで俺の故郷の料理に近づけようという試みなので、ジェノスの方々に喜ばれるかどうかはわかりませんが……それでも、納得のいく形に仕上げてみようと思います」

「それはいったい、どのような料理なのでしょう？　やはり、煮汁を掛けて味を作るのでしょうか？」

「え？　そうですね、それも食べ方のひとつです。俺の故郷では、カレーを掛けたりもしていましたよ」

カレーの話になると、ヴァルカスは心を乱す傾向《けいこう》にある。この際もそれは顕著《けんちょ》であり、ヴァルカスはわずかに上体を揺《ゆ》らしていた。

「あのシャスカに、かれーを掛けるのですか。それがいったいどのような仕上がりになるのか、とても興味深く思います」

数多くの香草を使用するカレーという料理は、つくづくヴァルカスにとって特別なものであるらしい。シムの血を引くタートゥマイもまた、その黒い瞳《ひとみ》に鋭《するど》い光をたたえていた。

「以前にあなたは、かれーという料理にそばという料理を掛けあわせておりましたな。ならば、通常のシャスカにこそ、かれーという料理を使うのではないかと考えていたのですが……わたしの予想は外れていたようです」

「ああ、通常のシャスカにもカレーは合いそうですね。でも俺は、もうひとつの食べ方を突《つ》き詰めてみたいと考えています」

シャスカの邪道《じゃどう》な食べ方は東の民に好まれないかもしれないという話であったが、カレーライスならぬ『カレー・シャスカ』であればどういう反応がもらえるのか、それも俺にとっては楽しみなところであった。

「ああ、みんな集まっているようだね。食材の配分に関してはのちほど取りはからうので、先にこちらの話を済ませてしまってもよろしいかな？」

と、ポルアースが遠くのほうから呼びかけてきたので、俺は「承知しました」と応じてみせた。

「親睦の祝宴に関して、何かお話があるようですね。ヴァルカスは、もうお帰りですか？」

「ええ。わたしとタートゥマイには関わりのないお話ですので、車で待っていようかと思います。……かなうことなら、わたしも森辺の祝宴というものに参席したいところでした」

「はい。またいつかヴァルカスにも俺たちの料理を食べていただきたいと願っています」

ヴァルカスはひとつうなずき、他のみんなにも視線を巡《めぐ》らせた。

「あなたがたも、さぞかし研鑽《けんさん》を積んでおられるのでしょうね。マイム殿に、そちらのあなたがたも……」

と、言いかけたところで、ヴァルカスは不思議そうに小首を傾げた。その視線の先にあるのは、シーラ＝ルウの姿である。

「……間違っていたら、申し訳ありません。あなたはシーラ＝ルウ殿なのでしょうか？」

「はい。名前を覚えてくださったのですね。とても光栄に思います」

シーラ＝ルウがたおやかに微笑《ほほえ》むと、ヴァルカスは「そうですか」と小さくうなずいた。

「他者の顔を覚えるのが苦手なので、見間違《みまちが》えたかと思いました。あなたは、そのような顔でしたか？」

「か、顔ですか？　ええ、髪《かみ》は短くなりましたが……」

「ああ、髪が。それなら、納得です」

あくまでぼんやりとした表情のまま、ヴァルカスはまたうなずいた。

「シーラ＝ルウ殿に、レイナ＝ルウ殿。それに、茶会で素晴《すば》らしい菓子《かし》を作りあげたというトゥール＝ディン殿に、リミ＝ルウ殿。アスタ殿の他にこれだけの料理人がそろっていれば、さぞかし立派な宴料理が準備されるのでしょう。それを味わうことのできるボズルたちを、わたしは非常に羨《うらや》ましく思っています」

「はい。わたしもまたヴァルカスに自分の料理を食べていただける日を心待ちにしています」

静かな声に確かな熱意をみなぎらせながら、レイナ＝ルウがそのように答えた。ついにヴァルカスに名前を覚えられて、昂揚しているのだろう。俺としても、誇《ほこ》らしい気持ちでいっぱいであった。

「では、わたしはこれにて失礼いたします。みなさん、またいずれ」

ヴァルカス一行が、扉《とびら》のほうに歩み去っていく。そちらではポルアースが待ち受けているので、俺たちも歩を進めようとすると、そこにティマロが小走りで近づいてきた。

「アスタ殿、何かお急ぎなのでしょうかな？」

「え？　ああ、はい。ちょっとポルアースに呼ばれているのです」

「そうでしたか。では、今の内におうかがいしておきたいのですが……」

と、妙《みょう》に真剣《しんけん》そうな面持ちで、ティマロが顔を寄せてきた。

「アスタ殿はあの後にも王都の監査官《かんさかん》たちに料理をふるまうことになったと聞いたのですが、それはどのような結果に終わったのでしょう？」

「監査官ですか？　そうですね。それなりにご満足いただけたかと思いますが……それがどうかしましたか？」

「いえ。また何か無作法な真似《まね》をされたのではないかと、それが気にかかったまでですが」

ティマロとともにかまどを預かった際、監査官のドレッグは俺の作ったギバ料理をすべてジルベに食べさせてしまったのだ。俺はそのときの帰り際、ティマロが我《わ》がことのように憤慨《ふんがい》していたさまを思い出すことになった。

「はい。そのときには、監査官もきちんとギバ料理を食べてくださいました。やはりカロンの料理のほうが口に合うというお話でしたが、無作法な真似はされませんでしたよ」

「そうですか」と、ティマロは身を引いた。

「ならば、いいのです。お時間を取らせて申し訳ありませんでした」

「いえ。俺などのことを気にかけてくださって、とても嬉しく思います」

俺が心よりの笑顔《えがお》を向けると、ティマロはまた表情の選択《せんたく》に困った様子でぎこちなく微笑んだ。そうしてティマロがそそくさと立ち去っていくと、その後ろ姿を見送っていたレイナ＝ルウが悪戯《いたずら》っぽく微笑んだ。

「あの御方《おかた》も、ずいぶんアスタのことを気にかけてくれるようになったのですね。最初はけっこう居丈高《いたけだか》な印象だったのですが」

「うん。あの人も、悪い人ではないからね。最初は森辺の民を見下していたようだけどさ」

「それはきっと、わたしたちも同じことであったのでしょう。町の人間を見下していたわけではありませんが、誇りを持たない民だとは思っていたはずです」

「だけど、あの人もヴァルカスもみんな、同じ西方神の子なんだもんね！」

にこにこと笑うリミ＝ルウの頭を、俺は「そうだね」と撫でてあげた。

そうしてようやく出口に向かうと、ポルアースはすでに護衛役の狩人たちと合流していた。

「では、こちらの別室に移ろうか。食材は、後できちんと渡すからね」

案内されたのは、俺たちが厨《くりや》で作った料理を試食したりする小部屋である。ポルアースがそちらに準備されていたテーブルに着いたので、森辺のかまど番の一行とボズル、ロイ、シリィ＝ロウの三名もそれにならった。一緒に入室したアイ＝ファとディンの長兄《ちょうけい》は、やはり扉の近くで待機の構えだ。

「ええと、森辺の集落で行われる親睦の祝宴に関しては、ルウ家が取り仕切っているのだよね。だからこれは、調停役たる僕からの言葉として、族長ドンダ＝ルウ殿に正しく伝えていただきたい。それでいいかな、レイナ＝ルウ殿？」

「はい。承知いたしました」

もっともポルアースに近い位置に座したレイナ＝ルウが、丁寧《ていねい》にお辞儀《じぎ》をする。こういう際には、本家で年長の人間が責任を負うように決められているのだ。

「まず、ひとつ目だね。赤き野人の扱《あつか》いに関しては、先日に伝えた通りの内容で問題なかったかな？」

「はい。なるべく町の人間とは顔をあわせないように、あの娘《むすめ》は家の中で過ごしてもらうことになりました」

レイナ＝ルウの視線を受けて、俺はうなずいてみせる。森辺の民のみで行われる収穫祭《しゅうかくさい》はまだしも、町の人間を多数招待する親睦の祝宴において、ティアに自由を与えるのはよろしくないという旨《むね》が、すでに届けられていたのだ。これもまたジェノスの法、外界の法ということで、ティアは納得してくれていた。

「ただ、顔をあわせるのを禁ずるというお話ではないのですよね？　すでにそちらのマイムなども、あの娘と顔をあわせてしまっていますので」

「うん、それはべつだん、かまわないよ。ただ、親睦を深めるという目的で開かれる祝宴に赤き野人を参席させてしまうのは、のちのち大きな誤解を呼びかねないということで、自重してほしいそうだ」

　それがジェノス侯爵マルスタインの判断であるという話は、俺たちもすでに聞かされていた。ポルアース自身は呑気《のんき》そうな面持ちで、ボズルたちのほうに視線を転じる。

「これは好奇心で聞かせてもらうのだけれども、君たちは赤き野人に恐怖《きょうふ》を覚えたりはしないのかな？　特にシリィ＝ロウ殿などは、古い血筋の生まれなのだよね？」

「はい」と応じるシリィ＝ロウはいつも通りの沈着《ちんちゃく》な面持ちであるが、ただわずかに張り詰めている雰囲気《ふんいき》を感じなくもなかった。

「山を下りた三獣《じゅう》はただの獣であると聞いていますので、わたしは特に心配はしていません。もちろん、好きこのんでその姿を見たいとは、決して思いませんけれど」

「うんうん。僕も同じような心境だよ。まあ、大勢の狩人がいる森辺の集落でだったら、何も危険なことはないだろうしね」

　それからボズルとロイにも水を向けられたが、両名ともに「問題なし」という返答であった。

「わたしなどは、ジャガルの生まれでありますからな。モルガの山が聖域であるという話は小耳にはさんでおりましたが、赤き野人などという名を聞いたのはこれが初めてのこととなります。ジェノスの方々のように、それを恐《おそ》れる理由はどこにもありません」

「うん、なるほどね。親睦の祝宴に支障がないなら、何よりだ。大いに楽しんで、親睦を深めていただきたいと思っているよ」

そのように述べてから、ポルアースはわずかに表情をあらためた。笑顔は笑顔のままであるが、いくぶん眉尻《まゆじり》が下がっている。どうやら、ここからが本題であるらしい。

「それでは、ふたつ目の議題だ。これはあくまでひとつの提案であり、決してジェノス侯《こう》からの命令などではないので、そのつもりで聞いてもらいたいのだけれども……その祝宴に、ジェノスの貴族を招いてもらうことは可能なのだろうか？」

おそらくは、その場にいる全員が驚《おどろ》かされた。その代表として、レイナ＝ルウがポルアースに反問する。

「ジェノスの貴族が、森辺の祝宴に参加しようというのですか？　いったい誰《だれ》を参加させようというのでしょう？」

「それはね、トゥラン伯爵家の当主、リフレイア姫《ひめ》なんだ」

今度は、さきほど以上のどよめきがわき起こった。森辺の民のみならず、ボズルたちも愕然《がくぜん》とした様子である。しかし、それもごく当然の反応であった。

「ほら、つい先日に森辺の民とトゥラン伯爵家が正式に和解しただろう？　それが形だけのものではないと示すために、リフレイア姫が自らそのように提案してきたという話なのだよね」

「そうなのですか……ジェノス侯爵も、それをお許しになったということなのですね？」

「うん。森辺の民がそれを許すのなら、かまわないと仰《おつしや》っていたよ。ただ、そういう場に貴族が出向くというのは、興を削《そ》ぐことにもなりかねないからねえ。森辺の民は大らかな気風なのでかまわないと考えるかもしれないが、招待する人々の心情まで十分に考慮《こうりよ》してから返答をもらいたいとのことだよ」

その祝宴にはボズルたちのみならず、ユーミやターラやテリア＝マスといった宿場町の人々も招待されているのである。そのような場にリフレイアが現れるというのは、ちょっと想像し難《がた》いところであった。

「すべてを定めるのは森辺の族長たちですので、わたしなどが口をはさむ必要はないのですが……でも、リフレイアは森辺の祝宴がどういうものであるのか、正しく理解しているのでしょうか？　わたしの知る限り、城下町の祝宴とはまったくかけ離れたものであるように思います」

「ああ、レイナ＝ルウ殿も料理人として我が家の舞踏会《ぶとうかい》に招かれていたのだったね。うん、そのあたりのことは、リフレイア姫もわきまえているらしいよ。とりあえず、それが屋外で開かれるということも、どこからか聞きつけたようだしね」

その情報源は、ひょっとしたら鉄具屋のディアルなのかもしれない。彼女《かのじょ》には、世間話の流れで森辺の祝宴について語った記憶《きおく》があった。

「ただ、貴族が城下町の外に出向くとなると、それ相応の護衛役というものが必要になってしまうんだ。城下町と森辺の集落を行き来する間にも、不逞《ふてい》の輩《やから》が襲《おそ》ってこないとも限らないからね。最低でも、二十名ぐらいの兵士を引き連れていくことになるんじゃないのかな」

「その兵士たちも、祝宴に参加させねばならないのですか？」

「いやいや。ルウの集落に到着《とうちゃく》した後は、広場の入り口で護衛の仕事を果たすことになるはずだよ。広場の周囲は深い森だから、そちらから暴漢がまぎれこむこともないだろうからね」

そういえば、ポルアースもレイリスとゲオル＝ザザの勝負を見届けるために、ルウの集落を訪《おとず》れたことがあったのだ。そういったルウの集落の立地まで把握《はあく》した上で、マルスタインはゴーサインを出したのだろう。

「だから、兵士たちが祝宴の邪魔《じゃま》になることはないだろうけどさ。でも、貴族がその場に居座《いすわ》るだけで、招待された客人たちに無用の心労をかけてしまうこともありえるだろう？　その辺りのことを、十分に考慮して答えを出してほしいとのことだよ」

「承知しました。では、族長たちばかりでなく、町の方々からも了承《りょうしょう》をもらえるかどうかを確認する必要があるということですね」

「うん。あとは、その町の民たちが貴族に害をなそうとしたりはしないか、そこのところも念入りに考慮してもらいたい」

レイナ＝ルウは真剣な面持ちでしばらく考え込んでから、「承知しました」と返した。

「では、そのようにお伝えいたします。お返事は、どのような形でお伝えすればいいでしょうか？」

「祝宴は、もう二日後に迫《せま》っているものね。慌《あわ》ただしい話で恐縮《きょうしゅく》だけれども、明日の夕刻にルウ家へ使者を走らせるから、それまでに答えを出しておいてもらえるかな？　忙《いそが》しいさなかに、申し訳ないことだね」

そう言って、ポルアースは席から立ち上がった。

「城下町に住まう彼らとは、この場で話を済ませてしまうといいよ。ボズル殿たちは、率直《そっちょく》な意見を森辺の方々に伝えてくれたまえ」

　そこに貴族たる自分がいては邪魔になると考えたのだろう。ポルアースが二名の武官を引き連れて退出していくと、ボズルは「ふむ」と顎髭《あごひげ》をまさぐった。

「あのリフレイア姫が森辺の祝宴に参席しようなどとは、実に驚くべき話ですな。以前の姫君からは考えられない行いです」

「ああ、あの姫君は高慢《こうまん》が服を着て歩いているような気性《きしょう》でしたからね。たかだか一年足らずで、ずいぶん変わり果てたもんです」

　ボズルが相手であったので丁寧な口調ではあったが、ロイの言葉は辛辣《しんらつ》であった。いっぽうシリィ＝ロウは、つんと取りすました顔で俺たちの姿を見回してくる。

「何にせよ、わたしたちの心情を慮《おもんぱか》る必要はありません。貴《とうと》き身分の方々と顔をあわせるのは、べつだん珍《めずら》しい話ではありませんからね」

「ああ、みなさんはもともとトゥラン伯爵家の屋敷《やしき》で働いていたから、リフレイア姫とも旧知の間柄《あいだがら》なのですか？」

　俺が尋《たず》ねると、シリィ＝ロウからいささか厳しめの視線が向けられてきた。

「トゥラン伯爵家において、料理人の助手が顧《かえり》みられることはありませんでした。この屋敷で貴き方々と懇意にされていたのは、ヴァルカスやティマロのみです」

「あー、だけどシリィ＝ロウは、お茶会で貴族の人たちとお菓子を食べてたもんね！　貴族の人たちとは、もともと仲良しなの？」

リミ＝ルウが元気に発言すると、シリィ＝ロウはぎょっとした様子で身を引いた。

「よ、よくそのような話を覚えていましたね。……ええ、わたしはロウ家の人間ですので、多少は貴き方々と交流を結ぶ機会がありました」

「そっか。最初の茶会では、シリィ＝ロウも貴婦人の側だったんだもんな。なんだか想像がつかねえや」

ロイが口をはさむと、シリィ＝ロウはわずかに頬を赤らめながら、そちらをねめつけた。

「そ、そのようなものを想像する必要はありません。あなただって、トゥラン伯爵家に招かれるほどの料理人であったのですから、少しは貴き方々と顔をあわせる機会はあったのでしょう？」

「ま、お前らほどじゃねえけどな。何にせよ、俺たちは貴族が一人まぎれこんだって怯《ひる》んだりはしねえから、宿場町の連中の心配をするこった」

「そうですね。宿場町の方々が怯んでしまうようであれば、族長たちも貴族の参加を許したりはしないと思います」

それは確かに、レイナ＝ルウの言う通りだろう。たった一人の招待客のために他の招待客たちが萎縮《いしゆく》してしまうようであれば、親睦の祝宴も台無しになってしまうのだ。

しかし、それはそれとして、俺はとても喜ばしい心地であった。何はともあれ、あのリフレイアが自分から森辺の祝宴に参席したいなどと言い出したのだ。石塀《いしべい》の中で安全に暮らしている貴族にとって、それがどれほどの決断であったのか、俺にはちょっと想像がつかないぐらいだった。

（族長たちや町のみんなは、どんな風に考えるんだろう。できることなら、リフレイアの気持ちが報《むく》われるといいいな）

ともあれ、今日の内に決着がつく話ではない。

俺たちはそれぞれの思いを抱《かか》え込みながら、自分の居場所に戻ることになった。

第四章★★★ 親睦の祝宴

1

そうして日は過ぎ、青の月の一日――親睦の祝宴の当日である。

俺たちは、その日も屋台の商売に取り組んでいた。本来であれば本日は休業日であったのだが、来客たちの日程にあわせてこちらも休業日をずらすことになったのだ。今日を乗り切れば明日が待望の休業日であるので、収穫祭に勉強会に親睦の祝宴というイベント続きであった今期の営業も、本日が締《し》めくくりの頑張《がんば》りどころであった。

とはいえ、商売に励《はげ》んでいるのはファの家が管理する屋台のみとなる。ルウ家の人々は祝宴の準備があったので、その分まで俺たちが商売に精を出しているのだ。屋台は五台に拡張して、従業員もフルメンバー――俺、トゥール＝ディン、ユン＝スドラ、フェイ＝ベイム、リリ＝ラヴィッツと、ガズ、ラッツ、マトゥア、ミーム、ダゴラの女衆で、合計十名だ。この頃《ころ》には全員が屋台の商売のエキスパートであったため、仕事には何の支障も見られない。それに、あまり感情の読めないお地蔵様のようなリリ＝ラヴィッツを除けば、誰もが楽しげであり、満ち足りた表情であった。

「……森辺の祝宴というのは、たしか今日の夜に開かれるのだったな」

と、そんな風に呼びかけてきたのは、ジャガルの建築屋を率いるバランのおやっさんである。その厳《いか》つい顔には、いつも以上に不機嫌《ふきげん》そうな――というよりも、ずいぶん消沈《しょうちん》しているような表情がたたえられていた。

「おやっさんは、まだむくれてんのか？　これは森辺の民と西の民が親睦を深める祝宴だってんだから、余所者《よそもの》の俺たちはお呼びじゃないだろう。……というか、そんなもんに参加しちまったら、次の日は仕事にならないだろうからな」

アルダスが苦笑《くしょう》しながらその背中をどやしつけると、おやっさんは溜息《ためいき》まじりに「わかっとる」と言い捨てた。俺としても建築屋の面々を招待したいのは山々であったが、アルダスが言う通り本日の主題はジェノスの人々と親交を深めることであったため、南や東の方々にはご遠《えん》慮《りょ》いただこうという話に落ち着いてしまったのだ。城下町を根城にする鉄具屋の少女ディアルも、それでずいぶん不満げな顔をしていたのだった。

「みなさんは、毎日朝早くから仕事に取り組んでいるんですもんね。それじゃあ……翌日に仕事がなかったら、みなさんを森辺の祝宴にお招きすることも可能なんでしょうか？」

俺がそのように問いかけると、アルダスは太い首を不思議そうに傾《かし》げた。

「そりゃあ森辺にまで出向きたいのは山々だけど、俺たちには休みの日なんてありゃしないんだよ。休みを入れたらジャガルに帰る日が遅《おそ》くなって、そのぶん宿賃がかさんじまうからさ」

「そうですか。それじゃあ、みなさんがジェノスを出立する前日の夜だったらいかがでしょう？

そうしたら、送別の祝宴という名目も立ちますし……」

俺がそのように言いつのると、おやっさんはくわっと目を見開いた。

「そんな名目で……俺たちを、森辺の祝宴に招こうというのか？」

「はい。これは族長や貴族の方々からも了承を得てからお話ししようかと思っていたんですが……俺も今日の祝宴にみなさんをお招きできなかったことが、すごく残念だったんです。それならせめて送別の祝宴を開くことはできないかなと考えついたわけですね」

俺とて、こちらの建築屋の面々には深い親愛を抱く身であるのだ。しかも彼らとは年に二ヶ月しかともに過ごすことができないのだから、その短い時間の中でめいっぱい交流させていただきたいと考えていた。

「あ、だけど、最後の夜ぐらいはお仲間たちと水入らずでお過ごしになりたいということであれば――」

「朝から晩まで顔を突き合わせているのに、今さら水入らずもへったくれもあるか！」

おやっさんがわめき声をあげたので、アルダスが苦笑交じりに「おいおい」と取りなしてくれた。

「それじゃあまるで、アスタに怒《おこ》ってるみたいじゃないか。もしもアスタが本気で言ってくれてるなら、そりゃあ俺たちは嬉《うれ》しいよ」

「もちろん本気です。おやっさんやアルダスたちを森辺に招待することができたら、俺のほうこそ嬉しいですよ。族長たちだって、きっと快く許してくれると思います」

「だけど、俺たちはよく食うぞ？　祝宴となったら、西の民の倍ぐらいは食うんじゃないのかな」

「大丈夫《だいじょうぶ》です。森辺の民も、それは同じことですので」

「それじゃあ、決まりだ」と、アルダスは満面の笑《え》みを浮《う》かべてくれた。

「でも、族長やら貴族やらの了承が必要だってんだな？　あんまり期待しすぎずに、青の月の終わりを待たせていただくよ」

そこで料理が完成したので、アルダスは笑顔のまま青空食堂のほうに向かっていった。おやっさんはまるで怒っているかのような表情で俺の胸《むな》もとを小突《こづ》いてから、その後を追っていく。

そうして建築屋の一団が姿を消すと、隣《となり》の屋台で『ギバのケル焼き』を担当していたユン＝スドラが朗《ほが》らかに笑いかけてきた。

「アスタ。わたしもひとつ考えたのですが、その祝宴はフォウ家の広場で開いてはいかがでしょう？」

「え？　ルウ家の広場ではなく？」

「はい。今日のような祝宴は族長筋の家で行うのが正しいと思いますが、あの南の民たちともっとも懇意にしているのはアスタでしょう？　でしたら、ファの家に近いフォウの家で開くのが正しいように思います」

そんな風に述べるユン＝スドラは、とても楽しげな笑顔であった。

「きっとルウ家の人たちも参加したいと願うでしょうから、彼らは客人として招くのです。今日みたいにわたしたちがルウ家に招かれるのと、逆の立場になるわけですね」

「なるほど。毎回ルウ家のお世話になるのは心苦しいもんね。それはなかなかいい考えかもしれないよ」

「でしたら、是非《ぜひ》わたしたちも招いていただきたく思います！」

と、俺とユン＝スドラの屋台を兼任《けんにん》で手伝っていたマトゥアの女衆が、笑顔で割って入ってくる。そちらに向かって、俺は「うん」とうなずいてみせた。

「その祝宴に相応《ふさわ》しいのは、こうして宿場町で働いてるみんなだよね。それじゃあ、その方向で族長たちに相談してみようか」

俺はいまだに、ガズやラッツやラヴィッツの人々と祝宴をともにしたことはない。これは、収穫祭やルウ家の祝宴ともまた趣《おもむき》の異なる祝宴を開く絶好の機会なのかもしれなかった。

（だけどその前に、青の月の十日には家長会議だ。屋台の商売を取りやめるような結果にはならないと思うけど、気を引きしめてかからなきゃな）

そしてその前に、まずは本日の祝宴である。浮き立つ気持ちを抑え込みながら、俺はその日の仕事をつつがなく終わらせなければならなかった。


そうして待望の、終業時間である。

さすがに普段《ふだん》よりはわずかに料理の数が少なかったため、俺たちは規定の二の刻が訪れる前に、すべての料理を売りきっていた。

すると、まるでそれを見計らったかのようなタイミングで、北の方角からトトス車が近づいてきた。その御者台《ぎょしゃだい》から降り立ったのは、亜麻色《あまいろ》の髪と鳶色《とび》の瞳を持つ聡明《そうめい》そうな面立《おもだ》ちの少年――カミュア＝ヨシュの弟子たるレイトである。

「ちょうど商売を終えたところでしたか。早めに出向いて正解だったみたいですね」

「お疲《つか》れ様《さま》、レイト。無事に車を借りられたんだね」

「はい。城下町には、トトスの車を貸し出す専門の店がありますので」

レイトがそのように述べている間に、荷台に乗っていた人々がぞろぞろと降りてくる。カミュア＝ヨシュとザッシュマ、それに、ボズルとシリィ＝ロウとロイである。

「やあやあ。約束通り、料理人の方々もお連れしたよ。彼らはこのまま、俺たちの荷車で森辺までお届けすればいいいんだよね？」

「ええ、ありがとうございます。……みなさんも、お元気そうで何よりです」

三人の料理人たちは、それぞれの流儀《りゅうぎ》で挨拶《あいさつ》を返してくれた。料理人チームと《守護人》チームはロイとカミュア＝ヨシュを除いて全員が初対面であるはずであったが、特に悶着《もんちゃく》は起きていないようだ。

「それでは、さっそく出発しましょう。他の人たちは《キミュスの尻尾亭《しっぽてい》》に集まっているはずですので」

後片付けを済ませた俺たちは、カミュア＝ヨシュらのトトス車とともに《キミュスの尻尾亭》を目指す。その道中で、ドーラの親父《おやじ》さんにも挨拶をしておいた。

「どうも。ターラはもう《キミュスの尻尾亭》ですか？」

「ああ。さっきユーミが通りかかったから、一緒に連れていってもらったよ。手間をかけるけど、ターラをよろしくな」

　親父さんは明日も早朝から畑の仕事があるために、参席することはできないのだ。しかし、ターラのみを森辺に招くのもこれで三度目のこととなるので、親父さんの顔に懸念《けねん》の色はなかった。

「ターラは必ず無事にお返しします。明日はまた前回と同じぐらいの刻限に送り届けますね」

「うん。ルウ家のみんなにも、よろしく伝えておくれよ」

　親父さんに別れを告げて、俺たちは歩を再開させた。《キミュスの尻尾亭》に到着したら、今度はミラノ＝マスにご挨拶だ。先月の負傷からすっかり復調したミラノ＝マスは、しかつめらしい顔で俺たちの挨拶に応じてくれた。

「テリアたちは、裏の倉庫の辺りでたむろしている。倉庫の鍵《かぎ》はあいつに預けているので、屋台はそっちに返してくれ。森辺に向かう前に、鍵を戻《もど》すのを忘れんようにな」

「承知しました。いつもご面倒《めんどう》をおかけしてすみません」

「面倒をかけてるのは、こっちのほうだろう。ルウ家の人らには、くれぐれもよろしく伝えてくれ」

　休日知らずのミラノ＝マスは、いまだに森辺の集落を訪れたことがない。いずれその機会を作ることは可能なのだろうかと考えながら宿屋の裏手に回り込んでいくと、そちらでは若《わか》い衆《しゅ》が賑《にぎ》やかな声をあげていた。テリア＝マス、ユーミ、ターラの三名と、そしてこのたび初めて森辺を訪れる三名の若者たちである。

「あ、アスタ！　もう商売は終わったの？　けっこう早かったじゃん！」

まずはユーミが、威勢《いせい》のいい声をあげる。すると、何故《なぜ》だかテリア＝マスがその背中に姿を隠《かく》してしまった。

「なーに隠れてんのさ？　どうせ夜まで一緒に過ごすのに、今だけ隠れても意味なくない？」

「だ、だって、やっぱり恥《は》ずかしいです！」

ユーミの肩《かた》ごしに見えるテリア＝マスの顔は、いつになく真っ赤になってしまっていた。その髪に綺麗《きれい》な飾《かざ》り物が光っているのを確認《かくにん》して、俺は「ああ」と納得する。

「もしかしたら、ユーミが宴衣装《いしょう》を貸してあげたのかな？」

「うん！　せっかく宴衣装が許されたんだから、着飾《きかざ》らないともったいないでしょ？」

そのように述べるユーミ自身も普段より飾り物の数が増えており、肩から透明《とうめい》のショールを掛《か》けている。そのかたわらでにこにこ微笑んでいるターラもまた、焦《こ》げ茶色《ちゃいろ》の髪に花飾りをつけていた。前回の親睦の祝宴《しゅくえん》では森辺の民も客人たちも宴衣装は纏《まと》っていなかったが、ジバ婆《ばあ》さんの生誕のお祝いで森辺の華《はな》やかな宴衣装を目にすることになったユーミが「今回も着飾ろうよ！」とルウ家に提案をしてのけたのである。それで、生誕のお祝いでも着飾ることのなかったテリア＝マスに、ユーミが自分の宴衣装を強引《ごういん》に貸《か》し与《あた》えたという顛末《てんまつ》なのであろう。

「宴の間、ずっとあたしの後ろに隠れてるつもり？　アスタなんてよく見知った相手なんだから、そんなに恥ずかしがることないじゃん」

「よ、よく見知った相手だから、恥ずかしいんです！」

「ふーん？　ま、ここまで来たら、観念しなよ」

言いざまに、ユーミはひらりとステップを踏《ふ》むように飛びのいた。いきなり防波堤《ぼうはてい》を失ったテリア＝マスは「きゃあ！」と縮こまってしまったが、どれだけ縮こまってもその姿を隠すことはできなかった。

ユーミが好むのは宿場町でシム風と呼ばれる、森辺の民とも通ずるところのあるファッションである。胸もとは布一枚で隠されており、肩やおへそは丸出しで、腰《こし》から足首までを覆《おお》うロングの巻きスカートには片足が露出《ろしゅつ》するぐらい深いスリットが入っている。あとは木製や金属製の飾り物が首や腕《うで》に着けられており、セミロングの髪も髪飾りで可愛《かわい》らしく形を作られている。ユーミに比べれば派手さのない顔立ちをしたテリア＝マスであるが、その宴衣装が似合っていないことはまったくなかった。

「ねー、いい感じでしょ？　普段からこういうカッコしてれば、宿のお客も増えるんじゃない？」

「わ、わたしみたいな小娘《こむすめ》がこんな格好をしたって、ぶざまなだけです！」

「小娘って、あたしよりは年上じゃん。あたしってぶざまなの？」

「ユ、ユーミは大人っぽいから、こういう格好が似合うんです。わたしなんて、いつも年齢《ねんれい》より幼く見られちゃいますし……」

「だからそれは、野暮《やぼ》ったい格好をしてるからじゃないの？　こんなに色っぽかったら、小娘だなんて思われないっしょ」

確かにテリア＝マスはユーミのように発育のいいタイプではなかったものの、妙になまめかしい感じがした。というか、普段はつつましい装束《しょうぞく》に身を包んでいるがゆえのギャップなのだろうか。俺《おれ》としては、ちょっと目のやり場に困ってしまいそうだった。

「そうやって照れてるのが、また可愛らしいんだよな。ユーミとは大違《おおちが》いだぜ」

ずっと見物に回っていた若者の一人が揶揄《やゆ》すると、ユーミは「うっさいよ！」と眉《まゆ》を吊《つ》り上げた。

「言っておくけど、テリア＝マスにちょっかい出したら、あたしがただじゃおかないからね？」

「へん、そういうところが、可愛くないってんだよ」

「はん、あんたらなんかに可愛いとか思われたら、背筋が寒くなっちまうよ」

そうしてひとしきり悪態をついてから、ユーミはしなやかな指先で若者たちを指し示した。

「アスタにはこの前も挨拶させたけど、いちおうもう一回ね。右から、ベン、レビ、カーゴだよ」

それはいずれも二十歳《はたち》に満たない宿場町の若衆《わかしゅ》で、どちらかというとつつましくはない風体《ふうてい》をしている。彼らはいずれも、ユーミの悪友であるのだ。ただし彼らは屋台の常連客であるし、復活祭ではともにダレイムで騒《さわ》いだ仲である。名前を知ったのはこれが初めてであったものの、俺にとっては見知った相手ばかりであった。

「よっ、今日は世話になるぜ、アスタ」

一番大柄《おおがら》で年長の若者、ベンがにやりと笑いかけてくる。彼は遥《はる》かなる昔日《せきじつ》、俺が宿場町で屋台を開いてすぐの頃、「森辺に帰れ」と難癖《なんくせ》をつけてきた若者だ。しかしあれから一年以上は経《た》っているし、そもそも難癖をつけてきたのはユーミも一緒《いっしょ》である。彼らが屋台の常連客になってくれた時点で、そんな確執《かくしつ》は綺麗に洗い流されていた。

彼らが新たな客人として招かれることになったのは、ルウ家からの提案である。今回はドーラ家からもターラしか招くことはできないので、もう何名か客人を増やしてもいいのではないかと言ってもらえたのだ。その末にベンたち三名を推薦《すいせん》したのは、もちろんユーミであった。彼らはたびたび森辺に招かれているユーミに、以前から羨望《せんぼう》の眼差《まなざ》しを向けていたのだそうだ。

ユーミと同様にやんちゃな気質の若者たちではあるが、そこまで無法者なわけではないし、屋台で働くかまど番とはすでにそれなりの親交を結んでいる。親睦《しんぼく》の祝宴に参加させるには、なかなか相応しい人選なのではないかと思われた。

「荷車では、三名ずつに分かれてもらえるかな？　俺の荷車と、フェイ＝ベイムの荷車だね」

「あー、だったら男連中は、アスタの荷車にしなよ。そのほうが、ちっとは心強いでしょ？」

言いだしっぺのユーミはもちろん、ターラにもテリア＝マスにも異存はないらしい。彼女たちが参席したジバ婆さんの生誕の祝宴からまだ二ヶ月ていどしか経っていないため、物怖《ものお》じしている気配はまったく感じられなかった。

「それじゃあ、ベンたちは俺の荷車にどうぞ。祝宴に参加するユン＝スドラとトゥール＝ディンにも、一緒に乗ってもらいましょう」

　そうして、荷車の配置はすみやかに取り決められた。トゥール＝ディンは極度の人見知りであるものの、ユン＝スドラは気さくで社交的だ。なおかつとても魅力的《みりょくてき》な女の子であるので、ベンたちはなかなかご機嫌《きげん》の様子であった。

「あんたたち、念を押《お》しとくけど、森辺の娘さんにもおかしなちょっかいをかけるんじゃないよ？」

　荷車に乗り込《こ》む際にユーミがそう言いたてると、ベンは「わかってるよ」と舌を出した。

「森辺に婿《むこ》入りする覚悟《かくご》がないなら手を出すな、だろ？　俺たちだって森辺の狩人《かりうど》のおっかなさは知ってるんだから、悪さなんかできるもんかよ」

「あっそ。酒を飲んでも、その言葉を忘れないようにね」

　そうして合計四台の荷車が、森辺の集落を目指して出発した。俺が手綱《たづな》をあやつるギルルの荷車は、なかなかの賑やかさである。ベンとカーゴはユン＝スドラと楽しげに談笑《だんしょう》しており、そこから外れたレビが御者台のほうに声をかけてきた。

「な、アスタ。貴族のお姫さんは、暗くなるまで顔を出さないんだよな？」

「うん。日没《にちぼつ》の少し前にやってくるはずだよ」

　以前はレビに対して敬語で接していたが、このたび彼《かれ》のほうが年少ということが判明して、俺は気安い口をきかせてもらうようになっていた。ちなみに復活祭の夜にダレイムでともに騒いだのは、このレビとさきほどのベンである。屋台の商売を始めた当初、ミダ＝ルウの登場で腰を抜《ぬ》かしたのがベンで、ミダ＝ルウのかつての悪行を耳打ちしてくれたのがレビである、と俺は記憶していた。

「みんなが貴族の参加を受け入れてくれて、俺はとても嬉しかったよ。宿場町では、あまり貴族も好かれてないみたいだからさ」

「んー、でもまあ例の騒ぎが収まってからは、ちっとは貴族を見る目も変わってきたんじゃねえかな。それ以来、貴族の悪い噂《うわさ》ってのも聞こえてこないしよ」

例の騒ぎというのは、もちろんトゥラン伯爵家《はくしゃくけ》にまつわる騒動《そうどう》のことであった。ジェノスの領主であるマルスタインが、それに次ぐ権力を有していたサイクレウスを公正に裁いたことによって、町の人々は貴族に対する反感をだいぶなだめることができたのだ。

また、それはマルスタインが意図的に狙《ねら》った効果でもあった。サイクレウスはスン家の人間を擁護《ようご》したり、《赤髭党《あかひげとう》》にあらぬ罪をかぶせたりして、ひときわジェノスの貴族の名を貶《おとし》めていたので、その罪を明るみにすることによって民衆の支持を得ようと考えたのである。なおかつ、マルスタインはそれを契機《けいき》に政治の透明性《とうめいせい》というものを重んじているように感じられる。王都の監査官にまつわる騒動でも、マルスタインは事実を公表することによって民たちの心を繋《つな》ぎ止《と》めようと取り計らっていたのだった。

「で、今日やってくるのは、アスタをさらったトゥランのお姫さんだってんだろ？　この前の一件できっちり手打ちにしたって話だけど、そっちのほうこそ大丈夫なのか？」

「うん。そっちは大丈夫なはずだよ。リフレイアとはこの一年で何回か顔をあわせてるけど、サイクレウスが処断されてからはきちんと改心したみたいだからさ」

「へへ。トゥランのお姫さんと何回も顔をあわせてるなんて、やっぱりアスタはすげえんだな」

半分は茶化《ちゃか》すような口調で、レビはそう言った。貴族に対する反感は緩和《かんわ》されても、貴族とお近づきになりたいとまでは決して思っていないのだろう。しかしそれでも彼らはリフレイアの参席に異を唱えようとはしなかったし、ユーミもテリア＝マスもターラも、そして彼女らの保護者であるサムスもミラノ＝マスもドーラの親父さんも、それは同様であった。そういった人々の意見を聞き届けたのちに、ドンダ＝ルウはリフレイアの参席を承諾《しょうだく》する旨をポルアースに伝えたのだった。

（リフレイアがユーミたちと言葉を交《か》わす機会なんてのも、巡ってくるのかな。それはちょっと、見ているほうがヒヤヒヤしそうなところだけど……まあ、なるようにしかならないよな）

俺がそんな風に考えている間に、荷車は森辺の集落に到着する。勾配《こうばい》のきつい小道から南北に走る太い道へと荷車を乗り入れると、はしゃいでいたベンたちも少し静かになった。

「ルウの集落は、もうすぐです。心の準備はいいですか？」

「お、おう。いいから、とっとと連れていってくれよ」

俺はうなずき、あらためてギルルに鞭《むち》を入れた。ここまで来てしまえば、もうルウの集落は目と鼻の先だ。その少し手前で荷車をとめると、後続の荷車が隣に並んで、そこからユーミたちが地面に降り立つ。それを見届けてから、俺は御者台のフェイ＝ベイムに笑いかけた。

「それじゃあ、俺たちはここで。明日の勉強会は、いつもの時間でお願いします」

「はい。どうぞ祝宴を楽しんできてください」

フェイ＝ベイムの運転する荷車に続き、マトゥアの女衆が運転する荷車も北の方角に駆《か》け去っていく。すると今度は、レイトが手綱を握《にぎ》る荷車が横付けされた。

「到着ですね。荷車はどうするべきですか？」

「荷車は道の端《はし》にとめて、トトスだけを連れていこう。この後に到着するリフレイアが護衛の兵士を引き連れてくるはずだから、その邪魔にならないように、もう少し先まで進もうか」

ということで、俺たちはルウの集落の入り口から十メートルほど進んだところで荷車を停車させ、トトスを解放した。地面に降り立ったベンたちは、いよいよ緊張《きんちょう》した面《おも》持ちで周囲を見回している。

「お、おい。人の住んでる場所には、ギバもそうそう近づいてこないんだよな？」

「はい。人家の近くはギバの食料になる実が生らないように木を伐採《ばっさい》しているので、その点は大丈夫です。俺もこれまで、集落にギバが姿を現すところは見たことがありません」

そのように答えても、ベンたちは不安そうに辺りを見回していた。ギバが潜《ひそ》む、モルガの森なのである。町の人間にとって、そこは異郷そのものであるのだった。

「いやあ、いよいよ森辺の集落なんだな！　なんだかむやみに胸が高鳴ってきたぞ！」

いっぽう、ザッシュマは楽しくてたまらないという様子で、周囲の森を見回している。ザッシュマにとっても、これは初めての来訪であるのだ。

「初対面の方々も多いことですし、ここでちょっと紹介《しょうかい》を済ませておきましょうか。こちらは余所《よそ》の氏族から客人およびかまど番として招かれた、ユン＝スドラとトゥール＝ディンです」

　ユン＝スドラはお行儀《ぎょうぎ》よく、トゥール＝ディンはおずおずと頭を下げる。

「こちらは城下町の料理人である、ボズルとシリィ＝ロウとロイです。シリィ＝ロウとロイは、前回の親睦の祝宴にも招待されていました」

　フードと襟巻《えりま》きを外したシリィ＝ロウはいくぶん張り詰《つ》めた面持ちで、半ばロイの後ろに隠れてしまっている。身を隠すならば大柄なボズルのほうが都合はいいように思えてしまうが、まあ俺がとやかく言うような話ではない。そんな彼らの姿を、ベンたちは好奇心《こうきしん》を剥《む》き出しにして見守っていた。

「それでこちらは《守護人》のカミュア＝ヨシュとザッシュマ、それにカミュアの弟子《でし》のレイトです。みんな屋台のお客さんですが、ジェノスの貴族との橋渡《はしわた》しなどで、森辺の民は大変お世話になっています」

　ユーミはベンたちと一緒になって、興味深そうにカミュア＝ヨシュとザッシュマを観察していた。ユーミは監査官《かんさかん》の一件でレイトと縁《えん》を結ぶことになったが、カミュア＝ヨシュとはほぼ初対面なのである。ただ、その噂はターラやテリア＝マスから聞き及《およ》んでいるはずだった。

「こちらは宿場町の宿屋《キミュスの尻尾亭》のテリア＝マス、《西風亭《せいふうてい》》のユーミ、そしてダレイムの野菜売りであるドーラ家のターラです。あと……」

「俺たちは、わざわざ名乗りをあげるような家じゃねえよ。ユーミと一緒に悪さをしてる、ベン、カーゴ、レビだ。全員、宿場町の住民だな」

「ちょっと！　あんま人聞きの悪いこと言わないでよ！　悪さをしてんのは、あんたたちだけでしょ？」

「何を言ってやがる。衛兵にしょっぴかれた数は、お前が一番じゃねえか」

ユーミはベンの尻《しり》を蹴《け》り飛ばしてから、シリィ＝ロウのほうを振り返った。

「あー、ほら！　シリィ＝ロウが怯《おび》えちゃってんじゃん！　せっかくちょっとは仲良くなれたとこなんだから、水を差すような真似《まね》しないでよ！」

「べ、別に怯えたりはしていません！」

顔を赤くしてがなりつつ、いっそうロイの陰《かげ》に潜んでしまうシリィ＝ロウである。そんな人々の姿を見回しながら、カミュア＝ヨシュがのほほんと微笑《ほほえ》んだ。

「俺がジェノスを離《はな》れている間に、森辺の民と町の人々はここまで交流が深まっていたのだねえ。なんだか、感慨深《かんがいぶか》いよ」

「ええ。それもカミュア＝ヨシュが、あれこれ力を貸してくれたおかげです」

「俺はただ、自分の思惑《おもわく》で動いていただけさ。すべては森辺の民の苦心の賜物《たまもの》だよ」

そのように述べてから、カミュア＝ヨシュはぐるりと人々を見回した。

「それにしても、なかなかの人数だねえ。アスタたちを除いても、十二名か。これに、リフレイア姫とおつきのサンジュラが加わるということだね？」

「はい。あとは、他の族長筋や小さな氏族からも何人かずつ出向いてくる予定です。ルウの血族は七十名ほど集まるそうなので、最終的には百名ていどの人数になるはずですね」

「百名か！　それは大がかりだ！」

「はい。それでもルウの血族が全員集まったら百名以上の人数なので、大きな収穫祭よりはまだ小規模なぐらいなのですよ」

「そうかそうか」と、カミュア＝ヨシュはにんまり笑った。

「そういえば、ガズラン＝ルティムの婚儀《こんぎ》の祝宴などでは、それぐらいの人数が集まっていたものねえ。俺は陰から覗《のぞ》き見することしかできなかったけどさ」

「祝宴を覗き見？　なんでそんなことしたのさ？」

ユーミが驚いて声をあげると、カミュア＝ヨシュは「あはは」と笑った。

「当時はまだ、森辺の民と十分な友誼《ゆうぎ》を結べていなかったものでね。その前には、刀を突《つ》きつけられたりもしたっけなあ」

「懐《なつ》かしいですね。今日はその刀を突きつけたダルム＝ルウとも、思うぞんぶん親交を深めてください」

　そのように述べてから、俺もあらためてその場にいる人たちの姿を見回した。出会った時期も、出会い方も、生まれや素性《すじょう》もバラバラな十二名の客人たちだ。これだけバラエティに富んだメンバーを祝宴に招待できるというのは、非常に喜ばしい話であった。

　もちろんこれはルウ家の主催《しゅさい》する祝宴であるので、俺も半分は招待客のようなものである。だけどきっと、俺が森辺の集落に住みついたりしていなければ、町の人々を祝宴に招待するなどという事態にも至っていなかったことだろう。その事実に対する覚悟と誇《ほこ》らしさを胸に、俺はこのたびの祝宴を見届けたいと願っていたのだった。

2

十二名の客人と二名の同胞《どうほう》とともに、俺はいざルウの集落の広場へと足を踏み入れた。

もちろん広場では、慌ただしく祝宴の準備が進められている。簡易型の石のかまどがいくつも組まれて、あちこちの家からは白い煙《けむり》がたちのぼっており、呑気《のんき》そうにしているのは年端《としは》もいかない幼子たちだけだ。

初めて集落を訪れるザッシュマとボズル、それにベンたち三名の若者は、好奇心の塊《かたまり》となって視線を巡《めぐ》らせている。およそ七ヶ月ぶりで二度目の来訪となるシリィ＝ロウやロイはいくぶん緊張の面持ちで、それを除く面々はきわめて楽しげな様子であった。

「それではまず、ルウの本家にご挨拶をします。族長の伴侶《はんりよ》であるミーア・レイ＝ルウはかまど小屋にいるはずですので、こちらにどうぞ」

遠くのほうから手を振《ふ》ってくる分家の女衆に手を振り返しつつ、俺は広場を横断していった。広場の真ん中には、すでに儀式《ぎしき》の火のための薪《まき》の山が組み上げられている。それを迂回《うかい》して母《おも》屋《や》の裏手に回り込むと、早くもかまど小屋の熱気と活気が伝わってきた。

「やあ、到着したんだね。ルウの家にようこそ、客人がた」

かまど小屋の扉《とびら》は開け放たれていたので、俺が入り口に立つとすぐにミーア・レイ母さんが出てきてくれた。ずらりと並んだ客人たちに、明るく朗らかな光をたたえたミーア・レイ母さんの目が向けられていく。

「家長のドンダに代わって、まずはあたしがご挨拶をさせていただくよ。初めて顔をあわせる人らは、名前を聞かせてもらえるかい？」

ザッシュマとボズル、ベンとレビとカーゴがそれぞれ名乗りをあげると、ミーア・レイ母さんはうんうんとうなずきながら、いっそうにこやかに微笑んだ。

「あたしはルウ本家の家長ドンダの嫁《よめ》、ミーア・レイ＝ルウってもんだ。あんたがたを、歓迎《かんげい》させていただくよ。アスタたちも、ご苦労だったね」

「はい。それじゃあ俺たちは、仕事に取りかからせていただきますね。ギルルたちはこちらにお預けしていいですか？」

「ああ、かまわないよ。それに、鋼もこっちで預からせていただこうかね」

男性陣《だんせいじん》が、おのおの腰の武器を差し出す。カミュア＝ヨシュやザッシュマはもちろん、レイトやベンたちも短剣《たんけん》を所持していたのだ。

「うん、あたし一人じゃ落としちまいそうだ。ヴィナ、ちょいと手伝ってもらえるかい？」

「ええ、何かしらぁ……？」というけだるげな声とともに、ヴィナ＝ルウが優美な足取りで登場する。もちろん屋台で働いているヴィナ＝ルウのことは誰《だれ》もが見知っているはずであったが、ベンたちはちょっと目を丸くしていた。宿場町に下りる際はヴェールやショールでその身を包むのが森辺の女衆の習わしであるので、艶《あで》やかな肌《はだ》をあらわにしているヴィナ＝ルウの色香に戸惑《とまど》っているのかもしれなかった。

「ちょいと鋼を預かっておくれよ。こっちの長いのは、あたしが引き受けるからさ」

「ああ、そう……それじゃあ、鋼をお預かりするわぁ……」

ヴィナ＝ルウは、普段通りの様子でベンたちに手を差しのべる。三名の若衆は大いにドギマギしながら、その手の短剣を渡《わた》すことになった。

「あ、アスタ。家に着いたら、アイ＝ファが声をかけろって言ってたよ。アイ＝ファは本家の寝所《しんじょ》で、ジバと話してるからね」

「わかりました。ティアはどこにいますか？」

「あの娘《むすめ》も、アイ＝ファやジバと一緒だよ。ジバがあの娘と話したいって言いだしてね」

ミーア・レイ母さんのその言葉に、カミュア＝ヨシュがきらりと目を光らせた。

「赤き野人も、こちらに連れて来られていたのですね。よかったら、俺も言葉を交わさせていただけませんか？」

「うん？　ジェノスの民は、なるべく赤き野人と顔をあわさないようにって話だったけど……そういえば、あんたは余所の生まれなんだよね」

「ええ。故郷を持たない、流浪《るろう》の身です。ジェノス侯《こう》にも赤き野人と言葉を交わす許しは得ていますので、是非よろしくお願いします」

そういえば、カミュア＝ヨシュはもともとティアに対して強い好奇心を覚えていたようなのだ。ミーア・レイ母さんは「了解《りょうかい》したよ」と笑顔《えがお》でうなずいた。

他のメンバーは、それぞれかまど仕事の見物である。ミケルやマイムに挨拶を望む城下町の三名と、それ以外の七名で二手に分かれることに相成った。

「それじゃあ、後はお好きなように。この鋼を片付けたら、ミケルのところまで案内するよ」

ということで、ユーミたちはこちらのかまど小屋から見物を始め、それ以外の面々はミーア・レイ母さんの案内で母屋を目指す。そうして母屋の戸板の前に到着《とうちゃく》すると、その向こう側から「ばうっ」という声が響《ひび》きわたり、シリィ＝ロウがまたロイの背中に隠れる事態に至った。

「な、何ですか？　今のは、犬の声のように聞こえましたが」

「あ、はい。俺の家の番犬ですね。今日は犬たちも一緒にお邪魔《じゃま》させてもらっているのです」

トゥラン伯爵邸《はくしゃくてい》では夜間に番犬を放っていたはずなので、シリィ＝ロウたちも犬というのは見知った存在であることだろう。しかし、シリィ＝ロウはずいぶん青い顔でロイの背中に取りすがってしまっていた。

「えーと、もしかしたら、シリィ＝ロウは犬が苦手なのですか？」

「い、犬というのは取り扱《あつか》いを間違《まちが》えると、非常に危険な獣です。警戒《けいかい》するのが当然でしょう？」

「大丈夫ですよ。うちの犬は、むやみに人を襲《おそ》ったりはしませんので」

俺たちのやりとりに笑いながら戸板に手をかけたミーア・レイ母さんは、そこで思いなおしたように俺のほうを振り返ってきた。

「あ、だけど、ファの家のジルベはグリギの実を身につけていない人間は敵と見なすって話だったっけ？」

「いえ。俺やアイ＝ファがそばにいれば、危険なことはありません。シリィ＝ロウも、どうぞご心配なく」

そうしてようやく戸板が引き開けられると、ジルベが勢いよく飛び出してきて、シリィ＝ロウに「ひゃあ！」という悲鳴をあげさせることになった。しかしジルベは、俺の帰還《きかん》を喜んでいるばかりである。俺の足もとに着地した後は、嬉しそうに尻尾《しっぽ》を振りたてていた。

「な、何ですか！　そ、それは本当に犬なのですか⁉」

「はい。王都で貴族の警護をするために育てられた、獅子《しし》犬という種類の犬であるそうです」

俺はそのように説明してみせたが、シリィ＝ロウはロイの背中にへばりついたままガタガタと震《ふる》えている。ロイは溜息をつきながら、自分の頭をかき回した。

「あのな、シリィ＝ロウ。あんな馬鹿でかい犬が襲いかかってきたら、俺なんて盾《たて》にもなりゃしねえぞ？」

「そ、そ、それでもないよりはマシです！」

「盾あつかいは否定しねえのかよ」

ロイは口をへの字にして、ボズルは豪快《ごうかい》な笑い声をあげた。

「獅子犬というのは初めて目にしましたが、なかなか可愛いらしい面立ちをしておりますな。それで、そちらは猟犬《りょうけん》ですか？」

「あ、はい。これも俺の家の猟犬です」

ルウの家の猟犬たちは仕事で出払《ではら》っているので、その場にいるのはジルベとブレイブのみであった。ジルベほど甘《あま》えん坊《ぼう》ではないブレイブは、土間に控《ひか》えたまま黒い瞳《ひとみ》で俺たちを見つめている。

「それじゃあ、鋼を仕舞《しま》ってこようかね。アスタ、アイ＝ファを呼んでこようか？」

「いえ。ティアにひと声かけておきたいので、俺もお邪魔させてください」

刀を抱えたミーア・レイ母さんとヴィナ＝ルウ、俺とカミュア＝ヨシュとレイトの五名だけが、戸板をくぐる。無人の広間に客人の刀を保管してから、ミーア・レイ母さんはジバ婆さんの寝所へと案内してくれた。

「ジバ、アスタと客人をお連れしたよ」

ミーア・レイ母さんが声をかけると、「お入り……」という返事が聞こえてくる。戸板を開けると、寝具《しんぐ》の上にジバ婆さんが座しており、そのすぐそばにアイ＝ファとティアの姿があった。

「ジバ＝ルウ、おひとしぶりです。アイ＝ファ、ティア、いま戻ったよ」

ジバ婆さんは笑顔で、アイ＝ファは無表情でうなずき返してくる。そしてティアは、左足だけでぴょこんと立ち上がった。

「アスタ、無事に戻ったのだな。何も災厄《さいやく》には見舞《みま》われなかったか？」

「うん、もちろん。ティアもお行儀よくしていたかい？」

「うむ。今はルウ家の最長老に呼ばれて、話をしていた」

いったいジバ婆さんは、ティアに何の話があったのだろう。

俺がそれを問う前に、カミュア＝ヨシュがひょこりと寝所を覗き込んだ。

「ご無沙汰《ぶさた》しております、最長老ジバ＝ルウ。ご壮健《そうけん》のようで何よりです」

「ああ……客人っていうのは、あんただったのかい……そっちも元気そうだねえ……」

「ええ、おかげさまで。本日はルウ家の祝宴に招いていただき、心から嬉しく思っています」

まずは尋常《じんじょう》な、再会の挨拶である。それからカミュア＝ヨシュは、不思議な透徹《とうてつ》した眼差しでティアを見やった。

「それが、モルガの赤き野人なのですね。よかったら、俺も彼女《かのじょ》の話を一緒に聞かせていただけませんか？」

「ふうん……？　あたしはもちろん、かまいはしないけれど……あんたのほうはどうなんだい、ティア……？」

「ティアは、森辺の民ではない人間とはあまり言葉を交わさないようにと、族長ドンダ＝ルウに言われている」

ティアが真剣《しんけん》な面持ちでそう述べると、カミュア＝ヨシュはにこりと微笑みながら背後に控えていたレイトを招き寄せた。

「大丈夫。俺はジェノスの民ではなく、故郷を持たない風来坊《ふうらいぼう》なんだ。こちらのレイトともども、君と言葉を交わすことはジェノス侯爵《こうしゃく》マルスタインから了承《りょうしょう》をいただいているよ」

「よくわからないが、ティアは森辺の民の言葉に従う」

ティアの視線を受けて、ミーア・レイ母さんも微笑んだ。

「あんたを町の人間から遠ざけるようにと言いつけたのは、そのマルスタインってお人なんだよ。ジェノスの領主が了承したってんなら、あたしらも何も文句はないさ」

「そうか。だったら、ティアはかまわない」

カミュア＝ヨシュとレイトが入室し、それと入れ替《か》わりで立ち上がったアイ＝ファが俺の耳もとに口を寄せてきた。

「ティアだけをジバ婆《ばあ》のもとには残しておけないので、私も話が終わるまではともにあろうと思う。お前はお前の仕事を果たすがいい」

「うん、了解。……たけどジバ婆さんは、ティアと何の話をしてるんだ？」

「ジバ婆は、モルガの山での暮らしというものに興味があるらしい。私たちがルウの集落に到着してから、ずっとその話を続けている」

休息の期間にあるアイ＝ファは、中天まで家の仕事と狩人の鍛錬《たんれん》に取り組んだのち、ティアとともにルウの集落を訪《おとず》れたはずだった。それからすでに、二時間以上は経過していることになる。

「まあ確かに、赤き民というのはずいぶん風変わりな生活に身を置いているようだ。ジバ婆が興味を持つのも、わからなくはない」

「そっか。機会があったら、俺も聞かせていただくよ」

しかし今は、自分の仕事を果たさなくてはならない。ルウ家に招かれたかまど番は、俺の指揮のもとに宴料理を作る手はずになっていたのだった。

「それじゃあ、俺はこれで失礼します。ジバ＝ルウ、またのちほど」

「ああ……美味《おい》しい料理を期待しているよ、アスタ……」

やわらかく微笑むジバ婆さんと、名残惜《なごりお》しそうな顔をしているティアにも挨拶をしてから、俺とミーア・レイ母さんは寝室《しんしつ》を後にした。そうして家の外に向かいながら、ミーア・レイ母さんが笑いかけてくる。

「あのティアってのは、不思議な娘だね。でも、とても純真な性根《しょうね》をしているようだから、掟《おきて》さえ許せば同胞として迎《むか》え入れたいぐらいだよ」

「ええ、俺もそう思います」

だけどそれは、ジェノスの法でも赤き民の掟でも、許されない話なのである。ましてやティアはモルガの山に帰りたいと願っている身であるのだから、赤き民の掟を厳守する必要があるはずであった。

（誰だって、故郷に戻れるならそれが一番だ。そのときが来たら、笑顔でティアを送り出してあげなくっちゃな）

そして、故郷に戻るすべを失った俺にとっては、この森辺の集落こそが第二の故郷である。たとえ余所の土地でどのように温かく迎え入れられたとしても、俺の幸福はこの場所にしかない。だから俺はティアの幸福のために、一日でも早く故郷に帰してあげたかった。

「あ、アスタ。もうよろしいのですか？」

玄関口《げんかんぐち》に戻ると、ユン＝スドラとトゥール＝ディンがジルベやブレイブとたわむれていた。

ボズルたちはヴィナ＝ルウがミケルのもとに案内してくれたそうで、すでに姿はない。ならば俺たちも、いよいよ仕事を開始する刻限であった。

「タリ＝ルウには話をつけてるから、あっちのかまど小屋は自由に使っておくれ。アスタたちの宴料理を楽しみにしているよ」

ミーア・レイ母さんにも別れを告げて、俺たちはシン＝ルウ家のかまど小屋へと出陣《しゅつじん》した。

本日は、そこで仕事に取り組ませていただく手はずになっていたのだ。そうしてシン＝ルウ家に向かうと、家の横手でリャダ＝ルウと次兄《じけい》の少年が木の棒で剣術《けんじゅつ》の鍛錬に励《はげ》んでいた。

「アスタ、来たのだな。他の女衆は、すでに仕事を始めているぞ」

「ありがとうございます。それでは、かまど小屋をお借りしますね」

俺たちが通りすぎようとすると、次兄の少年も微笑みながら頭を下げてきた。あと一年ほどで狩人見習いの十三歳《さい》に至る、シン＝ルウの上の弟である。すらりとした体格は父親や兄に似ていたが、優《やさ》しげな面立ちは母親に似ているようだ。こんなに可愛らしい少年があと一年ていどで森に出るというのは、なかなか信じ難《がた》いところであった。

（まあ、シン＝ルウやルド＝ルウなんかも、これぐらいの頃《ころ》はさぞかし可愛かったんだろうな）

そんな感慨《かんがい》を胸に、俺はかまど小屋の戸板をノックした。「はい」という返事とともに戸板が開けられると、そこに立っているのはフォウ家の若い女衆である。

「ああ、お待ちしていました、アスタ。それに、ユン＝スドラとトゥール＝ディンも、お疲れ様です」

かまど小屋の奥《おく》には、ランとリッドの女衆も待ち受けていた。これが本日の、俺の部隊の総メンバーである。ファの近在の六氏族も親睦の祝宴に参席したいと願い出たところ、男女一名ずつの参席が許されたため、かまど番は早めに集合するように取り決めていたのだ。

「とりあえず、野菜の下ごしらえを始めていました。切り分けた野菜は、あちらとあちらの鉄《てつ》鍋《なべ》に集めておきましたので」

「ありがとうございます。俺たちもすぐに準備しますので、そのまま作業を進めてください」

日没までは、残り三時間ていどであろう。先乗りした三名がとどこおりなく作業を進めてくれていたので、焦《あせ》ることなく仕事を始められそうだった。

初めてルウ家の祝宴に招かれた三名は、とても昂揚《こうよう》した面持ちで仕事に取り組んでいる。宿場町の商売に参加していない彼女たちは、かねてより噂に聞いていた町の人々と絆《きずな》を結ぶ機会を得て、ずっと胸を弾《はず》ませていたのだった。

「フォウの家でもギバの肉を町で売るようになって、多少は町の民とも顔をあわせる機会は増えましたが……それでもやっぱり、アスタたちとは比べ物にならないかと思います」

「リッドの家などは、そういう機会すらありませんでしたからね。今日の祝宴は本当に楽しみで、昨日の夜などはなかなか寝《ね》つけないほどでした」

作業の手は止めないまま、皆《みな》はそのように述べていた。水瓶《みずがめ》の水で手を清めて、自分の仕事を開始しながら、俺はそちらに笑いかけてみせる。

「町の民との交流をそんな風に楽しみにしてくれて、俺も嬉《うれ》しく思っています。ほんの一年前には考えられなかったことですよね」

「だって、町での祭やルウ家の宴に参加した人間は、みんな楽しそうにしていましたもの。わたしたちは、それをずっと羨《うらや》ましく思っていたのです」

ランの女衆がそう言うと、リッドの女衆も「そうですよ」と賛同を示した。

「家長会議でファの家の商売が正しい行いであると認めてもらえたら、わたしたちリッドの人間もアスタの手伝いをできるようになるはずです。そのときは、どうかよろしくお願いいたします」

「はい。そうなることを、俺も心から願っています」

その家長会議も、もはや九日後に迫《せま》っている。宿場町での商売は森辺の民にとって毒となるのか薬となるのか、その場でついに決を採られることになるのだ。否定的な立場であったザザ家とベイム家とラヴィッツ家は、この一年で心を動かすことになったのか。中立派であったサウティ家は、どういう心情か。そして、それ以外の氏族は、今でもファの家を支持してくれているのか。きっと大丈夫《だいじょうぶ》だと念じながらも、心の片隅《かたすみ》では緊張と不安をぬぐえないところであった。

「おお、アスタ殿はこちらでしたか。表にいた御方《おかた》に入室を許されたのですが、お邪魔してもかまいませんでしょうかな?」

しばらくして、ボズルが率いる料理人の一団がこちらのかまどにやってきた。

「ええ、もちろん。……こちらは城下町から招待された、料理人のみなさんです。このかまど小屋にいる六名は、別の家から招待されたかまど番です」

　俺がそのように紹介すると、初お目見えの三名同士がそれぞれ目礼で挨拶《あいさつ》をした。

「ボズルたちは、今までミケルたちのところにいたのですか？」

「ええ。それから順番に、厨《くりや》を見学させていただいております。どの家でも、非常に興味深い仕事のさまを目にすることがかないました」

　ボズルはすっかりご満悦《まんえつ》の様子であり、ロイは相変わらずの仏頂面《ぶっちょうづら》、シリィ＝ロウはやや張り詰めた面持ちをしている。七ヶ月ぶりにミケルと相対して、彼らがどのような心境に至ったのか、その表情から推《お》し量《はか》るのは難しかった。

「このように申してては何ですが、調理に取り組んでいる人々の腕のよさにいささか驚《おどろ》かされております。なんというか、家の仕事をしているというよりは、全員が職人として調理に取り組んでいるような気配を感じるのです」

「ああ、森辺の民はとても勤勉ですからね。特に今日は、普段《ふだん》以上に労力のかかる宴料理に取り組んでいるので、余計に気が張っているのではないでしょうか」

「なるほど。それでいて、誰もが楽しそうにしているのが、とても印象的でしたな。我々も、商売とはいえ調理を楽しむ気持ちを忘れたくないものです」

　さすがは年の功というべきか、ボズルの言葉にはなかなかの重みが感じられた。それでいて、お顔のほうはにこにこと大らかな笑《え》みを浮《う》かべている。ボズルだったら、ダン＝ルティムのような森辺の狩人とも気兼《きが》ねなく酒杯《しゅはい》を交わせそうなところであった。

「なあ、今日は本当にシャスカを出すつもりなのか？」

と、トゥール＝ディンたちの仕事っぷりを観察していたロイがそのように述べてきたので、俺は「はい」とうなずいてみせた。

「昨日も一昨日もずっとその研究に取り組んで、ようやく理想に近い形に仕上げることができたのです。少量ずつでも全員に行き渡るように準備しますので、ぜひご感想をお願いしますね」

「言われなくったって、そうさせてもらうさ。まさか本当に、二日やそこらでシャスカの料理を完成させちまうとはな」

するとシリィ＝ロウも鋭《するど》い眼差しを俺に向けてきた。

「いくら数にゆとりがあったとはいえ、もともとはヴァルカスが個人的に商売の話を取り付けたシャスカを大量に使うのです。もしも粗末《そまつ》な料理を出すようでしたら、ヴァルカスを失望させることになりますよ」

「はい。自分としては満足な出来栄《ば》えですので、みなさんの口に合うかどうか、とても楽しみにしています」

それは俺の、心からの言葉であった。自分の愛する白米に似たシャスカを、他の人々にも美味しいと思ってもらえるのかどうか。今のところ、試食をお願いしたアイ＝ファや森辺のかまど番には好評であったので、町の人々の反応が気になるところであった。

ともあれ、今はまだまだ下ごしらえの段階だ。炊《た》きたてのシャスカを味わっていただくために、時間を逆算してきっちり仕上げる必要があるだろう。俺は大いなる高揚《こうよう》感と期待感を胸に、その後の仕事に取り組むことができた。

3

日没が近づくと、ルウの集落にはいっそう賑《にぎ》やかな気配が満ちていった。

ルウの血族の狩人たちや、他の氏族からの招待客なども到着して、いよいよ百名を超《こ》えようかという人々が集結しつつあったのだ。

かまどの仕事を終えた俺も、広場でそれらの人々がやってくるさまを見届けている。トゥール＝ディンたちは宴衣装《いしょう》に着替《きが》えるためにシン＝ルウ家の母屋にこもっていたので、一緒に立ち並んでいるのはベンやレビたちだ。

ファの家の近在の氏族からは、バードゥ＝フォウ、ジョウ＝ラン、チム＝スドラ、ディン本家の長兄《ちょうけい》、リッド本家の長兄という面々がやってきていた。バードゥ＝フォウを除けば、いずれも若めの狩人たちだ。かまど番として訪れた女衆も若い世代であったし、きっと今後の森辺の運命を担《にな》っていく若者たちこそが西の民と親睦を深めるべきであるという考えなのだろう。

また、他の族長筋からは、それぞれ親筋と眷族《けんぞく》から二名ずつという定員で招かれている。サウティ家からはダリ＝サウティと若い女衆、眷族のヴェラ家からは本家の若き家長と、やはり若い女衆である。さらにザザ家の荷車も到着すると、広場にはいっそう大きなざわめきがあげられた。ザザ家は眷族のドム家から、本家の二名を選出していたのだ。

「ああ、アスタ。ちょっとおひさしぶりかしらね」

荷車からひらりと降り立ったレム＝ドムが、勇猛《ゆうもう》な顔で笑いかけてくる。その後ろからは、ギバの頭骨をかぶったディック＝ドムがのそりと降りてきた。いっぽうザザ家からは、おなじみゲオル＝ザザとスフィラ＝ザザの姉弟《していい》である。その四名が広場に立ち並ぶと、俺のそばにいたベンが腕《うで》を引っ張ってきた。

「お、おい。あいつらは何だか、ものすげえ迫力《はくりょく》だな。男だけじゃなく、女のほうまでおっかねえや」

「ああ、あちらのレム＝ドムは見習いの狩人ですからね。狩人の衣《ころも》を纏《まと》っていなくても、やっぱりわかりますか」

「だって、すげえ筋肉じゃん。顔だけ見てりゃあ美人だけど、おかしなことしたら取って食われちまいそうだ」

するとその声が耳に入ってしまったのか、レム＝ドムが流し目で俺たちを見つめてきた。

「美人というのは、わたしのことかしら？　とても光栄な話だけど、うかつに女衆の見てくれを褒《ほ》めそやすのは習わしに背《そむ》く行いよ」

「べ、別にあんたに向かって言ったわけじゃねえんだから、かまわねえだろ？」

「ふふん。内緒話《ないしょばなし》だったのなら、もっと声をひそめることね」

レム＝ドムは、にいっと唇《くちびる》を吊《つ》り上げた。ただ勇猛なだけではなく、妖艶《ようえん》さもあわせもったレム＝ドムなのである。ベンはいっそう縮こまりながら、今度はほとんど聞こえないぐらいの小声で囁《ささや》きかけてきた。

「こんなに色っぽいのに、こんなにおっかねえ女を見たのは初めてだよ。アスタんとこの家長なんて、まだ可愛《かわい》いほうだったんだな」

なかなか反応に困る言葉であったので、俺は「あはは」と笑ってごまかす。そのタイミングで、広場の入り口に何台ものトトス車が到着した。ついにリフレイアの一行もやってきたのだ。

白銀の甲冑《かっちゅう》を纏った兵士たちが機械のように整然とした所作で集落の入り口に立ち並ぶと、広場の人々は大きくどよめく。やがてその兵士たちの隙間《すきま》から革《かわ》の外套《がいとう》を纏った大小の人影《ひとかげ》が進み出ると、そのどよめきはさらに大きくなった。

そんなどよめきに包まれながら、二つの人影はしずしずと広場に踏《ふ》み入ってくる。するとすぐさま、ドンダ＝ルウとジザ＝ルウ、ダリ＝サウティとゲオル＝ザザの四名がそちらに駆けつけた。

「今日はお招きをありがとう。あなたがたの寛大《かんだい》な取り計らいに、深く感謝しています」

そのように語りながら、小さなほうの人影が外套のフードをはねのけた。トゥラン伯爵家の当主、リフレイアである。淡《あわ》い栗色《くりいろ》の髪《かみ》をショートヘアーにした、幼くも美しい姫君《ひめぎみ》だ。城下町においてはだいぶ見慣れてきた姿であるものの、それを森辺の集落で目にするというのは、やはり非現実感をともなうものだ。そして、リフレイアに寄り添《そ》っていた長身の人影――従者のサンジュラがフードを外すと、俺の中に生じた非現実感に既視《きし》感までもが交ざり込んできた。

「懐かしいわ……わたしたちはただひとたびだけ、この地に足を踏み入れているのよね」

そう。サイクレウスが捕縛《ほばく》された直後、リフレイアはサンジュラとともにこのルウの集落を訪れた。そして、サイクレウスに最後の手向《たむ》けとしてギバ料理を準備してほしいと、俺に懇願《こんがん》し――そして、その栗色の髪をばっさり切り落としたのだった。

「あれから一年近くの月日を経て、今日は客人として招いていただくことがかないました。本当に、心から嬉しく思っています」

「……ルウ家の家長ドンダ＝ルウは、トゥラン伯爵家の当主リフレイアを歓迎しよう」

ドンダ＝ルウは、重々しい声音《こわね》でそう応じた。

「まもなく日が没《ぼっ》するので、祝宴《しゅくえん》を始めようと思う。鋼があれば、預かるが」

「いえ。刀、車に置いてきました」

サンジュラがゆったりと微笑みながらそのように応じると、ドンダ＝ルウは客人らを率いて広場を横断し、その道すがらでまた重々しい声を発した。

「町から訪れた客人も、余所の氏族から訪れた客人も、全員集まってもらいたい。祝宴の前に、紹介をさせてもらおう」

俺は近くにいたベンやレビとともに、ドンダ＝ルウらの後を追った。あちこちから、他の客人たちも本家の前に集まり始める。ユーミやテリア＝マスは、やはり目を皿にしてリフレイアの姿を追っているようだった。

そうして客人たちは横一列に立ち並び、広場に群《む》れ集ったルウの血族たちと相対する。その姿を見回したドンダ＝ルウは、いぶかしげに眉《まゆ》をひそめて俺を振り返ってきた。

「おい。貴様の家の家長が見当たらんようだが」

「あれ？　そうですね。俺もしばらく姿を見ていないのですが……」

俺がそのように答えたとき、背後の戸板がガラリと開かれて、人々を大きくどよめかせた。

「すまん。支度《したく》に手間取ってしまった」

そこから現れたのは、アイ＝ファに他ならなかった。人々がどよめいたのは、アイ＝ファが宴衣装に身を包んでいたためだ。

かつてチム＝スドラの婚儀の祝宴に備えて、ファの家で購入《こうにゅう》した宴衣装である。その姿はジバ婆《ばあ》さんの生誕のお祝いでもお披露目《ひろめ》していたが、やっぱりアイ＝ファの宴衣装というのは何度見ても驚嘆《きょうたん》に値する美しさであるのだ。もちろん俺も大いに胸を高鳴らせながら、アイ＝ファを迎えることになった。

「無用に人目を集めてしまったな。……お前まで、何を驚いた顔をしているのだ」

「いや、心の準備はしてたつもりなんだけどな」

玉虫色のヴェールの向こう側で、アイ＝ファは口をへの字にしている。その金褐色《きんかっしょく》の髪には虹《にじ》色に光る薔薇《ばら》のような髪飾《かみかざ》りもつけられており、俺をいっそう陶然《とうぜん》たる心地《ここち》にいざなった。

アイ＝ファの着付けを手伝ってくれたらしいヴィナ＝ルウとララ＝ルウが、客人たちのかたわらをすりぬけて広場の人混みにまぎれていく。そんな彼女たちも、広場にたたずむ人々も、未婚《みこん》の女衆であれば全員が宴衣装だ。トゥール＝ディンやユン＝スドラたちも無事に着替《きが》えを終えて、俺の横に並んでいる。やがてドンダ＝ルウの命令で儀式の火が灯《とも》されると、女衆が纏ったヴェールやショールや飾《かざ》り物がいっそう美しくきらめいた。

「……では、祝宴の前に挨拶をさせてもらう。あらかじめ伝えていた通り、今日はこれだけ数多くの客人を招くことになった。余所の氏族からは二十名、集落の外からは十四名だ」

ドンダ＝ルウが、その名を一人ずつ述べていく。まずは族長筋から始まって、その次に小さき氏族、そうして町の人々である。それらの名をすべて告げてから、ドンダ＝ルウはリフレイアとサンジュラの姿を指し示した。

「先日にも伝えた通り、森辺の民はトゥラン伯爵家《はくしやくけ》と和解を果たした。こちらの両名はかつて大きな罪を犯《おか》したが、すでにジェノスの法で罰《ばつ》を与《あた》えられており、自分の行いを深く悔《く》いていると述べている。その言葉を信じて、今後は正しき縁を紡《つむ》いでいきたいと願う」

リフレイアとサンジュラは、優雅《ゆうが》にも見える仕草で一礼した。人々も、怒《いか》りや非難の目を向けている様子はない。ただ物珍《ものめずら》しげに二人の姿を見やっているばかりであった。

「また、森辺の民は西方神の洗礼を受けて、今後は西の民として正しく生きていくことを誓《ちか》った。いまだそれがどのような道であるのか、判然としない部分は多々あろうが、モルガの森を母として生きていくのに、それは必要な行いだ。これらの客人たちと絆を深めることにより、いっそう正しい道を見いだせるように願っている」

ドンダ＝ルウは静まりかえった血族たちの姿を見回してから、ミーア・レイ母さんの差し出した果実酒の土瓶《どびん》を受け取った。

「それでは、同じ場所で、同じものを食べ、同じ喜びを分かち合ってもらいたい。母なる森と、父なる西方神に！」

百名近い森辺の民が、「母なる森と、父なる西方神に！」と復唱した。初めて祝宴に参席するベンたちは、その勢いに度肝《どぎも》を抜《ぬ》かれている様子である。が、カミュア＝ヨシュやザッシュマやレイトなどは、にこやかな笑顔でその熱気を受け止めていた。

そして、ルウの血族の人々が土瓶を片手に客人たちへと殺到《さっとう》してくる。ベンたちが「ひゃあ」とかぼそい声をあげているのを尻目《しりめ》に、俺とアイ＝ファと五名のかまど番はその人混みから離《り》脱《だつ》することにした。

「それでは、おのおの準備を始めましょう。みなさん、よろしくお願いします」

俺たちも招待客であるものの、まずは料理の配膳《はいぜん》だ。シャスカを除く料理はすでに簡易かまどに設置しておいたので、そちらの準備はトゥール＝ディンたち四名に託《たく》し、俺はユン＝スドラおよびアイ＝ファとかまど小屋に向かうことになった。

シン＝ルウの家の裏手に回り込《こ》むと、広場の喧騒《けんそう》が少し遠くなる。ちょっと息をついてからかまど小屋に踏み込むと、火の消えたかまどの上でふたつの鉄鍋が出番を待ちかまえていた。

「これを運ぶのか？　ならば、ひとつは私が引き受けよう」

「え、大丈夫か？　せっかくの宴衣装を、煤《すす》で汚《よご》さないようにな」

「無用な心配だ」と述べながら、アイ＝ファはグリギの棒を鉄鍋の持ち手に引っ掛《か》けて軽々と持ち上げた。俺とユン＝スドラは二人がかりで重たい鉄鍋を運搬《うんぱん》し、所定の簡易かまどを目指す。

「お待たせ。そっちの準備はどうかな？」

「はい。いつでも大丈夫です」

俺たちのために準備してもらった簡易かまどは、二台である。そしてそのかまどの前には丸太と板で組み上げた卓《たく》が用意されており、そこに大量の木皿と木匙《きさじ》とお盆《ぼん》が置かれていた。

「こちらは客人として招かれた六氏族の、特別料理となります！　数に限りがありますので、お一人につきひと皿ずつでお願いします！」

俺が口もとに手をあてて大声を張り上げると、たくさんの人たちが一斉《いっせい》に群がってくる。そんな中、俺が片方の鉄鍋の蓋《ふた》を取りはらうと白い蒸気がもわっとたちこめて、人々に歓声《かんせい》をあげさせた。

俺は水にひたした特大サイズの木べらで、白く炊きあがったシャスカをほぐしていく。この二日間の、研究の成果である。シャスカはほとんど焦《こ》げつくこともなく、ほかほかに炊きあがっていた。

勉強会でも実践《じっせん》した水研《と》ぎと『湯取り法』で、俺はついにシャスカをほぼ理想的な形に仕上げることができたのだ。水研ぎにもけっこうな時間をかけ、火を入れる際にはシャスカの倍近い重さの水を使っている。そうしてシャスカにまだ芯《しん》が残っている内に余分な水を除去し、蒸《む》らしの時間も調整することで、シャスカの有する粘性《ねんせい》をだいぶ緩和《かんわ》させることに成功したのである。

二日前とは比べ物にならないぐらい、シャスカの粒《つぶ》は立っている。木べらにこびりついた分をこっそり味見したところ、ほどよい粘《ねば》り気《け》と歯ごたえが返ってきて、俺を満足させてくれた。これはもう、餅米《もちごめ》よりもうるち米に近いぐらいだろう。物心ついたときから俺が慣れ親しんできた、白米の美味しさだ。

俺はふたつの鉄鍋の面倒《めんどう》を見て、片方の蓋を閉めなおしてから、いざ木皿をつかみ取った。つぶしすぎないように気をつけながら、木皿にシャスカを盛りつける。この感覚も、実に一年以上ぶりのことだった。

「お願いします」と俺がシャスカの木皿を渡すと、かまどの前で待機していたフォウの女衆が笑顔でそれを受け取る。彼女の担当は、『ギバ・カレー』であった。

「さあ、一人につきひと皿ですよ！　ふたつ目の料理が仕上がるまでは、こちらを召《め》し上がりください！」

ルウの祝宴に初めて参じた彼女たちも、物怖《ものお》じしている様子はない。その手から最初に木皿を受け取ったのは、誰あろうリミ＝ルウである。可愛らしい宴衣装に身を包んだリミ＝ルウは、「うわあ」と瞳を輝《かがや》かせた。

「すごいすごい！　シャスカにかれーをかけたんだね！　どんな味がするんだろう！」

城下町でもルウ家の勉強会でも、リミ＝ルウはすでにシャスカを食している。が、それをきちんとした料理として食するのは、これが初めてのことだった。

「ほらほら、これがシャスカだよ！　面白《おもしろ》いでしょ？　なんかね、もにゅもにゅしてて味も面白いの！」

リミ＝ルウは、受け取った木皿をそのままターラに手渡《てわた》した。当然のことながら、二人は行動をともにしていたのだ。「わーい」と無邪気《むじやき》な声をあげるターラの背後には、これまた当然のようにルド＝ルウが立ちはだかっている。初めてシャスカを目にするルド＝ルウは「何だこりゃ」と目を丸くしていた。

「何だか、豆粒《まめつぶ》みてーだな。シムの民はこんなもんを、ポイタンやフワノの代わりに食ってんのか？」

「代わりっていうか、シムではそれが主食らしいよ。土地が違《ちが》えば農作物の種類も変わるだろうからね」

俺は次々と木皿にシャスカをよそいながら、そのように答えてみせた。それを受け取ったフォウの女衆は、カレーをかけて人々に回していく。大半の人々は、「へえ」だの「ほう」だの感嘆《かんたん》の声をあげていた。

「どうぞ、冷めない内に召し上がりください」

その声に真っ先に応じたのは、やはりリミ＝ルウであった。新たに受け取った木皿に木匙を入れて、カレーとシャスカを等分に口へと運ぶ。そうしてもにゅもにゅと口を動かしてから、リミ＝ルウはぱあっと顔を輝かせた。

「やっぱり面白いね！　でも、すごく美味しいと思うよ！」

「ほんとだー！　ポイタンをつけて食べるのとは、全然ちがうね！」

リミ＝ルウもターラも、ぴょんぴょん飛び跳《は》ねてはしゃいでいる。それを見下ろしながら木匙を口に運んだルド＝ルウは、仰天《ぎょうてん》したように目を見開いた。

「なんだか、やたらとやわらかいんだな。それに、ギーゴほどじゃねーけど、ねばねばしてるしよ。……んー、ギーゴとチャッチのもちを一緒《いっしょ》くたにしたみたいな感じなのかなー」

「ああ、このシャスカでも餅《もち》を作ることができるんだよね。チャッチ餅より、すごく粘り気は強くなると思うけどさ」

「あー、そっか！　チャッチもちにちょっと似てるんだね！　リミ、チャッチもちもシャスカも大好き！」

「ターラも大好き！　……でも、もうなくなっちゃった」

他の料理との兼《か》ね合いもあるので、シャスカは一膳《ぜん》の半分ていどの量であったのだ。ターラのみならず、その料理を口にした人々の大半は物足りなさそうなお顔をしていた。

「シャスカの料理はもう一品あるのですが、それはこれから作りあげるのです。よかったら、他の料理を楽しんだ後にまた来てください」

その二品目の料理は、現在トゥール＝ディンが下ごしらえを進めてくれている。祝宴で出すにはちょっと手間のかかる料理であったものの、『ギバ・カレー』と時間差で出すにはちょうどいい献立《こんだて》でもあった。

「それじゃあ、ドンダ父さんとかジバ婆たちに持っていってあげよー！　ルド、手伝ってね！」

「あー、これだったら、ジバ婆でも食えそうだよな」

ルウ家の心優《こころやさ》しき兄妹《きょうだい》とターラは、お盆に載《の》せられるだけの木皿を載せて立ち去っていく。

その間も、かまどの前にはたくさんの人々が列をなしていた。食後の食器を水瓶の水で洗浄《せんじょう》するのは、ランとリッドの女衆の役割だ。

「このシャスカというのは、木皿にこびりつくとなかなか取れないのですね。湯でもかけたいところです」

「ああ、そうなんですよね。お手数をかけてすみません」

「いえ。わたしたちも、口にするのが楽しみです」

この場にいるかまど番たちも、試食でシャスカそのものは口にしている。ファの家の勉強会でも時間の許す限りシャスカを炊き続けていたので、むしろ食《た》べ飽《あ》きているぐらいだろう。しかしまた、白米を知らない人々であれば、やはり料理として口にしないとこの美味しさを実感することも難しいに違いない。ルウ家においてもファの近在の氏族においても、シャスカを食べて最初の感想は「面白い」であったのだった。

「おお、アスタ殿はこちらでしたか」

と、森辺の民の隙間をぬって、ボズルが近づいてくる。そのかたわらには、ロイとシリィ＝ロウの姿もあった。

「アスタ殿の料理を真っ先にいただこうと歩いていたら、ほとんど広場を一周してしまいました。いや、どのかまどからも素晴《すば》らしい香りがたちのぼっておりましたな」

「ええ。ぜひすべての料理を味わっていってください」

「もちろんです。ですがまずは、アスタ殿のシャスカ料理をいただきましょう」

にこやかに笑うボズルのかたわらで、ロイは鼻をひくつかせていた。

「ふん。本当にそのかれーって料理をシャスカにかけるんだな。ヴァルカスとタートゥマイにいい土産話《みやげばなし》ができそうだ」

「……香草《こうそう》もシャスカもシムの食材ですが、そうだからといってこの作り方ではどうなるかもわかりませんけれどね」

シリィ＝ロウはあくまで疑い深げな面持《おもも》ちであったが、何にせよ食べていただかないことには始まらない。先に並んでいた人々に料理を回してから、ついに三名の手もとにも『カレー・シャスカ』の木皿が届けられた。

「うむ、芳《かぐわ》しいですな」

大きな鼻でその香りを堪能《たんのう》してから、ボズルは木匙を口に運んだ。ロイとシリィ＝ロウもそれにならい、咀嚼《そしゃく》する内に、じわじわと眉をひそめていく。

「いかがでしょう？　お口に合いましたか？」

「ちょっと待ってくれ。ひと口じゃ何とも言えねえ」

ロイは慌《あわ》ただしく、ふた口目をかきこんだ。ボズルとシリィ＝ロウも、無言で『カレー・シャスカ』を食べ続けている。ボズルが「なるほど」と声をあげたのは、木皿の中身をすべて食べ終えてからのことであった。

「どうでしょう？　あまりお気に召しませんでしたか？」

「いや、これは……何とも判断が難しいところです」

ロイやシリィ＝ロウはまだしも、ボズルまでもが難しい顔をしているのがちょっと不安なところであった。

「いや、しかし、美味であることに間違いはありません。そもそもぎばかれーが美味であるのですから、それも当然です。ただ、これは……」

「はい、何でしょう？」

「このシャスカの食感は、どのような料理にも似ていないように思います。本来の形に仕上げたシャスカでも、それは同様のことであるのですが……それがいっそう際立っているように感じられるのですな。それゆえに、わたしの抱いた驚きや衝撃《しょうげき》が、いったい何に根ざしているのか……それを上手《うま》く言葉で表すことができないのです」

そのように述べてから、ボズルはふいに微笑《ほほえ》んだ。

「ですからこれは、料理人ではなく一個人の言葉としてお聞きください。この料理は、きわめて美味です。初めてシャスカを口にしたときよりも、わたしは大きな驚きと喜びに見舞われております」

「そうですか。それなら、よかったです」

「ああ。俺も掛け値《ね》なしに美味《うま》いと思うよ。だけど、上手く言葉にできなくて……おい、ミケルはまだこの料理を食べてねえのか？」

ロイの言葉に、俺は「はい」とうなずいてみせる。

「ミケルはまだ足の怪《け》我《が》が完全に治ってないので、どこかの敷物《しきもの》に腰《こし》を落ち着けていると思います。……あ、でも、そういう人たちのために料理を配ってくれる人も多いので、もしかしたらもう口にしているかもしれません」

「そうか。ミケルの感想を聞きたいところだな。ていうか、ヴァルカスやタートゥマイにも自分で食べてもらわねえと、こんなの説明できねえよ」

そんな風に述べるロイのかたわらで、シリィ＝ロウはかすかに肩《かた》を震わせている。それに気づいたロイは、うろんげにシリィ＝ロウの肩を小突《こづ》いた。

「どうした？　あまりの美味さに、また悔《くや》しくなってきちまったか？」

「そ、そのようなことはありません！　上手く批評できない自分の不甲斐《ふがい》なさを嘆《なげ》いているだけです！」

どうも『カレー・シャスカ』は、城下町の料理人たちに大きな困惑《こんわく》と動揺《どうよう》を与えたようだった。

「こちらの料理がなくなる頃に、次の料理を出すことになっています。よかったら、それまで他のかまどの料理をお楽しみください」

俺がうながすと、ボズルたちは素直《すなお》に引き下がっていった。もしかしたら、俺のいないところでも喧々諤々《けんけんがくがく》した討論会が行われるのかもしれない。料理人というのも、なかなか因果な商売であった。

「かれーも残りわずかになってきましたね。そろそろ全員に行き渡《わた》った頃でしょうか」

フォウの女衆がそのように述べたとき、長身の人影と優美な人影が近づいてきた。

「アスタ。ようやく、挨拶できました」

「ああ、シュミラル。どうもおひさしぶりです。ヴィナ＝ルウも、お疲《つか》れ様《さま》です」

「……別に疲れてはいないわよぉ……」

宴衣装のヴィナ＝ルウは、居心地《いごこち》悪そうに肢体《したい》をくねらせている。今日も誰《だれ》かのはからいで、シュミラルと行動をともにすることになったのだろうか。

「お二人は、こちらの料理をもう口にされましたか？　俺たちの作った特別料理です」

「いえ。『ギバ・カレー』の香り、ひかれて、やってきました」

「それなら、どうぞお食べください。こちらの白いのは、俺が仕上げたシムのシャスカですよ」

「シャスカ？」と、シュミラルはけげんそうに眉をひそめる。

「アスタ、ついに、シャスカ、手に入れたのですか。……しかし、私の知る、シャスカ、違うようです」

「はい。これはシャスカを俺の故郷の料理に似せて作ったものなのですよね。シムで生まれたシュミラルからどのような感想をいただけるか、ずっと気になっていたんです」

残りわずかなシャスカを木皿に盛りつけ、フォウの女衆を経由してシュミラルとヴィナ＝ルウに渡す。ヴィナ＝ルウはルウ家の勉強会に参加していたので、躊躇《ちゅうちょ》なくそれを口に運んでいた。

いっぽう『カレー・シャスカ』を食べたシュミラルはその長身をぐらりと揺《ゆ》らして、ヴィナ＝ルウに肩をぶつけてしまう。ヴィナ＝ルウは「うン」と色っぽい声をあげて、シュミラルから遠ざかった。

「あのねぇ……みだりに女衆に触《ふ》れるのは禁忌《きんき》だって教わったでしょう……？」

「申し訳ありません。あまりの美味しさ、驚いてしまいました」

その手で木皿を掲《かか》げたまま、シュミラルは深々と頭を垂れる。

そっぽを向いたヴィナ＝ルウは、手の平で赤い頬《ほお》をおさえていた。

「シュミラルの口に合いましたか？　それなら、嬉しいです」

「美味です。シャスカ、『ギバ・カレー』、掛けたら、美味ではないか、ずっと思っていましたが……この料理、その想像、超えていました」

「そうですか。これはシャスカの作りかけみたいに感じられるので、シム生まれの方には好まれないかもしれないという意見もあったんです」

「このシャスカ、本来のシャスカ、まったく異なる料理、思います。比べる意味、あまりない、思います」

そうしてシュミラルは大事そうにふた口目を食すると、黒い瞳《ひとみ》をまぶたに隠《かく》した。

「とても美味です。アスタの料理、どれも美味ですが、この料理、一番である、思います」

「ふうん……」とヴィナ＝ルウがすねた声をあげると、シュミラルは夢から覚めたようにそちらを振《ふ》り返った。

「このシャスカ、美味である、という意味です。ヴィナ＝ルウの『ギバ・カレー』、とても美味、思います」

「いいわよぉ……わたしなんかより、アスタの作るかれーのほうが美味しいのは当たり前のことでしょう……？」

「いえ。ヴィナ＝ルウの『ギバ・カレー』、一番です」

「……虚言《きょげん》は罪という森辺の習わしを忘れたのかしらぁ……？」

「いえ。ですから、具実、口にしています。ヴィナ＝ルウの『ギバ・カレー』、口にするとき、私、一番の幸福、感じるのです」

ヴィナ＝ルウは、赤いお顔でシュミラルをにらみつける。そんな二人の睦《むつ》まじい姿に、俺はつい「あはは」と笑ってしまった。

「それなら、ルウ家でもシャスカを買いつければ完璧《かんぺき》ですね。シャスカの炊き方については、俺がルウ家の方々に伝授しますので」

「もう……」とヴィナ＝ルウはまた身体をくねらせて、シュミラルは幸福そうに目を細める。

そうして料理を食べ終えた二人が立ち去ると、ずっと影《かげ》のように控《ひか》えていたアイ＝ファが顔を寄せてきた。

「あやつらは、相変わらずのようだな。……しかし、お前よりもヴィナ＝ルウのかれーのほうが美味いと言われても、気落ちする必要はないぞ」

「うん。大事な相手の作ってくれた料理を一番美味しいと思うのは当然のことさ。愛情は最大の調味料っていうからな」

「……何やら背中がむずがゆくなりそうな台詞《せりふ》だな」

そのように述べながら、アイ＝ファの青い瞳はとても優しげに輝いていた。

そうこうしている間に、俺たちのかまどの前からは人の姿がなくなっている。きっとすべての人々に『カレー・シャスカ』が行き渡ったのだろう。残ったシャスカとカレーはアイ＝ファを含《ふく》めた七名で食させていただき、俺たちはいざ二品目のシャスカ料理に取りかかることにした。

4

「あー、アスタ！　こんなとこにいたんだね！」

元気のいい声があがったので振り返ると、ユーミを先頭にした一団がこちらのかまどに近づいてくるところであった。メンバーは、テリア＝マスとシン＝ルウと二人の弟たちというなかなか面白い組み合わせである。テリア＝マスもようやく宴衣装になれてきたようで、そんなに恥《は》ずかしそうな様子ではなかった。

「やあ、ずっと姿が見えなかったね。『カレー・シャスカ』はちゃんと口にできたかな？」

「うん！　シーラ＝ルウが働いてる場所で立ち話してたら、ルウ家の人たちが運んできてくれたよ！　あれ、すっごく面白い料理だね！」

宿場町の民たるユーミでも、やはり第一声は「面白い」であるようだった。

「うちの親父《おやじ》や母さんにも食べさせたいところだけど、シムの食材だったら値も張るんだろうね！」

「うん。あるていど流通の見込《みこ》みが立ったら、少しは値下げされると思うけどね。今のところは、高級食材扱《あつか》いになっちゃうかな」

「それじゃあ、うちの宿では扱えないなー。でもまあ、そんな料理を食べられるのも、森辺のみんなと仲良くさせてもらったおかげだね！」

祝宴が開始されて数十分が経過して、ユーミもいよいよ昂揚しきっている様子であった。そのかたわらで静かに立ち尽《つ》くしている三名の少年たちにも、俺は「やあ」と笑いかけてみせる。

「シン＝ルウも、ちょっとひさびさな感じがするね。シーラ＝ルウのところで、ユーミと出くわしたのかな？」

「うむ。しばらく言葉を交《か》わしていたのだが、ダルム＝ルウがうるさそうにしていたので離《はな》れることにしたのだ」

「その後は、ララ＝ルウのところにいたんだよね！　で、そろそろアスタたちの次の料理が仕上がるんじゃないかと思って、様子を見に来たの！」

「それは鼻がきいてるね。ちょうど今、下ごしらえが終わったところだよ」

その下ごしらえに取り組んでいたトゥール＝ディンが、笑顔《えがお》でこちらを振り返る。

「では、料理をお出ししますね。ユン＝スドラ、お願いします」

「はい」と応じたユン＝スドラが取り上げた皿の中身を見て、ユーミはきょとんと目を丸くした。

「それって、ぎばかつじゃん。とっくに完成してたんじゃないの？」

「いや。これを使って、料理を仕上げるんだよ」

トゥール＝ディンが管理する鉄鍋では、大量のアリアが甘辛《あまから》いタウ油ベースのタレで煮込《にこ》まれている。トゥール＝ディンがそこからすくった少量のタレとアリアを隣《となり》のかまどの平鍋《ひらなべ》に移すと、ユン＝スドラがすかさず『ギバ・カツ』を投じて、さらにボウルに準備していたキミュスの生卵をとろりとかぶせた。俺が五名分のシャスカをよそっている間に鍋《なべ》はひと煮立《にた》ちして、キミュスの卵は半熟に仕上がっていく。そこで『ギバ・カツ』とアリアと卵をタレごとすくいあげ、シャスカの木皿に載せていけば、『ギバ・カツ丼《どん》』の完成であった。

「さあ、どうぞ。『カレー・シャスカ』に負けない味だと思うから、みんな食べてみておくれよ」

その場に集まった面々が、興味津々《きょうみしんしん》の面持ちで木皿を取り上げる。それを口にするなり、ユーミは「美味《おい》しい！」と賞賛の声を響《ひび》かせてくれた。

「これは美味しいよ！　ぎばかつなんて最初っから美味しいけど、これはその上をいく美味しさだね！」

「あ、本当に？　だったら、嬉しいよ」

では、森辺の民の反応はどうだろうと思ってうかがうと、シン＝ルウは満足そうに吐息《といき》をついており、二人の弟たちはユーミに劣《おと》らぬ笑顔であった。

「ぎばかつには、このような食べ方もあったのだな。それにこのシャスカというものも、かれーのときよりなお美味に感じられるようだ」

「そっか。口に合ったんなら、本当によかったよ」

森辺の民は『ギバ・カツ』を強く好む傾向《けいこう》にあったので、ここまで味付けの変わる『ギバ・カツ丼』はどのような評価になるのだろうという若干《じゃっかん》の心配があったのだ。しかし、昨日の勉強会ではアイ＝ファにも近在のかまど番たちにもきわめて高評価であったので、自信がないことはなかった。シン＝ルウたちも、心からこの料理を喜んでくれているようだった。

「これも一人ひと皿ずつなの？　うわー、もっと食べたかったなあ！　食べる前より、お腹《なか》が空《す》いちゃった感じがするよ！　それじゃあ、ララ＝ルウたちにも持っていってあげよっか！」

そうしてユーミが大騒《おおさわ》ぎにすることによって、料理の完成に気づいた人々がどっと押《お》し寄せてきた。これは数名分ずつしか作ることができないので、さきほど以上の行列になってしまう。それでもトゥール＝ディンは慌てずに、慎重《しんちょう》に、確かな手さばきで『ギバ・カツ丼』を仕上げていった。

「……この料理は昨日完成させたばかりだというのに、トゥール＝ディンにかまどを任せているのだな」

と、ひたすらシャスカをよそい続ける俺に、アイ＝ファがそっと耳打ちしてくる。

「うん。こうやってシャスカを盛りつけるのも、ちょっと慣れが必要な作業だからさ。今日のところは、俺がこっちを受け持つことにしたんだ」

それに、トゥール＝ディンは屋台で『ギバ肉の卵とじ』を受け持った経験があったので、具材の調理に関しては安心して任せることができた。

森辺の民の好みに合わせて、タウ油ベースのタレはやや薄味《うすあじ》に仕上げている。しかし、そのタレをたっぷりと吸ったシャスカは、これまでになかった喜びを与えてくれることだろう。そもそも白米が存在しなかった森辺やジェノスであるのだから、これで初めて『丼物《どんぶりもの》』の美味しさを伝えることができたのだ。そんな『ギバ・カツ丼』を、人々は大喜びで頬張《ほおば》ってくれていた。

「うわあ、今度はぎばかつなの？　すっごく美味しそう！」

再びリミ＝ルウたちがやってきたので、俺はユン＝スドラに指示を出してから、そちらに呼びかけた。

「ねえ、リミ＝ルウ。ジバ＝ルウのために『メンチ・カツ』を準備してるから、それも持っていってあげておくれよ」

「わかったー！　ジバ婆《ばあ》も喜ぶよ！　アスタ、ありがとう！」

歯の弱いジバ婆さんは『ギバ・カツ』を食することができないので、こういう際にはいつも『メンチ・カツ』を準備しているのだ。本日は、それを使った特別仕立ての『メンチ・カツ丼』である。俺が飯盛りの作業を再開させると、アイ＝ファがまた耳打ちしてきた。

「アスタよ。お前がジバ婆のために力を尽くしてくれることを、私はとても嬉《うれ》しく思っている」

「そりゃあ俺にとっても、ジバ婆さんは大事な相手だからな。これぐらいは、当たり前のことだよ」

「うむ。……それにしても、めんちかつでその料理を仕上げたら、いったいどのような味になるのだろうな」

「ああ、アイ＝ファも『メンチ・カツ』は好物のひとつだもんな。近い内に、晩餐《ばんさん》でこしらえるよ。ファの家の晩餐用にと思って、シャスカは余分に買いつけておいたからさ」

「うむ」という声が聞こえた数秒後に、いきなりわしゃわしゃと頭をかき回された。俺が驚《おどろ》いて顔をあげると、アイ＝ファはすました顔でそっぽを向いている。

「……これぐらいは、許せ」

「いや、許すも許さないもないけどさ」

アイ＝ファが俺の身に触れたということは、その内の感情を抑制《よくせい》しかねたということである。俺はひそかに幸福感を噛《か》みしめながら、粛々《しゅくしゅく》とシャスカをよそい続けた。

過半数の人々は自らかまどにまで出向いてくれたが、やはり敷物に腰を落ち着けている人々も多いので、そちらには気をきかせた人々が配膳してくれている。今回はボズルたちの顔を見る前に、料理を出し終えることになった。

その後は、自分たちのための食事である。残ったシャスカを等分に分けて『ギバ・カツ丼』を味わった俺たちは、あらためて広場の人々と喜びを分かち合うことができた。『ギバ・カツ』は作り置きであるし、シャスカも若干冷めかけてしまっていたものの、決して俺たちの喜びが損《そこ》なわれることにはならなかった。

「この料理は、本当に美味だと思います。客人たちにもルウ家の人々にも、きっと喜ばれているることでしょう」

「ええ。こんなに素晴らしい宴料理の手伝いをすることができて、わたしはとても光栄です」

五名のかまど番たちも、口々にそう言ってくれていた。そうして俺たちは、ひとまずこの夜の仕事を終えることになったのだった。

「それじゃあ、後片付けですね。鉄鍋《てつなべ》は水につけて、洗い終わった木皿は他のかまどに回しましょう」

「それは、わたしたちがお引き受けします。アスタとアイ＝ファは、どうぞ祝宴のほうに」

こういう際、トゥール＝ディンはだいたい同行を願ってきたものであるが、本日はリッドの女衆と行動をともにするらしい。リッドの女衆にとっては大半の相手が初対面となるので、トゥール＝ディンが案内役を担うのだそうだ。そしてそれはフォウとランの女衆も同様であるので、そちらはユン＝スドラが案内をすることになる。俺としては、ちょっと巣立ちを見守る親鳥のような心境であった。

「それじゃあ、よろしくお願いします。みんなも祝宴を楽しんでください」

そうして俺は、アイ＝ファと二人でかまどを離れることになった。

「なあ、アイ＝ファ。祝宴を楽しむ前にティアに声をかけておきたいんだけど、どうだろう？」

「かまわんぞ。私は見飽《みあ》きたぐらいだが、お前はずっと離れたままであったからな」

ということで、俺たちはティアが預けられている分家の家に向かうことにした。あちこちから投げかけられる挨拶《あいさつ》に返事をしつつ、俺はまたアイ＝ファに声をかける。

「アイ＝ファが俺のところに顔を出したのは、ほとんど日没《にちぼつ》間際になってからだったよな。それまでずっと、ジバ婆さんと一緒にモルガの山の話を聞いていたのか？」

「うむ。ジバ婆は、ずいぶん赤き民というものに関心を寄せているらしい。まあ、ジバ婆は町の人間と話すことにも熱心であったから、何もおかしなことはあるまい」

確かにジバ婆さんはダレイムのドーラ家におもむいた際などにも、とても熱心に言葉を交わしていたのだ。もともと余所《よそ》の土地に住む人々の暮らしに興味があるのだろう。

そのジバ婆さんは、本家の家屋と儀式《ぎしき》の火の間に敷《し》かれた敷物の上で大勢の人々に囲まれている。そこにはドンダ＝ルウを筆頭とする族長筋の人々やリフレイアなどの姿もあり、ちょっとした首脳会議みたいな雰囲気《ふんいき》をかもし出していた。

それを横目に分家の家屋の前に立つと、戸板の向こうから「ばうっ」というジルベの声が響いてくる。ルウ家の幼子たちも犬たちも、みんな同じ場所に集められているのだ。

「ファの家のアイ＝ファとアスタです。ちょっとお邪魔《じゃま》してもよろしいでしょうか？」

「どうぞ」という返事を確認《かくにん》してから戸板を開くと、ジルベが真っ先にまとわりついてくる。アイ＝ファは優《やさ》しげに目を細めつつ、その大きな頭を撫《な》でていた。他にはブレイブとルウ家の二頭の猟犬《りょうけん》も控えており、広間で幼子たちの面倒を見ていたのはサティ・レイ＝ルウとティト・ミン婆さんであった。

「お疲れ様です。こちらは本家のお二人が当番だったのですね」

「ええ。人手はありますので、なるべく短い時間で交代しています」

この場にいるのはルウの集落の五歳《さい》未満の幼子のみであるが、何せ単体で四十名前後の家人を有する大氏族である。それなりの人数である幼子たちが、祝宴の熱気にあてられた様子で元気にはしゃいでいた。しかし、どこを見回してもティアの姿がないので俺が首を傾《かし》げていると、頭上から聞き覚えのある声が降ってきた。

「アスタにアイ＝ファ、どうしたのだ？　宴はまだ始まったばかりなのだろう？」

びっくりして顔をあげると、天井《てんじょう》の梁《はり》からティアが顔を覗《のぞ》かせていた。森辺の家屋は平屋であるが、天井板というものが存在しないので、天井はかなり高い。三メートルぐらいの高みにある梁の上で、ティアはにこにこと微笑んでいた。

「あ、危ないじゃないか。そんなところで、何をやっているんだい？」

「何も危ないことはない。その幼子たちがむやみに群がってこようとするので、ここで身を休ませることにしたのだ」

「お前は、右足の骨が折れているのだろうが？　いったいどうやってそのような場所にまで登ったのだ？」

アイ＝ファも眉をひそめつつ問い質《ただ》すと、ティアは不思議そうに首を傾げた。

「どうやってとは、どういう意味だ？　アイ＝ファだってあれだけ巧《たく》みに木を登れるのだから、これぐらいのことは難しくないだろう？」

それはアイ＝ファぐらいの身体能力であれば、どうにかならないことはないだろう。しかし、右足が折れているティアがどうやってそのような芸当を成《な》し遂《と》げたのか、俺《おれ》には見当もつかなかった。

「とりあえず、そこから降りてこい。これでは言葉を交わすにも不自由だ」

「わかった。アイ＝ファが受け止めてほしい」

アイ＝ファが「待て」と声をあげるより早く、ティアは梁から飛び降りてしまった。慌ててのばされたアイ＝ファの腕《うで》によって、ティアの小さな身体が見事に受け止められる。アイ＝ファにお姫様《ひめさま》だっこをされた状態で、ティアは俺に笑いかけてきた。

「理由はわからないが、アスタとアイ＝ファが会いに来てくれて、ティアはとても嬉しく思っている。アスタ、何も災厄《さいやく》には見舞《みま》われていないか？」

「こ、こっちは大丈夫《だいじょうぶ》だけど、あまり危ないことをしたら駄目《だめ》だよ」

「何も危なくはない。アイ＝ファはとても強い力を持っているからな」

アイ＝ファはこれ以上ないぐらい顔をしかめながら、ティアを床《ゆか》におろした。左足一本で立ったティアは、無邪気そのものの笑顔で俺たちの姿を見比べてくる。

「とても右足が折れているとは思えない身のこなしですね。赤き野人の力には、恐《おそ》れ入ってしまいました」

そのように述べるサティ・レイ＝ルウも、そのかたわらに座したティト・ミン婆さんも、やはり穏《おだ》やかな笑顔のままである。ルウ本家の中ではつつましい部類であるお二人であるが、ちょっとやそっとのことでは動じない気性《きしょう》でもあるのだ。

「それで、どうしたのだ？　ティアは何も悪さなどしていないぞ」

「ああ、うん。ちょっと様子を見に来たんだよ。もう食事は済んだのかな？」

「うむ。ルウ家の娘《むすめ》が焼いた肉と煮汁《にじる》を持ってきてくれた。どちらもなかなか美味だったぞ」

ティアが刺激的《しげきてき》な味付けを好むということは通達しておいたので、きっとスパイシーな晩餐を準備してくれたのだろう。ティアはとても満足そうに微笑んでおり、ガーネットのように深い赤色をした瞳もきらきらと輝いている。俺のそばから離されて、このような場所に閉《と》じ込められても、それを不満に思っている様子はない。最初はひどく不服そうにしていたティアも、これが外界の法ゆえと諭《さと》された後は持ち前の従順さで素直に従ってくれているのだった。

（あまりに素直すぎて、こっちの胸が痛くなるぐらいだよな）

だから俺は、祝宴《しゅくえん》を楽しむ前にティアと言葉を交わしておきたいと思ったのだ。しかし、いざティアを前にすると、彼女を置き去りにして広場に戻《もど》るのがたいそう後ろめたく感じられてしまった。

「どうしたのだ？　会いに来てくれたのは嬉しいが、あまり長く留《とど》まっていると宴を楽しむ時間が短くなってしまうぞ」

「え？　ああ、うん……ティアだけのけものにしてしまって、申し訳ないね」

「何を言っているのだ。ティアは赤き民なのだから、外界の宴とは関わりがない。ただ、アスタのそばにいられないことを苦しく感じるだけだ」

「うん。だから、ティアに苦しい思いをさせるのが、申し訳ないと思ってさ」

ティアはにこにこと笑いながら、「馬鹿なことを言うな」と言った。

「ティアが苦しい思いをしているのは、ティアがアスタを傷つけるという大きな罪を犯したた

めだ。アスタが申し訳なく思う理由など、どこにもない。それに、ティアが苦しい思いをするのも贖《あがな》いの内だと、アスタも言っていたではないか」

「ああ、それはそうだけど……」

「だから、ティアは苦しく思うことを嬉しくも思う。アスタにペイフェイの肉や毛皮を受け取ってもらったときと同じ気持ちだ」

そう言って、ティアはいっそうにこやかに目を細めた。

「それに、アスタがティアのことを思いやってくれることを、ティアはとても嬉しく思っている。そして、アスタが楽しい心地でいてくれたら、それもティアにとっては喜びとなる。だから、アスタは宴を楽しんできてほしい」

俺は小さく息をついて、低い場所にあるティアの顔を覗き込んだ。たとえ同胞《どうほう》ならぬ相手でも、十歳を超《こ》えているティアの身に触れることはなるべく避《さ》けるべきだろう。そうでなかったら、その不思議な色合いをした赤い髪《かみ》を撫でてあげたいところだった。

「わかったよ。祝宴が終わるまで、ここで待っててね」

「うむ。アスタに災厄が近づかぬことを、この場で祈《いの》っている」

そうしてティアはアイ＝ファにも笑いかけてから、片足でぴょんぴょんと壁《かべ》のほうに近づいていった。そうして、ぴょんっと自分の身長よりも高い位置までジャンプすると、左足で軽く壁を蹴《け》り、さらなる高みへと舞《ま》い上がって、天井の梁にしがみつく。まるで体重というものを感じさせない、猿《さる》のような身軽さだ。その姿を見守っていた幼子たちはきゃあきゃあとはしゃいだ声をあげ、アイ＝ファはくびれた腰に手をやってティアをにらみあげた。

「なるほど。そうやってその場所に登ったわけだな」

「うむ。何もおかしなことはしていない」

おかしいところがあるとしたら、その人間離《ばな》れした跳躍力《ちょうやくりょく》である。いったいどのような身体のつくりをしていたら、こんな芸当が可能になるのだろうか。

「それじゃあ、俺たちは広場に戻ります。お手数をかけて申し訳ありませんが、ティアをよろしくお願いしますね」

「ええ、もちろん。……あ、ちょっとお待ちください、アスタ」

と、サティ・レイ＝ルウが手もとのコタ＝ルウをティト・ミン婆《ばあ》さんに預けてから、俺たちのほうに近づいてきた。

「ティアや幼子たちに悪いので、小さな声で失礼します。……あのシャスカという料理は、目がくらむほどに美味でありました」

「あ、サティ・レイ＝ルウもちゃんと口にすることができたのですね」

「はい。一人ひと皿という話であったので、分家の女衆が運んできてくれました。ティト・ミンと順番で外に出て、こっそり食べさせていただいたのです」

そのように述べてから、サティ・レイ＝ルウはほうっと息をついた。

「あの料理はシムにおいて、フワノの代わりに食べられているそうですね。つくづくわたしは、ポイタンやフワノに類する料理が口に合うようです」

「ええ。サティ・レイ＝ルウはお好み焼きもパスタもそばもお口に合うようですもんね。シムとの取り引きが盛《さか》んになれば、誰でも気軽にシャスカを購入《こうにゅう》できるはずですので、そのときが楽しみですね」

「はい。ルウ家でも祝宴の際に買いつけることができないかどうか、家長やミーア・レイに相談しようかと思います」

普段《ふだん》通りにたおやかに微笑みながら、サティ・レイ＝ルウはとても幸福そうだった。

「では、お引き止めしてしまって申し訳ありませんでした。どうぞ祝宴をお楽しみください、アスタにアイ＝ファ」

「はい、ありがとうございます」

最後に頭上のティアに手を振ってから、俺とアイ＝ファはその場を後にした。戸板を閉めて、広場のほうに足を向けながら、アイ＝ファは深々と息をつく。

「ティアのやつめは右足が万全《ばんぜん》に使えるようになったら、いったいどれほどの力を見せるのだろうな。少なくとも、木登りであやつに勝てる気はしない」

「ああ。地べたでは森辺の民にかなわないって言葉が、少し理解できた気がするな」

ともあれ、俺たちは祝宴の場に戻ることになった。儀式の火を中心に、人々は大いに祝宴を楽しんでいる。俺たちは早々に仕事を終えてしまったが、まだしばらくは宴料理を楽しむ時間であるはずだった。

「どうしようか。とりあえず、ドンダ＝ルウとリフレイアにも挨拶をしておいたほうがいいのかな」

「うむ。ひと声はかけておくべきであろうな」

　ということで、今度はそちらの敷物へと向かう。ごうごうと燃える儀式の火に照らされながら、そちらでも人々は大いに宴料理を楽しんでいた。

　輪の中心にいるのは、ドンダ＝ルウ、ダリ＝サウティ、ゲオル＝ザザの三名に、ジバ婆さんとジザ＝ルウ、それに、リフレイアとサンジュラである。そこだけ切り抜《ぬ》くとやや硬い雰囲気を感じなくもなかったが、その周囲では若い男女が楽しげな声をあげたりもしていたので、俺はほっと胸を撫でおろした。

「ドンダ＝ルウよ。あらためて、祝宴に招いてくれたことに感謝の言葉を述べさせてもらいたい」

　敷物に片方の膝《ひざ》をつきながら、アイ＝ファは厳粛《げんしゅく》なる声音《こわね》を届ける。それを受け取ったドンダ＝ルウは、いつも以上に重々しく「うむ」と首肯《しゅこう》した。

「町の民を招く祝宴に、ファの人間を呼ばぬわけにもいくまい。かまどの仕事が終わったのなら、心ゆくまで祝宴を楽しむがいい」

「ありがとうございます。シャスカ料理は楽しんでいただけましたか？」

　俺も膝をつきながら問いかけると、ドンダ＝ルウは無言のまま息子《むすこ》のほうを振り返った。その視線を受けて、ジザ＝ルウは不思議そうに首を傾げる。

「族長ドンダ、どうしました？　俺が何か？」

「いや。ぎばかつを使った料理に関しては、貴様が何か言いたいことでもあるのではないかと思ったまでだ」

ジザ＝ルウが押し黙《だま》ると、隣のダリ＝サウティが「ああ」と笑った。

「ジザ＝ルウは、あの料理にずいぶん感銘《かんめい》を受けたようだったな。俺も見事な料理だと思ったぞ、アスタよ」

「ありがとうございます。みなさんのお口に合ったのなら、とても嬉しいです」

そういえば、ジザ＝ルウは『ギバ・カツ』に強い感銘を受けた一人であったのだ。そんなジザ＝ルウが『ギバ・カツ丼』も気に入ってくれたのなら、何よりである。しかしジザ＝ルウは無言のままであり、その代わりにダリ＝サウティが俺に笑いかけてきた。

「なあ、アスタよ。あのシャスカという料理は、アスタがいなくともこしらえることは可能であるのかな？」

「え？　そうですね。ルウ家や近在の氏族のかまど番であれば一緒に作り方を学んでいたので、すぐにこしらえることができるかと思いますが」

「そうか。だったら、あれはぜひ家長会議の日にも準備してもらいたいものだな。そうすれば、他の氏族の家長たちもさぞかし驚くことだろう」

ヴァルカスやポルアースに頼《たの》み込《こ》めば、もうひとたび大量のシャスカを買いつけることはできるはずだ。しかし、それよりもひとつ気になる点があった。

「あの、俺がいなくとも、というのはどういう意味なのでしょうか？　俺もその日は家長会議に出向くつもりなのですが……」

「それはもちろん、アスタには家長会議に出てもらわなくてはならない。だから、晩餐の支度《したく》を手伝うわけにもいかなくなるだろう？」

そういえば、家長会議というのは昼の早い時間から夕刻まで続くのだ。それに頭から出席するならば、確かに調理を手伝う時間などは捻出《ねんしゅつ》できそうになかった。

「家長会議ではファの家の行いについても取り沙汰《ざた》されるのだから、アスタは最初から最後まで同席するべきだ。だいたいファの家には二人しか家人がいないのだから、アスタはアイ＝ファの供として控えるべきだろうしな」

「うむ。私もそのつもりでいた。それに、スンの集落の女衆だけでは家長たちの晩餐を準備することもできまい。ならば、ルウやフォウやディンからかまど番を招けばいい」

アイ＝ファがそのように応じると、ダリ＝サウティは満足そうにうなずいた。

「では、そのように取り計ろう。ゲオル＝ザザよ、北の集落に戻ったならば、グラフ＝ザザに異論はないか確認を願いたい」

「ふん。べつだん親父が文句をつけるような話ではあるまい。どうせ余所の家長どもも、美味なる料理を期待しているだろうしな」

すでに果実酒で顔を赤くしているゲオル＝ザザは陽気に応じてから、敷物に座した人々をにらみ回していった。

「ところで、このように座していても、同じ顔ぶれとしか言葉を交わすことはできん。これが親睦《しんぼく》の祝宴だというのなら、そろそろ腰を上げるべきではないか？」

「そうか？　この場にはさまざまな者たちが挨拶に出向いてくれるので、むしろ面倒《めんどう》がないようにも思えるが」

「だけど俺は、ずっと同じ場所に腰を落ち着けているのは性に合わんのだ」

するとと、ずっと静かに人々のやりとりを見守っていたリフレイアが「そうね」と声をあげた。

「わたしがむやみに動き回ってしまうと、人々の興を削《そ》いでしまうかもしれないけれど……できることなら、この広場を一周させていただけないかしら？」

「好きにするがいい。いちおう、ジザを同行させよう」

ということで、輪の中心にいた内の過半数が腰を上げることになった。その場に居残るのは、ドンダ＝ルウとダリ＝サウティとジバ婆さんのみであるようだ。そうして俺とアイ＝ファも立ち上がると、ジバ婆さんが透《す》き通った眼差《まなざ》しを向けてきた。

「ああ、アスタ……さっきは美味しい料理をありがとうねえ……あたしはどっちの料理も大好きになっちまったよ……」

「ありがとうございます。シャスカだったらポイタンよりも食べやすいと思っていたので、ジバ＝ルウのお口に合ったのならとても嬉しいです」

「うん……ありがとうねえ……」

ジバ婆さんの声は、とてもやわらかい。ただ、いつもと少しだけ抑揚《よくよう》が異なっているように感じられる。俺が内心で首を傾げながら身を起こすと、アイ＝ファがすかさず口を寄せてきた。

「アスタよ、ジバ婆の様子が少し気にかからぬか？」

「ああ、うん。ちょっとぼんやりしてる感じだな。ひさびさの祝宴で疲れちゃったのかな」

「ジバ婆はずいぶん元気を取り戻したので、これぐらいでは疲れぬと思う。……後でもう一度、様子を見に来るか」

なんだかアイ＝ファは、とても気がかりそうな面持ちになっていた。

最後に後ろを振り返ると、ジバ婆さんはゆったりと微笑みながら、ここではないどこかを見つめているように感じられた。

5

常と異なる雰囲気を漂《ただよ》わせていたジバ婆さんの存在に後《うし》ろ髪《がみ》を引かれつつ、俺とアイ＝ファは祝宴の場に戻った。

まだ自分たちの料理しか口にしていないので、俺もアイ＝ファも胃袋《いぶくろ》は満たされていない。それで手近なかまどを目指すと、その付近に準備された敷物からガハハという高笑いが聞こえてくる。たくさんの笑い声に満ちた広場でも、俺がその声を聞き間違《まちが》えることはなかった。

「ダン＝ルティムはこちらだったのですね。先日はどうもお世話になりました」

「うむ？　何も世話をした覚えはないぞ！　しかし、アスタもアイ＝ファも息災そうで何よりだ！」

そこには、ルティム本家の人々が集結していた。ただし、身重のアマ・ミン＝ルティムと老齢《ろうれい》のラー＝ルティムの姿はない。その代わりに、ひさびさの里帰りを果たしたモルン＝ルティムがにこやかに微笑んでいた。彼女《かのじょ》は昨晩の内にルティムの集落に戻り、今日は朝から祝宴の準備を手伝っていたのだ。

そしてそのかたわらには、ドム本家の家長ディック＝ドムも座している。モルン＝ルティムとの間には適切なる距離《きょり》が置かれていたものの、彼女が内なる思いを皆《みな》に打ち明けて以来、この両名の姿がそろっているのを見るのは初めてのことだった。

「おひさしぶりです、ディック＝ドム。祝宴をご一緒《いっしょ》するのは、これが初めてのこととなりますね」

俺がそのように声をかけても、ディック＝ドムは静かに「ああ」とうなずくばかりであった。相変わらず、俺やアイ＝ファと同世代とは思えないほどの貫禄《かんろく》と迫力《はくりょく》である。彼《かれ》はドムの習わしとしてギバの頭骨をかぶっている上に、ドンダ＝ルウをも上回る巨躯《きょく》の持ち主であるのだ。

「レム＝ドムはいないのですね。祝宴が始まってから、ずっと姿を見ていないのですが」

「……さきほどスフィラ＝ザザが現れて、レムを連れていった。あいつらは、他に縁《えん》を結んだ人間も多いのだろう」

あの両名はかまど番の手ほどきを受けるために、かつてルウの集落に逗留《とうりゅう》していたのだ。特にスフィラ＝ザザはレム＝ドムの家出騒《さわ》ぎが終息するまで逗留を延長していたので、ずいぶんな期間に及《およ》んでいたはずであった。

「モルン＝ルティムも、ひさしぶりだね。元気そうで何よりだよ」

「はい。毎日をすこやかに過ごしています」

モルン＝ルティムは、はにかむように微笑《ほほえ》んでいる。想《おも》い人であるディック＝ドムと並んで座《すわ》っているのが、ちょっぴり気恥《きは》ずかしいのだろうか。もちろんそれを冷やかすような人の悪さは持ち合わせていなかったので、俺は「そっか」と笑顔を返しておいた。

それにしても、ディック＝ドムがダン＝ルティムやガズラン＝ルティムとともに料理を囲んでいる光景というのは、なかなかの目新しさであろう。なおかつその場には、本家の家人であるツヴァイ＝ルティムとオウラ＝ルティムも同席している。かつては親筋と眷族《けんぞく》の間柄《あいだがら》であった彼女たちとディック＝ドムがいったいどのような心情でいるのか、外から推《お》し量《はか》ることは難しかった。

「アスタよ、さきほどの料理は愉快《ゆかい》だったぞ！　ただ、あまりに量が物足りなかったがな！」

と、ダン＝ルティムがまた大声で呼びかけてくる。

「ガズランも、アマ・ミンに食べさせてやりたかったとしきりに騒いでおったわ！　アマ・ミンが無事に子を生んだあかつきには、作り方を教えてやってくれ！」

「はい。私からも是非《ぜひ》お願いします、アスタ」

リィ＝スドラからふた月ほど遅《おく》れて妊娠《にんしん》が発覚したアマ・ミン＝ルティムも、そろそろ出産の時が近づいているはずであった。俺は精一杯《せいいっぱい》の思いを込めて、「はい」とうなずいてみせる。

「アスタたちは、またかまどを巡《めぐ》っておるのか？　その後は、もちろん俺たちのもとに留まってくれるのであろうな？」

「あ、はい。ちょうどこれからかまどを巡るところであったのです」

「ならば、まずはそのかまどで配られている料理を口にするがいい！　これもなかなか素晴《すば》らしい味わいであったぞ！」

「わかりました。では、さっそく」

　そうして足を向けてみると、そのかまどで指揮を執っていたのはレイナ＝ルウであった。俺とアイ＝ファがかまどの前に立つと、朗《ほが》らかな笑《え》みを向けられる。

「ああ、アスタにアイ＝ファ。シャスカの料理はふた品ともいただきましたが、あれはもう目の覚めるような美味しさでした」

「うん、ありがとう。この料理もすごく美味しそうだね」

「はい。またこの数日で色々と手を加えましたので、アスタの感想をお聞きしたいと願っていました」

　レイナ＝ルウが配膳《はいぜん》していたのは、鮮《あざ》やかなオレンジ色をした汁物《しるもの》料理である。これは『ギバ・バーガー』で使用しているネェノンのソースから発展させた、新たなシチューであった。ネェノンはニンジンによく似た野菜であるが、ニンジンほどクセがなくて、甘《あま》みが強い。そこにアリアやミャームーといった香味《こうみ》野菜や果実酒などを組み合わせて、レイナ＝ルウはシーラ＝ルウとともに新たなソースを開発したわけであるが、それをさらに別なる料理として昇華《しょうか》したのである。

この料理は、ルウ家の勉強会でも何度か味見を頼まれていた。そのときは、ミャームーの代わりにシムの香草《こうそう》を使い、さらにミケル直伝のキミュスの骨ガラを使って、かなり上質のシチューに仕上げられていた。そこに今度はどのような手を加えたのか、俺は大いに期待しながら木皿を受け取った。

具材は、ギバのバラ肉と肩肉《かたにく》、それにアリアとチャッチ、ナナールとマ・プラ、さらにはオンダまで使われている。タマネギ、ジャガイモ、ホウレンソウ、パプリカ、モヤシ、と考えれば、まあそれほどおかしな組み合わせではない。マ・プラとオンダを除けば、クリームシチューでもお馴染《なじ》みの野菜たちだ。

それらの具材を木匙ですくいあげ、火傷《やけど》をしないように慎重に食してみると――確かに、以前とは異なる風味が感じられた。以前よりも、甘さとコクが増しているように感じられる。それに、辛《から》みのある香草はかなり分量を減らしたようで、口あたりがずいぶんマイルドになっていた。

「うん、美味しいね。もしかしたら、カロンの乳を加えたのかな?」

「はい。それに、果実酒も赤と白の両方を使ってみました」

それはなかなか、大胆《だいたん》な試みである。ワインに似た果実酒の赤と白を両方使うというのは、あまり俺の知識にない使い方であった。だが、そういう既成概念《きせいがいねん》にとらわれないことで、新しい味を生み出せるのだろう。これは俺一人の知識を鵜呑《うの》みにしていたら、決して作りあげることのできない料理であるはずだった。

「それに、香草は少し減らしたのかな？　以前はもっと辛みを強調した味付けだったよね」

「はい。この料理は辛みよりも甘みを前に出すべきだと思いましたので……それでカロンの乳まで使ってしまうと、くりーむしちゅーに似てしまうかな、とも思ったのですが……」

「いや、クリームシチューに似ているとは思わないよ。かなり独自性のある料理なんじゃないのかな」

レイナ＝ルウが「本当ですか？」と嬉しそうに微笑んだとき、ふたつの人影《ひとかげ》が近づいてきた。ロイとシリィ＝ロウである。

「ああ、ようやく見つけたぜ。シャスカ料理のふた品目も、見事な出来栄《ば》えだったな。俺たちが今日のことを報告したら、ヴァルカスはさぞかしやきもきするだろうぜ」

「ありがとうございます。ロイにそんな風に言ってもらえたら、心強いですね」

「だってあれは、あの形のシャスカでしか作れない味だろう。さっきは言葉が出てこなかったけど、もう観念するしかねえよ。きっと城下町では、お前の作り方を真似《まね》する料理人も山ほど増えるだろうさ」

ロイのかたわらで、シリィ＝ロウはきゅっと唇《くちびる》を引き結んでいる。とりあえずは、ヴァルカスを失望させずに済みそうだった。

「ボズルも、おんなじように言ってたぜ。これで確実に、シャスカはシムから定期的に買いつけることになるだろう。細長く仕上げるシャスカだって十分評判になるだろうから、ひょっとしたら城下町ではちょっとしたシャスカの流行が巻き起こるかもな」

「あはは。あまりシャスカが流行してしまうと、フワノの売れ行きが心配になってしまいますね」

「シャスカの代わりにフワノをシムに送りつけるんだろうから、問題はねえだろ。あっちじゃあ逆に、フワノ料理が珍《めずら》しいんだろうからな」

そこで会話が途《と》切《ぎ》れると、レイナ＝ルウが「あの」と声をあげた。

「お二人は、すでにこちらの料理を口にしましたか？　よければ、お召《め》し上がりください」

「ん？　この汁物料理は、食べた覚えがねえな。それじゃあ、いただくよ」

レイナ＝ルウはひとつうなずくと、二人分のシチューを木皿によそった。それを何気なく受け取ったシリィ＝ロウは、ふいに目を光らせてその木皿に鼻を近づける。

「こちらの煮汁は、ネェノンを主体にしているのですか。それに、シムの香草をいくつかと、カロンの乳……あとは、ママリア酒も使っているようですね」

レイナ＝ルウは、いくぶん挑《いど》むような眼差しで「はい」と応じた。ロイとシリィ＝ロウは目と鼻でぞんぶんに吟味してから、ようやく木匙《きさじ》を口に運ぶ。とたんに、ロイはぎょっとしたように目を剥《む》いた。

「こいつは、いい出来だ。あっちの汁物料理も大したもんだったけど……こいつは、お前が作ったのか？」

「はい。味を決めたのは、わたしとシーラ＝ルウです」

するとシリィ＝ロウも目の光を強めながら、レイナ＝ルウを見返した。

「キミュスの骨を出汁《だし》に使っているのですね。これは、ミケルの手ほどきなのでしょうか？」

「ええ。わたしたちはもうずいぶん長きにわたって、ミケルから出汁の取り方の手ほどきを受けていますので」

いよいよ思《おも》い詰《つ》めた眼差しになっていくシリィ＝ロウのかたわらで、ロイはふっと息をついた。

「森辺の民は、アスタとミケルの両方から手ほどきを受けることができるんだもんな。そりゃあ数ヶ月で見違《みちが》えるぐらい腕を上げても、おかしくはねえや」

「……ええ。すべては、アスタとミケルのおかげなのでしょう」

「いや。手ほどきを受けるほうがボンクラだったら、どんな師匠《ししょう》についたって成果は出せねえよ」

そう言って、ロイはネェノンのシチューをたいらげていった。

「まったく今日は、驚かされるばっかりだ。俺たちをたびたび祝宴に招いてくれて、心からありがたく思ってるよ」

「はい？　それは、どういう意味でしょう？」

「今日も大いに刺激《しげき》を受けたってことさ。たぶん、お前たちが城下町に招かれたときと同じような心境なんじゃねえかな」

そこでロイは、いかにも愉快げに口もとをほころばせた。頑固《がんこ》で皮肉屋な彼としては、いささか珍しい表情である。レイナ＝ルウは、かなりびっくりした様子で目を丸くしていた。

「そ、そうですか。なんだかちょっと、意外に思います」

「そうか？　ま、ヴァルカスの下についちまうと、城下町では他の料理人に刺激を受ける機会もなくなっちまうからな。どこを探したって、ヴァルカスほどの凄腕《すごうで》なんていやしねえからよ」

「でも、城下町にはヴァルカスと並び立つ料理人が一人だけ存在すると聞きました。たしか、名前はダイアとか……」

「そいつは、ジェノス城の料理長だ。貴族でもなけりゃあジェノス城に招かれることもないから、ダイアの料理を口にする機会なんてありゃしねえんだよ」

そうしてロイは、空になった木皿を卓《たく》の上に置いた。

「またこういう機会があったら、できるだけ声をかけてくれよ。……それにいつかは、俺の料理も食べてもらいたいもんだな」

「……はい。わたしもそのときを楽しみにしています」

レイナ＝ルウがちょっとおずおずとした感じで微笑むと、ずっと押し黙っていたシリィ＝ロウがロイの腕を引っ張った。

「では、次のかまどに参りましょう。そのために、わざわざ腰《こし》を上げたのですからね」

「ん？　ああ、そうだな。……いや、さっきまでまたミケルのところにいたんだけどよ。お前たちは森辺の民と親交を深めるために来たのだろうがって、追い出されちまったんだよ。ボズルだけは、上手《うま》いこと言って居残ってたけどな」

それは確かに、ミケルの言っていることが正しいだろう。その甲斐《かい》あって、ロイとレイナ＝

ルウの親交はいくぶん深まったように感ぜられる。ロイとシリィ＝ロウが立ち去ると、レイナ＝ルウはいくぶん疲《つか》れ気味《み》に息をついた。

「あのロイという御方《おかた》にああいう素直《すなお》な口をきかれると、なんだか調子が狂《くる》ってしまいますね。……ああ、アスタたちも、祝宴をお楽しみください」

「うん。それじゃあ、また後で」

　思わぬ長居になってしまったが、俺とアイ＝ファのかまど巡りはまだ始まったばかりであったのだ。ルティム家の面々にも挨拶をしておこうと敷物《しきもの》にほうに戻ってみると、そこにはいつの間にかザッシュマの姿が増えていた。

「ああ、アスタ。このルティムの親子と酒を酌《く》み交《か》わそうって目論見《もくろみ》が、ようやく果たせたよ」

　ダン＝ルティムもガズラン＝ルティムも、それぞれ楽しげに笑っている。そういえば、ザッシュマはダン＝ルティムやガズラン＝ルティムとそれぞれ別の時期に親交を結んでいたのだ。

　みんなの笑顔《えがお》に幸福な気分を誘発《ゆうはつ》されながら、俺は「またのちほど」と挨拶してみせる。今日の仕事はすでに完了《かんりょう》しているので、腹を満たした後はぞんぶんに彼らとも言葉を交わせるはずであった。

「縁の深まった相手が増えれば増えるほど、一人ずつと会話をする時間が減っちゃうのが悩《なや》ましいところだな。ラウ＝レイやギラン＝リリンなんかも来てるはずだけど、まだひと言も喋《しゃべ》ってないよ」

「……すべては森の思《おぼ》し召しだ」

アイ＝ファは、なんとなく普段以上に寡黙《かもく》であるように感じられる。もしかしたらジバ婆さんのことが気にかかっているのだろうかと思って尋《たず》ねてみると、「気にするな」という言葉が返ってきた。

「その前に、まずは腹ごしらえだ。ジバ婆も何か気落ちしているわけではないのだろうから、後でゆっくり語らえばいい」

「うん、そうだよな。ただ、アイ＝ファがちゃんと祝宴を楽しめているかどうか、心配になっちゃってさ」

「案ずることはない。十分に楽しんでいる」

そう言って、アイ＝ファはやわらかく微笑んだ。

「私たちは、もはやルウ家の収穫祭《しゅうかくさい》には立ち入らぬと約定を交わした身であるからな。それでもこうして機会があるごとにルウ家の祝宴に招いてもらえるのは、私にとっても大きな喜びだ」

「そっか。それなら、よかったよ」

俺はほっと息をつきながら、アイ＝ファに笑顔を返してみせた。

そんな俺たちの向かう先には、ずいぶん大きな人垣《ひとがき》ができている。いったい何だろうと思って覗き込んでみると、そちらにはかまどではなく大きな卓だけが設置されて、できたての石窯《いしがま》料理が並べられていた。

「そっか。こいつもあったんだった。せっかくだから、俺たちもいただいていこう」

石窯用の大きな耐熱皿《たいねつざら》から、熱々のグラタンが取り分けられている。その人垣の外周に加わると、一人だけ色の違《ちが》う背中をさらしていた娘さんが振《ふ》り返った。

「ああ、アスタ。アスタもこちらの料理を？」

「はい。テリア＝マスは、ユーミと別行動ですか？」

「はい。ユーミは向こうで、ベンたちと語らっています」

　前回の祝宴ぐらいから、テリア＝マスはユーミ抜きでも動けるようになったのだ。しかしさすがに一人きりではないだろうと思って視線を巡らせると、斜《なな》め前方にいた男女が見知った相手であった。

「ああ、アスタも仕事を終えたのですね。シャスカの料理はまたとなく美味でした。ねえ、ダルム？」

　シーラ＝ルウの呼びかけに、ダルム＝ルウは「まあな」と言葉少なく応じる。《キミュスの尻尾《しっぽ》亭《てい》》に昔から顔を出していた関係から、シーラ＝ルウとテリア＝マスは親しくしていたのだ。どちらもつつましい気性であるので、きっと相性《あいしょう》もいいのだろう。そんな二人と行動をともにしているダルム＝ルウの姿が、なかなかに新鮮《しんせん》であった。

　そうしてテリア＝マスたちと会話をしている間に、俺たちの順番が回ってくる。小皿に取り分けられたグラタンは白い湯気をたてており、ギャマの乾酪《かんらく》の香りが芳《かぐわ》しかった。

「石窯料理というのも宿場町では味わえないので、とても楽しみにしていました。これは乾酪もたっぷり使っていて、贅沢《ぜいたく》ですよね」

　ジバ婆さんの生誕の祝いでも、テリア＝マスはこの料理を口にしているのだ。木匙を口に運んでは無邪気《むじゃき》に微笑むテリア＝マスが、とても可愛《かわい》らしかった。

そうしてテリア＝マスたちとグラタンの味を楽しんでいると、人影の向こうに巨大《きょだい》な頭部が浮《う》かびあがる。たいていの人々よりも頭半分からひとつ分は大きな巨体《きょたい》を誇《ほこ》る、ミダ＝ルウである。

「なんだ、美味《うま》そうなものを食ってるな。もう広場は一周したはずなのに、そんな料理は見かけなかったぞ？」

これはもちろんミダ＝ルウではなく、それと一緒に姿を現した若者の言葉であった。その声の主を見て、テリア＝マスは「あら」と目を丸くする。

「レビ。それに、カーゴも……ユーミたちと一緒だったのではないのですか？」

「ああ、あいつらは別の連中と語らってるよ。しばらく動かなそうな雰囲気だったから、俺たちは抜け出してきたんだ」

レビとカーゴは、どちらも果実酒で頬《ほお》を染めていた。それで森辺の祝宴の熱気に対する気後《きおく》れもなくなったのか、とても陽気に笑っている。そうして俺も挨拶しようとすると、「おお、アスタではないか！」という声が聞こえてきた。ミダ＝ルウの巨体の陰《かげ》から現れたのは、ラウ＝レイとヤミル＝レイである。

「ああ、ようやく会えたね。ラウ＝レイたちは、ミダ＝ルウと一緒だったのか」

「うむ！　ミダ＝ルウが町で起こした騒ぎというものを、町の客人たちから聞いていたのだ！」

ラウ＝レイは楽しげに笑っていたが、ミダ＝ルウは所在なさげに頬を震《ふる》わせていた。それはミダ＝ルウにとって、あまり触《ふ》れられたくないエピソードであろう。唯一《ゆいいつ》の救いは、かつてミダ＝ルウに脅《おびや》かされていたレビやカーゴも楽しげに笑っていることであった。

「本当に人が悪いわね」ミダ＝ルウをいじめて、そんなに楽しいのかしら？」

宴衣装《いしょう》のヤミル＝レイが冷ややかな目つきでねめつけると、ラウ＝レイは「うむ？」と首を傾げた。

「何もミダ＝ルウをいじめているつもりなどはないぞ。ミダ＝ルウはすでにその罪を贖っているのだから、べつだん気に病《や》む必要もなかろうが？」

「だったら、何のためにそのような話を聞きほじっているのよ？」

「聞いているだけで、楽しいではないか！　俺もミダ＝ルウが屋台を持ち上げる姿を見てみたかったものだ！」

ラウ＝レイも、ずいぶんに酔《よ》っ払《ぱら》っているのだろう。見た目は中性的な美男子であるのに、豪放《ごうほう》さではダン＝ルティムにも負けない若き家長であるのだ。そんなラウ＝レイを横目に、レビとカーゴも笑っていた。

「俺たちも、色々と楽しい話を聞かされたよ。まさか、そっちの姐《あね》さんとこのミダ＝ルウが、もともとは姉弟《してい》だったなんてなあ」

「ああ。それに、ミダ＝ルウのほうが弟だってのも驚《おどろ》きだ！」

ヤミル＝レイは毎日ファの家の屋台を手伝ってくれているので、レビやカーゴにとってはもちろん見知った相手であった。かつて宿場町を脅かしていたミダ＝ルウがその弟であったというのは、確かに驚くべき事実であるのかもしれない。

「で、そっちのラウ＝レイは姐さんと婚儀《こんぎ》を挙げる予定だってんだろ？　案外、森辺の世間ってのもせまいもんなんだな！」

「……だからそれは、この粗忽《そこつ》な家長が勝手に言っているだけだと説明したでしょう？」

「いいじゃねえか。美男美女で、お似合いだよ！」

ラウ＝レイはラウ＝レイで、護衛役や復活祭などで宿場町に下りる機会が多かったので、やはりレビたちにとっては見知った相手であった。こうして点と点がつながっていくのも、親交を深めていく上で大きな醍醐味《だいごみ》であろう。すると、静かにそのさまを見守っていたシーラ＝ルウが、会話の隙間《すきま》にそっと言葉を差し込んだ。

「実はそのミダ＝ルウは、わたしの弟の家の家人であるのです。屋台の商売をしている人間の半分はルウの血族であるので、そういった繋《つな》がりも目につきやすいのでしょうね」

「へえ、そうなのか！　あんたの弟って、さっきテリア＝マスたちと一緒に歩いてた男前だよな？　あいつも何度か見かけたことがあるよ」

「ええ。シンもラウ＝レイと同じように、護衛役を担《にな》うことが多かったはずですので」

「じゃあ、そっちのあんたは？　やっぱり、繋がりがあんのかな？」

カーゴが呼びかけているのは、ダルム＝ルウであった。口の重たい本人に代わって、シーラ＝ルウが頬を染めつつにこりと微笑む。

「ダルムは、レイナ＝ルウたちの兄にあたります。そして今では、わたしの伴侶《はんりょ》ですね」

「へえ！　あんたがあの四姉妹《しまい》の兄弟と婚儀を挙げたって話は聞いてたけど、そのお人がそうだったのか！」

「お似合いじゃねえか。遅《おそ》くなっちまったけど、祝福させてくれよ」

レビとカーゴは笑いながら、果実酒の土瓶《どびん》を持ち上げる。ダルム＝ルウはいくぶん困惑《こんわく》気味に眉《まゆ》をひそめつつ、「ああ」と気持ちばかり土瓶を持ち上げた。

「あ、そういえば、この料理についてでしたね。これは石窯で作る料理で、今さっき仕上がったところなのです。あちらの卓で配っていますよ」

「そっか。それじゃあ、いただこうぜ！」

賑《にぎ》やかなる一団は、わいわいと騒ぎながら卓のほうに寄っていく。それを見送ってから、シーラ＝ルウは伴侶に微笑みかけた。

「せっかくですし、彼らともう少し言葉を交わしておきましょうか。ラウ＝レイやミダ＝ルウもいれば、ダルムも多少は喋りやすいでしょう？」

「……ミダ＝ルウはともかく、酒の入ったラウ＝レイはやかましいぞ」

「祝宴なのですから、騒がしくするのも悪いことではないでしょう？　きっと町の方々も、ダルムと言葉を交わすことを望んでいると思います」

気づかい屋であるシーラ＝ルウは、自分が森辺の民と町の民の橋渡《はしわた》しをするべきだと考えているのだろう。以前の祝宴でも、シーラ＝ルウはシリィ＝ロウに何かと心を砕《くだ》いている印象であったのだ。

「それじゃあ、俺《おれ》たちはまたのちほど。まずは広場を一周してきますので」

次なるかまどに向かいながら、俺はアイ＝ファに笑いかけてみせた。

「確かにルウの血族っていうのは人数が多いから、色んなところに繋がりが隠《かく》されてるよな。二人きりのファの家では、そういうわけにもいかないけどさ」

「……それが何か、不満であるのか？」

「いや、全然？」

俺が心からそう答えてみせると、アイ＝ファも「そうか」と微笑んだ。

そこでばったりと、新たな一団に出くわしてしまう。その人々は、かまどとかまどの間で立ち話に興じていたようだった。

「やあ、ルド＝ルウ。カミュアたちと一緒だったんだね」

「あー、アスタとアイ＝ファか。けっこう腹もふくれたから、ちっと休憩《きゅうけい》してたんだよ」

ルド＝ルウとリミ＝ルウとターラ、それにカミュア＝ヨシュとレイトの五名連れである。カミュア＝ヨシュは果実酒の土瓶をぶら下げていたが、その面に酔いの兆候はまったく見られなかった。

「やあ、アイ＝ファ。なかなか言葉をかける機会がなかったけれど、実に美しい姿だねえ。森辺の女衆はみんな美しいけれど、やはりアイ＝ファの美しさは群を抜いているようだ」

「……女衆の外見を褒《ほ》めそやすのは、森辺の習わしにそぐわぬ行いだ」

「ああ、そういえばそうだったね。では、心の中に留めておくことにしよう」

カミュア＝ヨシュもレイトも、にこにこと微笑んでいる。が、二人はいつもこんな感じの笑顔なので、あまり普段との差異は感じられなかった。

「カミュアもきちんと、宴を楽しんでおられますか？」

「もちろんさ！　どこを眺《なが》めても誰《だれ》と話しても、楽しくてたまらないね。たったひと晩でこの楽しさを味わい尽《つ》くすことはできないに違いないよ」

「そうですか。それなら、よかったです」

だけど何だかカミュア＝ヨシュは、こんな際でも一歩下がった位置から祝宴《しゅくえん》を観察しているように見えてしまう。それはきっと、他の人々のように浮かれた姿を見せないためなのだろうと思われた。

「ねえねえ、踊《おど》りの時間はまだなのかなあ？　今日も、みんなで踊るんでしょ？」

と、リミ＝ルウと手をつないだターラが、そのように声をあげてくる。こちらはもう、幸福な気持ちがあふれかえった表情である。隣《となり》のリミ＝ルウも同様であるので、微笑ましさも二乗だ。

「うん。ひと通りの料理を楽しんだ頃合《ころあ》いでお菓子《かし》を出して、その後に踊りの時間にするって話だったよ。今から、楽しみだね」

「あ、そーなの？　お菓子だったら、もう出てるよ！　今、ちっちゃな子たちにそれを届けてきたところだもん！

菓子の担当は、こちらの側がトゥール＝ディンとリッドの女衆、ルウ家の側がリミ＝ルウを指揮官とする班なのである。俺とアイ＝ファがのんびりしている間に、祝宴も中盤《ちゅうばん》に差し掛《か》かったようだった。

「それじゃあ、俺たちも菓子をいただいてこようかな。みなさん、またのちほど」

トゥール＝ディンに声をかけておきたかったので、俺とアイ＝ファはいくつかのかまどを素《す》通《どお》りして、菓子の卓を探索《たんさく》する。その途中《とちゅう》で、見覚えのある男女の背中を発見した。

「やあ、シン＝ルウにララ＝ルウ。もしかしたら、菓子を取りに行くのかな？」

振り返ったララ＝ルウが、笑顔で「うん」とうなずく。ポニーテールをほどいて真っ赤な髪《かみ》を垂らしたララ＝ルウは普段よりも大人びており、宴衣装もとてもよく似合っていた。

「さっきリミたちが、お菓子を出したって聞いたからさ。たぶん、あそこの人だかりだと思うよ」

「ああ、そうみたいだね。お邪魔《じゃま》じゃなければ、一緒に行こうか」

「な、なんで邪魔になったりするのさ！」

ララ＝ルウは過敏《かびん》に反応して、顔を赤くする。いっぽうシン＝ルウはいつも通りの沈着《ちんちゃく》な面《おも》持《も》ちであったが、もう少し明るければそちらの顔色の変化も人目にさらされていたのかもしれなかった。

「そういえば、ユーミたちは一緒じゃなかったんだね。てっきりララ＝ルウたちと一緒なのかと思ったよ」

「ユーミともう一人は、あっちで誰かと喋ってたよ。えーと、ランとスドラの男衆だったかな？」

さすがにこれだけの客人が招かれていては、いっぺんに名前を覚えることは難しいのだろう。それにしても、ユーミとベンのペアに対してジョウ＝ランにチム＝スドラという組み合わせは、なかなかに面白《おもしろ》かった。

(ジョウ＝ランには、町の人間と交流を結んでみたらいいってアドバイスしたもんな。ユーミやベンだったら、おたがい気軽に話せそうだ)

そうして人の集まっている場所に到着《とうちゃく》すると、やはりそこが菓子の卓だった。トゥール＝ディンとリッドの女衆、それにタリ＝ルウと年配の女衆がそれぞれ菓子を配っている。だが、それよりも先に目についたのは、トゥール＝ディンの背後に立ち並んでいる人々であった。ザザの姉弟に、本日はレム＝ドムまでもが加わっていたのだ。

「あら、アイ＝ファ。素敵《すてき》な宴衣装じゃない」

腕《うで》を組んで立ちはだかっていたレム＝ドムが、艶《つや》めいた笑みをアイ＝ファに投げかける。アイ＝ファはうろんげに目を細めつつ、「何をやっているのだ？」と問うた。

「わたしはスフィラ＝ザザやトゥール＝ディンと一緒に広場を回っていたのだけれど、トゥール＝ディンの仕事が始まってしまったので、終わるのを待っているのよ。そうしたら、ゲオル＝ザザまで現れちゃったのよね」

「……今日の目的は、町の民と親交を深めることではなかったのか？」

「あら、それじゃあアイ＝ファは、町の人間と親交を深めたの？」

思わぬカウンターをくらってしまい、アイ＝ファは口をつぐむことになった。

「まあ、いいんじゃないのかな。レム＝ドムにとっては、血族のトゥール＝ディンと絆《きずな》を深める貴重な機会なわけだしさ」

俺が取りなすと、レム＝ドムは発育のいい胸をそらしながら「そうよ」と言い放った。かたやザザ姉弟のほうは三日前にもトゥール＝ディンに密着していたはずであるが、本日も同じ目的でそのように控《ひか》えているのだろうか。

（まあ、仕事を終えたトゥール＝ディンが案内を再開すれば、問題はないか。ゲオル＝ザザたちにとっても、トゥール＝ディンと親交を深める貴重な機会なんだしな）

ということで、俺たちも菓子を頂戴《ちょうだい》する。トゥール＝ディンらが配っているのはガトーショコラとロールケーキ、タリ＝ルウらが配っているのはチャッチ餅《もち》と蒸《む》しプリンであった。

「お疲れ様、トゥール＝ディン。何か手伝うことはないかな？」

「はい。菓子を切り分けるだけですので、二人もいれば十分です」

確かに、その作業もすでに終盤《しゅうばん》に差し掛かっているようだった。切り分けてしまえば、あとは好きに持っていってもらうだけであるのだ。

タリ＝ルウたちのほうは、大皿で作った蒸しプリンとチャッチ餅を木皿に取り分けたのちに、カラメルや黒蜜《くろみつ》やきなこなどをまぶしている。こちらは若干《じゃっかん》の手間ではあったが、それでも順調に作業をこなしているようだった。

「おや、シンにララ＝ルウ。菓子を取りに来たのかい？　トゥール＝ディンたちの出している菓子も、とても美味だったよ」

「うん、あたしは前に味見させてもらったよ！　その黒いやつ、すっごく甘いんだよねー！」

シン＝ルウ家と家族ぐるみで仲良くしているララ＝ルウは、タリ＝ルウに対しても明朗そのものであった。いずれララ＝ルウがシン＝ルウに嫁《とつ》げば、義理の親子となる間柄であるのだ。

「チャッチもちも、美味《おい》しそー！　ちっちゃい子供たちにも届けてあげたんでしょ？」

「ああ、さっきリミ＝ルウたちが持っていってくれたよ。幼子たちは、喜ぶだろうねえ」

それは以前の祝宴で、ユーミの提案から成立した習わしであるという話であった。五歳《さい》未満の幼子は祝宴に参席することができないが、菓子ぐらいは届けるべきではないかとユーミが提案してくれたのだそうだ。

（そういえば、そのユーミたちはどこに行ったんだろう。菓子が出されたことには気づいてるのかな）

俺が何気なく視線を巡らせると、別なる人々が接近してくる。それは、サンジュラとジザ＝ルウにはさまれたリフレイアの姿であった。

はしゃいだ声をあげていた人々が、いくぶん静かになる。

その姿を見回しながら、リフレイアは穏《おだ》やかな声で言った。

「あら、ここでは菓子を配っているのね。よかったら、わたしにもいただけるかしら？」

「ええ、どうぞ。お好きな菓子をお取りください」

よどみなく答えたのは、トゥール＝ディンである。城下町の茶会に招かれたトゥール＝ディンは、以前からリフレイアを見知っている数少ない一人であるのだ。リフレイアは「ありがとう」と述べながら、卓に近づいてきた。

「ああ、この黒いのは、以前の晩餐会《ばんさんかい》でも出された菓子ね。これは本当に、驚くほど美味であったわ」

「ありがとうございます。このがとーしょこらは甘みが強いので、他の菓子から召し上がったほうがいいかもしれません」

「それは確かにその通りでしょうね。それじゃあ、まずはこちらの菓子からいただきましょう」

そのように言いながら、リフレイアはきょろきょろと周囲を見回した。

「皿や匙が見当たらないけれど、これは手づかみで食べるべきなのかしら？」

「あ、も、申し訳ありません。必要であれば、ルウ家の方々にお借りしますが……」

「いいえ、それには及ばないわ。森辺の流儀《りゅうぎ》に従いましょう」

リフレイアはすましたお顔のまま、細い指先でロールケーキをつまみ取った。

「わたしだって、家ではフワノの菓子をそのままつまんでいるもの。貴族だからといって、誰もが上品に振る舞《ま》うことを楽しんでいるわけではないのよ」

そうしてリフレイアは、ロールケーキをぱくりとかじった。

「うん、美味しいわ。またオディフィア姫《ひめ》があなたをお茶会に呼ぶ際は、わたしも招いていただけるようにお願いするつもりよ」

「そ、そうですか。そちらでもわたしの菓子を食べていただけたら、嬉《うれ》しいです」

にこりと微笑むトゥール＝ディンのことを、リッドの女衆を筆頭とするさまざまな人々が感心しきった面持ちで見守っていた。みんな貴族などどのように扱《あつか》えばいいかもわからないので、ごく自然に接することのできるトゥール＝ディンに驚いているのだろう。

「ふふん。そちらもなかなか堂々とした振る舞いではないか。さすがは自分から森辺の集落を訪《おとず》れたいなどと言いだしただけはあるな」

と、トゥール＝ディンとはまったく異なる理由から物怖《ものお》じしていないゲオル＝ザザが、笑いを含《ふく》んだ声でそのように言いだした。そちらを振り返ったリフレイアは、「あら……」と軽く目を見開く。

「ゲオル＝ザザ。あなたはそのようなところで、何をやっているのかしら？」

「俺は眷族たるかまど番の仕事っぷりを見物していただけだ。ディンとリッドは、ザザの眷族であるのだからな」

「ああ、なるほど……トゥール＝ディンはこのように見事な菓子を作ることができるし、あなたはジェノスの闘技会《とうぎかい》で素晴らしい成績を残していたというし、ザザの血族というのもルウの血族に負けない力を持っているのね」

リフレイアの言葉に、ゲオル＝ザザは「ふん」と鼻を鳴らした。

「俺などは途中で敗退することになったのだから、何も褒められたものではない。褒めるべきは、最後まで勝ち抜《ぬ》いたそこのシン＝ルウだろうな」

リフレイアは何気なく視線を動かしてから、ぴくりと肩《かた》を震わせた。俺の隣でチャッチ餅を食していたシン＝ルウは、ひどく静かな眼差しでリフレイアとサンジュラを見つめている。そして、そんなシン＝ルウのかたわらでは、ララ＝ルウがちょっと穏やかならざる感じに青い瞳《ひとみ》を光らせていた。

「あなたのことは、覚えているわ。昨年のお茶会で言葉を交わしたはずよね、シン＝ルウ」

「ああ。俺もはっきりと覚えている」

リフレイアは形のいい眉をいくぶん苦しげにひそめながら、シン＝ルウのほうに足を踏《ふ》み出した。

「あなたとは、もう一度言葉を交わしたいと願っていたの。ねえ、シン＝ルウ。もしもあなたが、まだサンジュラに怒《いか》りを抱いているのなら――」

「怒りの気持ちは、抱いていない。以前に言葉を交わしたときにも、罪を贖《あがな》った人間を罪人扱いする習わしは森辺に存在しないと伝えたと思うが」

「だけどあなたは、サンジュラの裏切りを一生忘れないとも言っていたわ。でも、サンジュラがあのような罪を犯《おか》してしまったのは、すべてわたしのせいだったの」

「リフレイア」と、サンジュラが低く声をあげる。その面にも、ちょっと苦しげな表情が浮かべられていた。

「私の罪、私のものです。アスタと森辺の民、裏切った、私の罪です。その肩代《かたが》わり、誰もできません」

「そんなことはないわ。わたしがアスタを屋敷《やしき》に連れ帰れなどという命令さえ下していなかったら――」

リフレイアがうわずった声で反論しようとすると、シン＝ルウが「待て」と声をあげた。

「お前たちは、いったい何を言い争っているのだ？　和解はすでに果たされたのだから、何も気に病む必要はないはずだ」

「だけどあなたは目の前でアスタをさらわれたために、誰よりも深い怒りを覚えることになったのでしょう？　いくら和解をしようとも、その怒りは簡単に消えたりしないはずだわ」

「誰よりも深い怒りを覚えたのは俺ではなく、アスタの家族であったアイ＝ファだ。俺はただ、アスタを守りきれなかった自分に深い怒りを覚えただけだからな」

そのアイ＝ファは普段《ふだん》通りの落ち着いた眼差《まなざ》しで、このやりとりを見守っている。それに負けない沈着な声で、シン＝ルウはさらに言った。

「俺はそこのサンジュラに屈《くっ》してしまったために、弱き自分を許せなくなった。そのために、死《し》に物狂《ものぐる》いでこの身を鍛《きた》えぬいたのだ。……だから俺は、サンジュラの存在も俺に与《あた》えられた試練であったのだろうと考えている」

「でも……」

「リフレイアよ、お前も父親を失うという試練を乗り越《こ》えて、今の自分を手に入れたのではないのか？　もしもそうなら、俺の言葉も理解できるはずだ。かつての不幸や災厄《さいやく》を喜びと感じることはできないかもしれないが、それは自分に必要な試練であったのだと思えば……怒りや悲しみではなく、別の気持ちで受け止めることもできるのではないだろうか」

そう言って、シン＝ルウはわずかに口もとをほころばせた。

「あれからずいぶん長きの時間が経《た》ったので、俺はそんな風に考えることができるようになった。だからお前たちも、過去の過《あやま》ちを悔《く》いる気持ちは忘れぬまま、森辺の民と正しい絆を結んでほしく思う」

「そう……でも、あなたの隣のご婦人は、敵でも見るような目でわたしたちをにらみつけているわ」

シン＝ルウが不思議そうに目を向けると、ララ＝ルウは「ふん！」とそっぽを向いてしまった。シン＝ルウは黒褐色《こっかっしょく》の長い前髪《まえがみ》をかきあげながら、ちょっと目の周りを赤くしてしまう。

「ララ＝ルウは……俺がまた心を乱すのではないかと、心配してくれているだけだろう。これまでに、ずいぶんみっともない姿をさらしてしまったからな」

「わかったわ。ありがとう、シン＝ルウ。わたしもサンジュラも、あなたの言葉を一生この胸に抱きながら、心正しく生きていきたいと思います」

リフレイアが栗色《くりいろ》の髪を揺《ゆ》らして頭を垂れると、サンジュラもまぶたを閉ざしてそれにならう。そのななめ後ろに控えたジザ＝ルウは、とても満足そうな面持ちでシン＝ルウの姿を見つめているようだった。

「やれやれ。宴のさなかに、無粋《ぶすい》なことだ。ルウの血族に客人らよ、気にせず祝宴を楽しむがいいぞ」

と、ゲオル＝ザザの陽気な声によって、その場にたちこめていた重めの空気もようやく取り払《はら》われることになった。周囲の人々は気を取り直した様子で菓子に手をのばし、シン＝ルウはララ＝ルウをうながして人混みの向こうに消えていった。

「リフレイアにサンジュラ、シン＝ルウと心情を打ち明け合うことができて、よかったですね」

俺がこっそり囁きかけると、リフレイアはまだいくぶん元気のない目つきで俺を見返してきた。

「彼《かれ》がルウの血族であることはわかっていたのだから、祝宴の前に言葉を交わしておくべきだったわ。皆《みな》に迷惑《めいわく》をかけてしまったわね」

「何も迷惑なことはありませんよ。むしろ、絆を深める一助になったんじゃないでしょうか」

するとリフレイアは、いきなり年齢《ねんれい》相応の幼い表情で唇をとがらせた。

「ねえ、あなたはこのような際にも、その丁寧《ていねい》な口調を崩《くず》さないつもりなの？　他の貴族の目がなかったら、そのような真似をする必要はないと思うのだけれど」

「え？　それはそうかもしれませんけど……でも、リフレイアはいまやトゥラン伯爵家《はくしゃくけ》の当主であるわけですし……」

「でも、森辺の殿方《とのがた》のほとんどは、貴族が相手でも口調を変えたりはしないじゃない。あなたのそういう喋り方は、とてもよそよそしく感じられるのよね」

確かに俺も、わずか十二歳のリフレイアにかしこまった喋り方をすることに違和感《いわかん》を覚えていないことはなかった。

「それじゃあ、普通《ふつう》に喋らせてもらうけど……やっぱり他の貴族の目があるときは、丁寧な言葉を使わせてもらおうと思うよ」

「ええ。それはべつだん、かまわないわ。そういう場では、わたしだって伯爵家の当主らしく振る舞わなければならないしね」

　リフレイアは満足そうに目を細めてから、影のように控えているアイ＝ファのほうに視線を向けた。

「ああ、あなた……あなたはサンジュラに怒《おこ》っているのかしら？　それならやっぱり、あらためて謝罪をさせてもらいたいのだけれど……」

「和解を果たした後に、謝罪など無用だ。お前たちがきちんと正しく生きていくならば、もはや文句はない」

　威厳《いげん》たっぷりにアイ＝ファが応じると、リフレイアは「ありがとう」と目を伏《ふ》せた。サンジュラも胸《むな》もとに手を置きながら、目礼をしている。

「それにしても、リフレイアたちはまだ広場を一周していなかったんだね。とっくにもとの席に戻《もど》っているのかと思ったよ」

「だって、そんなすぐに戻ってしまったら、つまらないじゃない？　いったん腰を落ち着けたら、またしばらくは動けなくなってしまうのでしょうしね」

　面を上げたリフレイアは気丈《きじょう》な態度を取り戻して、そう言った。

「この後も、なるべくゆっくり歩を進めていくつもりよ。そうして一人でも多くの人間と言葉を交わさないと、ここまで出向いてきた甲斐もないものね」

「そっか。立派な心がけだね」

俺は本心からそう言ったが、リフレイアは小さく溜息《ためいき》をついていた。

「だけどやっぱり、わたしなんて皆の邪魔にしかなっていないのでしょうね。さっきもあちらで、ミケルやバルシャやジーダといった人たちに謝罪の言葉を伝えたのだけれど……わたしがいくら頭を下げたところで、ねじ曲がってしまった運命がもとに戻るわけではないのだもの」

「ミケルたちとも言葉を交わしたのか。……でも、誰もリフレイアを責めたりはしなかっただろう？」

「だから、余計に居たたまれないのよ。むしろ石でも投げられたほうが、よほど気は晴れるのでしょうね」

「ミケルや《赤髭党》に災厄を招いたのはリフレイアじゃないんだから、そんな真似できるわけがないじゃないか。ミケルたちがリフレイアを責めないのは、リフレイアに罪がないからさ」

しかしまた、ミケルたちに取り返しのつかない災厄を振りまいたのは、リフレイアの父親であるサイクレウスと叔父《おじ》であるシルエルであったのだ。俺はリフレイアの淡《あわ》い色合いをした瞳を真《ま》っ直《す》ぐに見返しながら、さらに言葉を重ねてみせた。

「リフレイアの覚悟《かくご》は立派だと思うけど、そこまで肩肘《かたひじ》を張る必要はないはずだよ。今日は親《しん》睦《ぼく》の祝宴なんだから、客人として楽しんでくれればそれで十分さ」

「周りに迷惑をかけながら自分だけ楽しんでいたら、これまでと何も変わらないじゃない」

リフレイアは、強情《ごうじょう》にそう言い張った。この強情さは、俺が知るリフレイアそのものだ。それに懐《なつ》かしささえ感じながら、俺は「そんなことないよ」と答えてみせた。

「以前のリフレイアだったら、絶対にこんな真似はしていなかっただろう？　それだけでも、十分な変化なんじゃないのかな」

「でも……」

「少なくとも、俺はリフレイアが森辺の祝宴に参加したいと言ってくれただけで、とても嬉しかったよ。他のみんなだって、多かれ少なかれそう思っているはずさ」

リフレイアはちょっときょとんとした顔で俺を見返してから、「ありがとう」とあどけなく微笑《ほほえ》んだ。リフレイアがここまではっきりとした笑顔を俺に見せるのは、たぶん初めてのことだった。

「わたしはそこまで楽観的に考えることはできないけれど……でも、あなたにそんな風に言ってもらえるだけで、とても嬉しいわ」

「うん。俺たちこそ、悪い縁《えん》を紡《つむ》いでしまった当人同士だけど、どうかこれからは仲良くしておくれよ」

「もちろんよ。……でも、わたしがこんな風に森辺を訪れることはそうそう許されないでしょうから、またあなたのほうからも城下町に出向いてきてね、アスタ」

「うん、もちろん」

リフレイアは同じ笑顔のままひとつうなずくと、外套《がいとう》をひるがえして菓子の卓に向きなおった。

「それじゃあ、あらためて菓子をいただくわね。そちらの菓子も、とても美味しそうだわ」

「ええ。どうぞお食べください、リフレイア。ルウ家の女衆が腕によりをかけてこしらえた菓子ですからねえ」

穏やかに微笑むタリ＝ルウとリフレイアのやりとりを横目に、俺たちもその場を離《はな》れることにする。そうして何歩も進まぬ内に、アイ＝ファが溜息まじりのつぶやきをもらした。

「それにしても、大して料理を口にせぬ内に、どんどん時間が過ぎてしまうな。できれば舞《まい》の刻限になる前に、ジバ婆《ばあ》に声をかけておきたかったのだが」

「それじゃあ、先に声をかけておこうか。まだしばらくは料理がなくなったりもしないだろうからさ」

しかし、来た道をそのまま戻るというのは味気ないので、俺たちはまだ巡《めぐ》っていないかまでの様子を眺めながら広場を一周することにした。

マイムが手伝っているかまどのそばではミケルとボズルが語らっており、ジーダとバルシャの姿も見える。リフレイアとどのような言葉を交わしたのかはわからなかったが、暗い影《かげ》が落ちている様子は一切《いっさい》なかった。

他の場所では、みんな楽しげに過ごしている姿がうかがえる。シュミラルとヴィナ＝ルウはまだ二人で過ごしていたし、ジィ＝マァムとディム＝ルティムが酒杯《しゅはい》を酌み交わしている姿も見えた。前回の収穫祭を機に、両名も親睦が深まったのだろうか。

そうして祝宴の熱気を満喫《まんきつ》しながら歩いていると、喧騒《けんそう》の場から離れて輪を作っている一団の姿を発見した。ユーミとベン、そしてジョウ＝ランとチム＝スドラである。分家の家の前で座《すわ》り込《こ》んでおり、ユーミやベンは酒杯を傾《かたむ》けている様子だ。とりたてておかしな雰囲気《ふんいき》ではなかったが、その組み合わせには興味を引かれた。

「ごめん、アイ＝ファ。ジョウ＝ランやチム＝スドラにはまだ挨拶《あいさつ》してなかったから、ひと声かけてもいいかなあ？」

「かまわんぞ」というお言葉をいただけたので、俺はそちらに早足で近づいていった。こちらを向く角度で座っていたユーミが「あ、アスタとアイ＝ファだ！」と陽気な声をあげると、ジョウ＝ランはぎくりとした様子で背中を震わせる。その挙動に、アイ＝ファは鋭《するど》く目を光らせた。

「やあ。ジョウ＝ランとチム＝スドラは、こんなところにいたんだね。祝宴は楽しめているかな？」

俺がそのように語りかけると、チム＝スドラは普段通りの沈着さで「うむ」とうなずき返してきた。が、ジョウ＝ランはやっぱりおどおどと目を泳がせている。それに比例して、アイ＝ファの眼光はいよいよ鋭さを増していった。

「何やら楽しげな様子だな。いったい何を語らっていたのだ？」

「あのねー、このジョウ＝ランってお人の色恋話《いろこい》を聞いてたんだよ！　いやー、森辺でもそんな風に話がこんがらがることもあるんだねー！」

ユーミもベンも、楽しげに笑っている。宴衣装のアイ＝ファが狩人としての気迫《きはく》を放ち始めると、ジョウ＝ランはあたふたと立ち上がった。

「い、いや、違うんです！　俺の話を聞いてください、アイ＝ファ！」

「……いったい何が違うというのだ？」

「ジョウ＝ランは、人の恥《はじ》になるような話はしていない。ただ、自らの恥をさらしていただけだ」

チム＝スドラが座ったまま発言すると、ユーミも「そうそう」と笑顔で追従した。

「いや、なーんかこのお人が元気のない様子だったから、あたしのほうから声をかけたんだよ。で、なんか悩んでるっていう話だったから、それなら相談に乗るよーって言ってあげたわけ」

「うむ。しかし、色恋の話を迂闊《うかつ》に広げれば、相手の迷惑にもなりかねないからな。だから、相手がたの名前は明かさぬようにと、俺が助言をしたのだ」

そう言ってチム＝スドラが肩をすくめると、ジョウ＝ランも「そうなんです！」と声を張り上げた。

「俺はただ、自分の心情をつらつらと語ってみせただけなので、誰の迷惑にもならないと思います！　母なる森に誓《ちか》って、それは本当です！」

アイ＝ファはまだ疑い深げに、ジョウ＝ランをにらみつけている。その眼光の鋭さには気づいていない様子で、ルンも口を開いた。

「しっかし、惚《ほ》れた相手に想《おも》い人がいるってのは、一番つれえよなあ。しかも相思相愛でつけいる隙《すき》もないときたら、もう最悪だぜ！」

「それはそうだけど、しかたのないこったよ！　相手の幸福を第一に考えるなら、自分が身を引くしかないからね！　きちんと自分でその道を選んだあんたは、立派だよ！」

　ベンやユーミの様子を見るに、その相手が俺とアイ＝ファだということは、確かに伝わっていないようだ。俺はひそかに顔が赤くなるのを感じながら、ひたすらチム＝スドラに感謝するばかりであった。

「でもまあ、町ではそんな話もしょっちゅうだからね！　森辺では、あんまり色恋で悩《なや》んだりすることもないの？」

「ないことはないのだろうが、誰と婚儀を挙げることになるかは母なる森の導きだ。相手に想い人がいると知れればその場で気持ちを断《た》ち切るしかないのだから、その後でジョウ＝ランのように思い悩むのは珍《めずら》しいかもしれない」

　チム＝スドラがそう答えると、ユーミは「へー！」と大声をあげた。

「やっぱ森辺の民ってのは、潔《いさぎよ》いんだね！　普通は誰でも、もっとうじうじ思い悩むもんだと思うよ！　少なくとも、宿場町なんかではね！」

「そうなのでしょうか？　身を引くと決めたからには、思い悩んでも意味はないように思えてしまうのですが」

　ジョウ＝ランがすがるような目を向けると、ユーミは笑いながらその腕をひっぱたいた。

「意味がなくても思い悩んじゃうのが、人情ってもんでしょ！　いいから、もっと気持ちをぶちまけちゃいなよ！　そーゆーのは、人に話した分だけ心も軽くなるもんだからさ！」

「は、はい。ありがとうございます」

ジョウ=ランは、ぺたりとその場に座り込んだ。アイ=ファが深々と溜息をついていると、チム=スドラが「案ずるな」と目で訴《うった》えかけてくる。きっとジョウ=ランが俺たちやユン=スドラの名を明かさないように、見届けようとしてくれているのだろう。

「……ここはチム=スドラにまかせて、ジバ婆《ばあ》さんのところに向かおうか」

俺とアイ=ファは挨拶もそこそこに、その場を離脱《りだつ》することになった。そうして離脱するなり、アイ=ファは憤懣《ふんまん》やるかたない様子で俺に囁《ささや》きかけてくる。

「あのジョウ=ランという男衆は、つくづく森辺の習わしにそぐわない人間であるのだな。このような話を余人に語って、いったい何になるというのだ？」

「うん。だけどまあ、これでジョウ=ランが少しでも楽になるなら、いいんじゃないのかな。やっぱりジョウ=ランは、どこか町の人間っぽい感性を持っているんだよ」

ジョウ=ランが森辺で自分の心情を打ち明けても、お前が悪いと叱責《しっせき》されるばかりであるのだ。しかし、ユーミやベンだったら、きっとジョウ=ランに同情し、その気持ちを癒《いや》してくれることだろう。俺としては、そんな風に期待をかけるばかりであった。

そんなちょっとした騒《さわ》ぎを経て、ようやく本家の家屋が見えてくる。そちらの近くの敷物《しきもの》の上で、ジバ婆さんはちょこんと座したままであった。周囲の顔ぶれは入れ替《か》わっているものの、ドンダ=ルウとダリ=サウティもその場に残ったままであり、今はそこにバードゥ=フォウやディンとリッドの長兄《ちょうけい》たちも加わっていた。

「ジバ婆よ。よかったら、私たちとともに広場を巡らぬか？」

アイ＝ファが声をかけると、ジバ婆さんは不思議そうに振《ふ》り返ってきた。

「あたしと、広場をかい……？　だけどあたしは歩くのものろいし、身体が小さくて人の目につきにくいから、みんなの迷惑になっちまうんじゃないのかねえ……」

「よければ、私が背に担《かつ》ごう。ジバ婆が姿を見せれば、皆も喜ぶと思うぞ」

ジバ婆さんはしばらく口をつぐんでから、「そうだねえ……」とつぶやいた。

「それじゃあ、アイ＝ファの言葉に甘《あま》えさせてもらおうか……ドンダ、ちょいと離れさせてもらうよ……」

ドンダ＝ルウが無言のうなずきで了承《りょうしょう》をくれたので、アイ＝ファはジバ婆さんを背中に担いだ。アイ＝ファの肩に手を置きながら、ジバ婆さんは「ふふ……」と小さく笑い声をこぼす。

「何だか、幼子に戻った気分だねえ……もっと身体の弱っていた頃《ころ》は、ダルムやルドもこうして背負ってくれたもんだけど……あの頃は、それを楽しむ気持ちにもなれなかったからさ……」

「うむ。私も、楽しいぞ」

敷物を離れて歩を進めながら、アイ＝ファも微笑んだ。その姿に気づいた広場の人々は、陽気に歓迎《かんげい》の声をあげている。それを見返すジバ婆さんは、とても嬉しそうだった。

「ありがとうねえ、アイ＝ファ……あたしがちょっとぼんやりしてたもんだから、心配してくれたんだろう……？」

「うむ。まあ、いささか気にはなっていた。本家の寝所《しんじょ》で話していたときは、とても元気そうだったからな」

「ああ……あのときは、ティアの話が楽しくってねえ……宴が始まっても、なかなか気持ちを切り替えられなかったのさ……」

ジバ婆さんの声は小さかったが、彼女を背負っているアイ＝ファとすぐ隣を歩いている俺には、問題なく聞き取ることができた。

「それではジバ婆は、祝宴のさなかに赤き民のことなどを考えて、あのようにぼんやりしていたのか？　それはずいぶん……ジバ婆らしからぬ行いだな」

「うん……そうかもしれないねえ……ちょっとあたしも、心を乱しちまっていたからさ……」

歩きながら、アイ＝ファはけげんそうに首を傾《かし》げた。

「ジバ婆は、心を乱していたのか？　私もずっとティアの話を聞いていたが、べつだん心を乱されるような内容ではなかったように思うぞ」

「それはそうさ……それで心を乱す人間なんて、もう森辺にはあたししかいないんだろうしねえ……」

アイ＝ファは、わずかに眉をひそめた。

「いったい、どうしたのだ？　ジバ婆が何か思い悩んでいるのなら、私とアスタにも聞かせてほしい」

「何も思い悩んではいないよ……今さら思い悩んだって、しかたのない話だからさ……」

「それは、どのような話であるのだ？」

ジバ婆さんはまたしばし口をつぐんでから、やわらかく口もとをほころばせた。

「そうだねえ……明日になったら、ドンダにも聞いてもらおうと思っていた話だから……アイ＝ファとアスタには、ここで伝えておこうか……」

「うむ。ティアにまつわる話であれば、私たちも無関係ではないからな。あやつが何か、ジバ婆の心を乱すようなことを言ってしまったのか？」

「いいや、そうじゃないんだよ……これはもう、今日の話を聞く前から、ずっと思っていたことなのさ……あの娘《むすめ》がルウの集落に連れて来られた、最初の日からね……」

ティアがルウの集落に身柄《みがら》を移されたのは、もう五日も前のことだ。そんな頃からジバ婆さんが心を乱していたなどとは、まったく想像もしていなかったことであった。

「あの娘は、とても綺麗《きれい》な眼差しをしているだろう……？　あの不思議な赤い瞳で見つめられた瞬間《しゅんかん》に……あたしは、思い出しちまったんだよ……」

「思い出した？　いったい何を思い出したのだ？」

「それはね……あたしの家族や、眷族《けんぞく》や、同胞《どうほう》のことをだよ……」

透徹《とうてつ》した眼差しで虚空《こくう》を見つめながら、ジバ婆さんはそう言った。

「あの娘の眼差しは、あたしの同胞にそっくりだったのさ……まだジャガルの黒き森で黒猿《こくえん》を狩《か》っていた、あの頃の同胞の眼差しとね……」

「それは……どういう意味なのだ？」

アイ＝ファの声が、わずかに揺れていた。そして俺もまた、奇妙《きみょう》な胸の高鳴りを覚えてしまっている。その言葉の続きを聞くのが、少し怖《こわ》い気がした。

「あの娘は……モルガの赤き民っていうのは……もう何百年も、外界の人間とは触《ふ》れ合わずに、モルガの山で過ごしているんだろう……？　あたしたちも、黒き森で暮らしていた頃は、そういう生活に身を置いていたからさ……草の葉や樹木の皮で糸を紡ぎ、石の刀を鋭く研《と》いで……森の中だけで生き……森に魂《たましい》を返していたんだよ……」

「ああ……だから、同じような眼差しであったということか。それならば、何も不思議な話ではないな」

「うん……だけど、それだけの話じゃなかったんだよ……あの娘の考え方や、気持ちの持ちようや、モルガの山での暮らしぶりは……あたしたちと、そっくり同じであったのさ……」

ぞくぞくと、冷たい感覚が俺の背筋をのぼっていった。

そんな俺に、ジバ婆さんが優《やさ》しく笑いかけてくる。

「ねえ、アスタ……以前に町の民を祝宴に招いたとき、旅芸人っていう愉快《ゆかい》な連中がいたよねえ……あのときの祝宴で聞かされた歌を覚えているかい……？」

「は、はい。『黒き王と白き女王』の歌ですよね。森辺の族長筋であったガゼ家と同じ名を持つ、シムの一族の伝説です」

「うん……それじゃあ、そのガゼの一族が黒き森で出会った『白き女王の一族』っていうのは……いったい何だったんだろうねえ……？」

「それは……やっぱり、ジャガルの一族だったんじゃないですか？　南の民は、白い肌《はだ》をしていますからね。森辺の民は、シムとジャガルの血があわさって生まれたっていう伝承も残されているそうですし」

「うん……あたしも、そう思ってた……でも、それならどうしてあたしたちは、南方神ジャガルの子だっていう意識もないまま、何百年も過ごすことになったんだろうねえ……？　ガゼの一族は故郷を捨てたんだから、そのときに東方神シムのことも捨てたんだろうけど……そうしてジャガルの民と血の縁を結んだのなら、ジャガルの子として生きようとしたんじゃないのかねえ……？」

俺には、答えることができなかった。アイ＝ファも、無言のままである。

そんな中、ジバ婆さんは静かに言葉を紡ぎ続けた。

「あたしはね……その『白き女王の一族』は、モルガの赤き民から分かれた一族なんじゃないかと考えたんだよ……あの娘は肌を赤く染めていたけれど、その下には白い肌が隠《かく》されているんじゃないのかね……あるいは、『白き女王の一族』が、肌を白く塗《ぬ》っていたのかもしれないけどさ……」

「そ、それはでも……あまりに、突拍子《とっぴょうし》のない話じゃないですか？　いくら何でも、『白き女王の一族』と赤き民が同じ一族だったなんて、そんな話は……」

「でも、赤き民は女衆が族長をつとめるって話だっただろう……？　『白き女王の一族』も、女衆が王であったんだろうし……それに、『白き女王の一族』は、とても小さな身体をしていたって話だったよね……」

「み、南の民は、西の民よりも小柄《こがら》なぐらいですからね。東の民であるガゼの一族から見れば、ずいぶん小さく見えたことでしょう」

「うん……そんな風に考えることもできるねえ……でも、『白き女王の一族』は、名前のある神を持たないと語られていたはずだよ……それもやっぱり、赤き民とそっくり同じとは思わないかい……？」

それは確かに、その通りのはずだった。吟遊《ぎんゆう》詩人ニーヤが歌った『黒き王と白き女王』という歌の中で、ジャガルという言葉はひと言たりとも登場していなかったのである。あの歌は妙《みょう》な鮮烈《せんれつ》さでもって胸に刻みつけられていたので、俺もそのことは記憶《きおく》に留《とど》めていた。『白き女王の一族』は名前のある神を持たず、ただ森を母と呼んでいた――ニーヤは、そのように語っていたのだ。

名前のある神を持たない。それはすなわち、名前のない神を崇《あが》めていたということなのだろうか？

そうだとすると――ますますティアの語る、赤き民の習わしと符合《ふごう》することになってしまう。

「もちろん、何も証はない話さ……でも、この世界にはモルガの山みたいな聖域がいくつかあるって、カミュア＝ヨシュが言ってたんだよ……そうだよね、アイ＝ファ……？」

「……うむ。それでジバ婆は、ジャガルの黒き森も聖域のひとつであり、聖域には赤き民の血族が暮らしているのではないか、と考えたのだな」

アイ＝ファが感情を殺した声で答えると、ジバ婆さんは静かにうなずいた。

「まあ……何を考えたって、答えの出しようもない話だけどさ……ただ、ティアがあたしの同胞にそっくりだっていうのは確かな話なんだよ……あたしの親も、兄弟も、眷族も、余所《よそ》の氏族の同胞も……あの頃は、みんなティアみたいな眼差しをしていたし、ティアみたいな考え方をしていた……それが、モルガの森辺に移り住んでから、少しずつ……少しずつ変わっていったんだよねえ……」

「……………」

「あたしは最初、それがすごく嫌《いや》だった……大好きだった家族や同胞が、まったく違《ちが》う人間に変わっていっちまうみたいでさ……でも、いつからかそんなことも、気にならなくなっていた……あたしも同じ場所で暮らしていたから、みんなと同じように変わっていって、それが当たり前になっちまったんだろうねえ……」

「ジバ婆、それは――」

「それはきっと、町の人間と交わったためなんだろう……あたしたちは、決して町の人間に心を開こうとはしなかったけれど……アリアやポイタンを買うためには、町まで下りなきゃいけなかったし……それに、鋼の刀や鉄の鍋《なべ》なんていう便利なものを知っちまった……あと、身につけるものだって、草木で作ることは許されなかったから、いちいち町で買わなきゃいけなくなっちまったしねえ……」

「……………」

「町の人間と深く関わりすぎると、堕落《だらく》することになる……そういう森辺の習わしが生まれたのは、きっと自分たちが変わりつつあることに恐怖《きょうふ》を覚えたからなんじゃないのかねえ……森の中だけで、自分たちのことだけを考えていたあの頃とは、すべてが変わっちまったからさ……」

「それでは、ジバ婆は……赤き民のありようこそが正しいと考えているのか？」

そのとき、軽《かろ》やかな笛の音が広場に響《ひび》きわたった。俺が視線を巡らせると、レビとカーゴが横笛を吹《ふ》き鳴らしている。彼らは舞の刻限でお披露目《ひろめ》するために、自前の横笛を持ち込んでいたのだ。

儀式《ぎしき》の火を取り囲む格好で、若い男女が進み出ていく。きっと俺たちの知らないところで、舞の始まりが告げられたのだろう。人々は笛の音に合わせて、楽しそうにステップを踏み始めていた。

聞き覚えのある陽気な旋律《せんりつ》が、軽やかに広場の中を吹きすぎていく。これはたしか《ギャムレイの一座》が招かれた祝宴《しゅくえん》において、『黒き王と白き女王』の後に演奏された曲――『ヴァイラスの宴《うたげ》』である。森辺の男衆は薪《まき》やギバの骨を打ち鳴らし、横笛の旋律に草笛の旋律を重ねている者もいる。

そんな光景を遠くに眺《なが》めながら、アイ＝ファがまた不安げな声で囁いた。

「ジバ婆、答えてほしい。我々は、道を踏み外《はず》してしまったのだろうか？　我々は赤き民のように、外界の人間とは交わらずに生きていくべきだったのだろうか……？」

「何を言っているんだい、アイ＝ファ……」と、ジバ婆さんは小さく笑い声をたてた。

「考えてごらん……『白き女王の一族』はもう何百年も前に、東の民であるガゼの一族と血の縁を結んでいるんだよ……？　その時点で、すでに外界と交わっているのさ……モルガの山の赤き民だったら、決してそんな真似《まね》はしなかっただろうねえ……」

「うむ……それは、そうかもしれないが……」

「ああ、きっとそうさ……どうして『白き女王の一族』が、ガゼの一族を受け入れたのか……それを知るすべは、もうないけどさ……そのときに、ガゼの一族は東方神を、『白き女王の一族』は名もなき大神を、それぞれ捨てることになったんじゃないのかねえ……そうじゃなかったら、あたしたちだって自分の崇める神を忘れたりはしないだろうからさ……」

ジバ婆さんの声は、とても優しい。その優しい声音《こわね》が、俺の心にまとわりついていた冷たい感覚をゆるやかに溶《と》かしていくかのようであった。

「それで、森だけを母とする森辺の民が生まれた……あたしには、そんな風に思えてならないんだよ……そう考えれば、色んなことに辻褄《つじつま》が合っちまうからさ……だからあたしたちは、こんなにもティアの存在に心をひかれちまうんじゃないのかねえ……赤き民っていうのは、あたしたちの本来あるべき姿だったんだろうからさ……」

そのように述べながら、ジバ婆さんはアイ＝ファの金褐色《きんかっしょく》の髪《かみ》を撫《な》でた。アイ＝ファは何だかむずかる幼子のような面持《おもも》ちで、その指先に身をゆだねている。

「それならやはり、ジバ婆は赤き民のありようこそが正しい道だと思っているのか？　外界の人間との交わりを絶って、モルガの山の中だけで暮らしている赤き民のことを、ジバ婆は羨《うらや》んでいるのではないか？」

「そうだねえ……ちょっと前のあたしだったら、きっとそんな風に考えていたと思うよ……アスタの料理で元気を取り戻す前の、気弱なあたしだったらねえ……」

そうしてジバ婆さんはアイ＝ファの髪を撫でていた指先で、儀式の火のほうを指し示した。

「だけど、ごらんよ……あたしたちは、こんなに幸せな暮らしを手に入れたじゃないか……？こんなに幸せなのに、どうして人を羨む必要があるのさ……外界の人間と交わっていなかったら、あたしたちはこんな幸福を手にすることもできなかったんだから……これが一番の、正しい道だったんだと思うよ……」

人々は、とても楽しげに踊《おど》っていた。

森辺の民も町の民も、心から楽しんでいるのがわかる。

シリィ＝ロウは、またユーミの手によってその場に引きずり出されていた。そのすぐそばに、シーラ＝ルウやダルム＝ルウ、ベンやテリア＝マス、それにジョウ＝ランの姿まで見える。ルド＝ルウは、左右からリミ＝ルウとターラに手を引っ張られていた。ダン＝ルティムはステップを踏むでもなく、果実酒の土瓶《どびん》を振り上げながらどすどすと歩いている。普段は未婚《みこん》の女衆しか舞を踊ることはないが、親睦の祝宴ではそういう縛《しば》りも存在しない。気づけば、幼子や年老いた人間なども、その輪に加わっていた。

リフレイアとサンジュラは、そこだけ舞踏会《ぶとうかい》のように優雅《ゆうが》なステップを踏んでいる。トゥール＝ディンはリッドの女衆に手を引かれながら、気恥《きはず》かしそうにただ歩いていた。そのすぐ後ろを、ザザの姉弟《してい》とレム＝ドムも追従している。マイムとジーダの姿も見える。ディンとリッドの長兄の姿も見える。ミダ＝ルウは何かわめき声をあげているツヴァイ＝ルティムを肩車《かたぐるま》しながら、のそのそと前進していた。

「この大陸に住む人間は、みんな自分の神を持っている……赤き民ですら、名もなき大神を崇めているっていう話だからね……そんな中で、『白き女王の一族』とガゼの一族との間に生まれたあたしたちは……崇めるべき神を失いながら、ただ母なる森だけを心の拠り所《よりどころ》にしていたんじゃないのかねえ……」

ジバ婆さんが、静かに言葉を重ねていく。

「そんなあたしたちが、ようやく西方神を神として迎《むか》えることができた……それはきっと、祝うべきことなんだと思うよ……あたしたちは数百年を経て、ようやく神を捨てた罪や苦しみから解放されたんじゃないのかねえ……」

そうしてジバ婆さんは、アイ＝ファの金褐色の髪に頬《ほお》ずりをしながら、低く笑い声をたてた。

「まあ、すべてはあたしの想像さ……真実がどうであったかなんて、誰《だれ》にもわかりはしない……ただわかるのは、今のあたしたちが幸せでたまらないってことだけだろうよ……」

とても優しげな声音で、ジバ婆さんはそう言った。

俺の胸中に残されていた最後のつかえが、それで氷解していくのがわかる。アイ＝ファも力強く「うむ」と応じていた。

「私も、同じように思う。森辺の民は、きっと一番正しい道を選ぶことができたのだ」

そうしてアイ＝ファは、輝《かがや》くような笑顔《えがお》で俺を振り返ってきた。

「アスタよ、我々もあの輪に加わるか」

「うん、いいよ。アイ＝ファが自分からそんな風に言うなんて珍しいな」

「どのみち、私はジバ婆を背負っているからな。お前は好きに踊るがいい」

「いや、あの輪に入れてもらえるだけで、十分に幸福だよ」

赤き民には、赤き民にしか味わえない幸福というものが存在するのだろう。ティアのように純真な心を保てるのならば、それはきっとかけがえのないものであるに違いない。

だけど俺たちには、俺たちにしか味わえない幸福がある。

これが俺たちの、森辺の民の選んだ幸福なる生であるのだ。

そんな風に考えながら、俺はアイ＝ファとともに、その輝ける場所へと足を踏み出した。

箸休め // ～ひそやかな和解～

その日の朝、ジルベはずっと奇妙な客人の寝顔《ねがお》を観察していた。

まだ太陽はのぼっていないため、ジルベの主人たるアイ＝ファとアスタは健《すこ》やかな寝息《ねいき》をたてている。そしてそこから少し離れたところで、奇妙な客人も安らかな眠《ねむ》りの中にあった。

客人の名は、ティア。つい数日前からファの家で暮らすことになった、奇妙な存在である。

奇妙な存在――ジルベには、そのように見なすしかなかった。それはジルベがこれまで目にしたこともないような存在であったのだ。

ジャガルの牧場で生まれ、西の王都に引き取られたジルベは、かつての主人たるドレッグのもとでさまざまな経験を得ている。監査官《かんさかん》なる職務についていたドレッグはあちこちの土地に出かけることが多く、そういった際には護衛犬たるジルベも常に同行させられていたのだった。

しかしジルベは、どのような地においてもこのように奇妙な存在を見かけたことがなかった。

外見は、普通の人間とさして変わるところはない。匂《にお》いはいささか奇妙だが、それはいずれも花や草木や岩の匂いであったため、不思議がるほどではないだろう。しかし、その下からにじみ出る気配――生き物としての気配そのものが、他の人間とはずいぶん異なっているのだ。

それは、新たな主人たるアイ＝ファやその同胞たる森辺の民と似通ったところのある気配であった。森辺の民というのもずいぶん奇妙な気配を纏《まと》っているため、ジルベも当初はそこでも大きな驚《おどろ》きにとらわれることになったのだ。

森辺の民というのは、町の人間とまったく違っている。土や草木の匂いがしみついているというだけでなく、やはり根本の気配が異なっているのだ。それは町の人間よりも、むしろ野生の獣に近い気配であった。

いつだったか、ジルベはアルグラの銀獅《ぎんじ》子《し》という獣と対面したことがある。どこかの酔狂《すいきょう》な貴族が、その銀獅子を愛玩《あいがん》動物として飼育していたのだ。それを聞きつけたドレッグが、わざわざ見物におもむいたのだった。

「ほう！　銀獅子とは、これほどまでに巨大《きょだい》であるのだな！　これでは俺の獅子犬も、さすがに太刀《たち》打《う》ちできなそうだ！」

そんな風に騒ぐドレッグは、いくぶん悔《くや》しそうな気配を漂《ただよ》わせていた。

ジルベは人間の世界において、獅子犬と呼ばれている。その理由は、銀獅子と対面したことで明らかになった。銀獅子はジルベと同じように、首の周りに立派なたてがみをなびかせていたのだ。ただし、似ているのはその一点のみであり、銀獅子はジルベよりも倍ぐらいは大きく、そもそも気配からして違っていた。人間と犬がまったく異なる生き物であるように、銀獅子もまったく異なる生き物だとしか思えなかった。

ただ――それとは別の意味で、その銀獅子はジルベと似た気配を持っていた。どうしようもなく身体にしみついた、人間の匂い――人間に飼育されている獣の気配である。ジルベや、荷車を引くトトスのように、その銀獅子はあくまで人間に育てられた存在であったのだった。

よって、森辺の民が有している気配とは、まったく異なっている。森辺の民が有しているのは、人間に飼育された獣ではなく野生の獣の気配であったのだ。

野生の獣――たとえば、カロンである。カロンという獣はジルベと同じように牧場で育てられるものも多かったが、それ以外に野生種も存在した。いつだったかの道中で、ジルベはその姿を垣間見る《かいまみ》機会を得たのである。

「見てみろ、野生のカロンだぞ！　こいつは珍しいな！」

そんな声をあげたのは、ドレッグの乗った車を守る兵士のひとりであった。それでドレッグも、わざわざ見物のために車を降りることになったのだ。

野生のカロンは、荒野《こうや》の中でひとりぽつねんとたたずんでいた。姿かたちは、牧場のカロンと大きな差はない。ただその頭に、立派な角が生えているぐらいだ。牧場のカロンは、幼い内に角を切られるのだという話であった。

だが――それは、牧場のカロンとまったく異なる存在であった。立派な角が生えていて、薄《うす》汚《よご》れており、筋肉のつきかたもいくぶん異なっているようであったが、それ以上に気配が違っていた。人の手を借りず、野生の世界で生きる獣の力感が、その大きな身体から嫌というほど発散されていたのである。

「ふん。筋張っていそうな、まずそうなカロンだな。しかしあいつを仕留めれば、いい土産《みやげ》になるのではないか？」

酒臭《さけくさ》い息を吐《は》きながらドレッグがそのように言いたてると、兵士たちは「とんでもない！」と騒ぎたてた。

「野生のカロンは、凶暴《きょうぼう》であるのです。これ以上は、近づくことも危険でしょう。あまり刺激《しげき》しない内に、この場を離れるべきかと思います」

「ふん。意気地《いくじ》のない連中だ。王都の精鋭《せいえい》が、聞いて呆《あき》れるな」

ドレッグはそのように毒づいていたが、ジルベは兵士たちに共感していた。カロンは静かに立ち尽《つ》くしているばかりであったが、その力感から生じる迫力《はくりょく》にジルベも舌を巻いていたのだ。もちろん生命を賭《と》して戦えば負けることはなかったが、主人を守りきる自信はなかった。

野生の獣は、野生の獣にしか持ち得ない力を持っている。森辺の民から感じるのは、それと同質の気配であり――さらに、このティアという奇妙な存在はその気配がいっそう凝縮《ぎょうしゅく》されているようであるのだ。

ただ単純な力に関しては、ティアよりもアイ＝ファのほうがまさっていることだろう。ジルべは最初にアイ＝ファと対峙《たいじ》した際、舌どころか尻尾《しっぽ》を巻くことになったのだ。ジルべがどれだけ死力を尽くしても、アイ＝ファには絶対にかなわない。それだけの力の差を、最初の出会いで思い知らされてしまったのだ。

だが――より野生の獣に近いのは、ティアのほうであった。彼女《かのじょ》は普通の人間のように喋《しゃべ》り、歩き、ものを喰《く》らうが、野生のカロンと同じように野生の存在であったのだ。それがどうして人間の姿をしているのか、それが不思議に感じられるぐらいであった。

それに、彼女はアイ＝ファよりも弱いが、ジルベよりは強い。おおよその森辺の狩人《かりうど》がジルべよりも大きな力を持っているように、彼女もまたジルベ以上の力を持っていたのだ。現在の彼女は片方の足を負傷していたが、それでもジルベを上回る存在であるはずであった。

だから――ジルベは、アスタを守ることができなかった。ティアがアスタに襲《おそ》いかかったとき、ジルベは一歩として動くことができなかったのだ。

ジルベはその事実を、激しく悔《く》いている。現在は、アイ＝ファとアスタこそがジルベの主人であるのだ。とりわけアスタはドレッグと大差ないほど脆弱《ぜいじゃく》な存在であったため、ジルベは生命を賭して守ろうと誓っていたのに、その誓いがたった数日で破られてしまったのだった。

ジルベは決して、恐怖に身がすくんでいたわけではない。恐怖に身がすくむいとまも与《あた》えられず、アスタの身を奪《うば》われてしまったのだ。あとはもう、ティアが自らアスタを手放す姿を見守ることしかできなかった。

アスタもアイ＝ファもきわめて優しい主人であるため、ジルベが咎《とが》められることはなかった。それで余計に、ジルベはおのれの無力さを噛《か》みしめることになった。これならば、ドレッグのように悪《あ》しざまに罵《のの》られるほうが、まだしも救われたかもしれなかった。

かつての主人であったドレッグも、そうまで悪い主人だったわけではない。いつでも酔《よ》っぱらっていて、時には理不尽《りふじん》な言いがかりをつけてくることもなくはなかったが、ジルベの身を叩《たた》いたり、食事を奪ったりすることはなかった。ジルベをおのれの剣《けん》として扱《あつか》い、いつも周囲の人間に自慢《じまん》していたぐらいであるのだ。それでジルベも、護衛犬としての誇《ほこ》りを抱くことがかなったのだった。

しかし、アイ＝ファとアスタはそれ以上に好ましい主人であった。彼《かれ》らはまるで我《わ》が子のように、ジルベを扱ってくれるのだ。猟犬《りょうけん》のブレイブやトトスのギルルと同じように、ジルベのことを家族として認めてくれた。牧場の家族と引き離されて以来、ジルベは初めて新たな家族を授《さず》かることがかなったのである。

そんな大事な主人であり家族であるアスタを、ジルベは守ることができなかった。

だからこうして朝も早くから、恨《うら》めしげにティアの寝顔を見守ることになってしまったのだ。

そうしてジルベが、ティアの寝顔を凝視《ぎょうし》していると――ふいにティアのまぶたが、ぱちりと開かれた。

いきなり視線がぶつかったジルベは、思わず身をすくめてしまう。するとティアはけげんそうに小首を傾げてから、怪我《けが》をしていない手足を使ってジルベのほうに這《は》いずってきた。

アイ＝ファもアスタも、ブレイブもギルルも、何も気づかずに寝入《ねい》っている。

ジルベは決して尻尾を巻くものかと心を奮いたたせながら、ティアの接近を待ち受けた。

「……お前はもう目覚めていたのか。ずいぶん早起きなのだな」

ジルベの鼻先まで迫《せま》ったティアは、囁くような声でそう言った。

「それで……お前は、アスタを傷つけたティアを恨んでいるのか？」

赤い宝石のような目が、ジルベを真っ直ぐ見つめてくる。

その眼差《まなざ》しは、かつて荒野にたたずんでいた野生のカロンよりも澄《す》みわたっていた。

「うーむ……やっぱりお前も外界の獣であるから、いまひとつ心の内がわからない。ヴァルブの狼《おおかみ》であれば、何も語らぬまま心情を伝えてくれるのだがな」

　そう言って、ティアは小さく息をついた。

「ともあれ、お前の怒《いか》りや悲しみは正しい。ティアも家族を守れなかったら、おのれの無力さに打ち震《ふる》えていただろう。お前にそのような怒りと悲しみを与えてしまったことを、心より申し訳なく思う」

「…………」

「ただ、ティアの生命は森辺の民に預けられた。族長たちの判断で、ティアは傷を癒《い》やすことを許されたのだ。だから、お前の一存でティアの魂を召《め》すことは許されないのだろう。それも、申し訳なく思う」

「…………」

「それならせめて、ティアの腕《うで》を噛むか？　もしもそれで、ティアから狩人の力が永遠に失われることになっても……ティアは決して、お前を恨んだりはしない。そして、これはティアの望んだ行いであり、お前に非がないことをアイ＝ファや族長たちに釈明《しゃくめい》してやろう」

　そう言って、ティアはジルベの鼻先に右腕《みぎうで》を差し出してきた。

　花や草木や岩の香りがする、不思議な腕だ。

　ジルベは——その手の甲《こう》を、ぺろりとなめてみせた。

「ティアの行いを許してくれるのか？　やはりファの家の家人は、誰も彼もが優しいのだな」

ティアはにこりと赤《あか》ん坊《ぼう》のように笑い、ジルベの頭を撫でてきた。

そこで、アイ＝ファがゆっくりと身を起こす。

「ティアよ……そんなところで、何をしているのだ？」

「こちらのジルベと、語らっていた。やっぱり上手《うま》く語らうことはできなかったが、少しだけ心を伝え合うことができたようだ」

こちらをにらむアイ＝ファは、ずいぶん怖い目つきになってしまっている。

だが――ジルベの内から後悔《こうかい》や無念の思いは消え去って、この奇妙な客人と一緒《いっしょ》に暮らしていく覚悟《かくご》を固めることがかなったのだった。

あとがき

このたびは本作『異世界料理道』の第三十二巻を手に取っていただき、まことにありがとうございます。

当作にとってひとつの区切りであった第二十九巻から、早くも三冊も巻数を重ねることになりました。本作をご愛顧くださる皆様には、重ねて御礼の言葉を申し述べさせていただきたく思います。

前巻までは二巻にわたって王都の監査官編をお届けしましたが、今巻からはまた別の角度から内容を掘り下げるべく、赤き野人の少女ティアという新たなキャラクターに登場していただきました。登場キャラクターの多い本作でございますが、このティアは自分にとってきわめて重要かつ思い入れの深いキャラクターでございます。

そもそもモルガの三獣および聖域というものは、執筆前から考案していた設定のひとつでありました。モルガの三獣に関しては第一巻の第一章からすでに名前が明かされておりますし、マダラマの大蛇は早々に登場したあげく退治されておりますですね。しかしそれからしばらく本編では触れる機会がなく、第十四巻に収録されたダン＝ルティムの番外編『モルガの白き王』にてヴァルブの狼が登場したのを最後に、またひっそりと舞台裏にひそむことと相成りました。

どうしてこうまでモルガの聖域に関わるエピソードの出番が遅れたかと申しますと、それはひとえに本作の内容が想定を遥かに上回るぐらい膨張したがゆえでございます。そうして数年にわたって書き進める間に大陸アムスホルンや四大王国の設定もより深まったり広がったり固まったりしましたため、聖域や三獣の設定も少なからず変容いたしました。初出ではただの『野人』であったのが『赤き野人』に移り変わったのも、その変容のひとつでございます。いつその設定が加えられたかはもう思い出すのも難しいぐらい遥かな昔日でございますが、とりあえず『モルガの白き王』の段階ではすでに『赤き野人』になっていたようでありますね。

そんなわけで、満を持して登場したのがこのティアでございます。もう初期構想の頃とは設定そのものがずいぶん変容しておりますが、執筆前から登場することが決定していたことに変わりはありません。数年ばかりも出番が遅れた分、ティアにはアスタたちとの交流を思うさま楽しんでもらいたく思います。そして読者の皆様方にも、そのさまをお楽しみいただけたら幸いでございます。

ではでは。本作の出版に関わって下さったすべての皆様と、そしてこの本を手に取って下さったすべての皆様に、重ねて厚く御礼を申し述べさせていただきます。

また次巻でお会いできたら幸いでございます。

二〇二三年十二月　ＥＤＡ

親睦の祝宴をきっかけに、ついに森辺の若者たちが
ユーミ主催で宿場町に降りることに。これまで以上の交流を
深める場では、街中を案内されたり森辺にはない
様々な遊戯を学んだりと、まだまだアスタたちの知らない事ばかり。
そうして、両者の繋がりが深まったタイミングで、
一年ぶりの家長会議が開かれて――
Author
EDA
Illust.
こちも
異世界料理道
VOLUME
33
Cooking with wild game.

アスタのこれまでの頑張りが
裁定される第33弾！
2024年
春ごろ発売予定！

HJ NOVELS
HJN04-32

異世界料理道32

2024年1月19日　初版発行

著者——EDA

発行者―松下大介
発行所―株式会社ホビージャパン
〒151-0053
東京都渋谷区代々木2-15-8
電話　03(5304)7604（編集）
　　　03(5304)9112（営業）

印刷所——大日本印刷株式会社
装丁——AFTERGLOW／株式会社エストール

Printed in Japan

ISBN978-4-7986-3388-6　C0076

ファンレター、作品のご感想お待ちしております
〒151−0053　東京都渋谷区代々木2−15−8
(株)ホビージャパン HJノベルス編集部 気付
EDA 先生／こちも先生